Het bloed van de Ranger

Eliteromantic-suspense vol actie en Special Forces-helden

Caitlyn Lynch

Shenanigans Press

INHOUDSOPGAVE

Hoofdstuk Één

Het snerpende gerinkel van de telefoon, een paar centimeter van zijn gezicht, wekte Pascal Montoya uit een diepe, uitputtende slaap. Zonder zijn ogen te openen, tastte hij ernaar, greep hem en bracht hem naar zijn oor.

'Wat?' gromde hij.

'Operatie Spinifex is actief,' zei een kalme vrouwenstem aan de andere kant van de lijn. 'Adjunct-directeur Spires verzoekt u onmiddellijk op haar kantoor te komen.'

Pascal had zijn ogen al geopend bij de eerste twee woorden. 'Ik ben over een half uur bij u. Ik ben thuis,' mompelde hij, terwijl hij overeind kwam.

'De adjunct-directeur heeft een auto voor u gestuurd.'

'Natuurlijk heeft ze dat.' Hij beëindigde het gesprek en gooide de telefoon op het matras, wreef in zijn ogen en gaapte, voor hij overeind kwam, langzamer dan hem lief was.

'De middelbare leeftijd haalt me in,' mompelde hij terwijl hij naar de badkamer liep. 'Of misschien komt het doordat ik maar twee uur heb geslapen.'

Dertig minuten later stapte hij echter uit de auto in Langley, haalde zijn toegangspas langs de eerste van meerdere deuren en liep naar het kantoor van zijn baas. Adjunct-directeur Operaties Amanda Spires zat achter haar bureau, onberispelijk gekleed in een middernachtblauw zijden mantelpak, volledig opgemaakt, ondanks dat het bijna drie uur 's nachts was.

'Fijn dat u kon komen, Montoya,' mompelde Spires zonder op te kijken van het scherm voor haar. 'Ik ben zo bij u.'

Hij nam plaats om te wachten, leunde achterover in de comfortabele bureaustoel en keek rond. Ondanks haar hoge rang binnen de dienst had Spires geen chic hoekbureau met uitzicht op het gazon, maar een raamloze kubus diep in de ingewanden van het gebouw. Een met een open-deurbeleid voor de agenten die ze het veld in stuurde om het vuile werk voor Uncle Sam op te knappen.

'Bedankt voor het wachten.' Spires haalde een oordopje uit haar oor en liet het in haar bureaulade vallen. 'Sorry dat ik u midden in de nacht hierheen sleep, zeker omdat u net terug bent uit Durban, maar het kan niet wachten.'

'Uw assistent zei dat Spinifex actief is?'

'Correct.' Spires' glimlach was strak. 'We volgen het geruchtencircuit al maanden en verifiëren de informatie. Voor zover we kunnen, hebben we dat gedaan. Fortuna hééft echt een kofferkernbom… en hij bereidt zich voor om die aan de hoogste bieder te verkopen.'

Ook Pascals mond verstrakte. Hij zat al jaren achter een bekende van de schimmige wapenhandelaar die als Baz Fortuna bekendstond aan, niet slechts maanden. Sinds de CIA zijn dekmantel als makelaar had opgetuigd.

'Wanneer gaat de veiling van start? Op het dark web, neem ik aan?'

'Ja en nee. Hij veilt op het dark web de plekken aan de onderhandelingstafel, maar de daadwerkelijke veiling vindt plaats op een nog onbekende locatie.'

'U moet zorgen dat ik binnenkom.'

'Leer je oma eieren bakken, Montoya.' De DDO grijnsde. 'We waren er wat laat bij. Er is nog één plek over... en de veiling sluit over tien minuten. Komt u mee.' Ze stond op en gebaarde dat hij haar moest volgen.

Ze liepen naar een van de nabijgelegen operatiekamers, een hightech enclave die zelfs op dit tijdstip vol was, technici achter werkstations met meerdere schermen die operaties overal ter wereld in real time aanstuurden. Spires nam hem mee naar een van haar favoriete techneuten, die over zijn blauwgetinte halvemaanvormige brilglazen naar hen opkeek en knikte.

'Montoya. Mevrouw.'

'Hoe staat het met het bieden?' vroeg Spires.

'Stijgend.' De technicus knikte naar een van zijn schermen. 'Of in elk geval, Fortuna dénkt van wel. Ik heb iedereen verder buitengesloten. Ik zet 'm zo op 228.000, dat is veertigduizend hoger dan een van de winnende biedingen tot nu toe. Hoog genoeg om legit te lijken; niet zo hoog dat we wanhopig overkomen.'

'Goed werk, Andy.' Spires tikte hem op de schouder. 'Ik heb Montoya meegenomen voor het geval hij snel zijn identiteit bij Fortuna moet verifiëren.'

'Zou kunnen, mevrouw. Ik heb toegang gekregen tot de informatie over de eindbedragen van de andere veilingen, maar ik kan geen enkele privécommunicatie zien die daarna tussen Fortuna en de andere kopers heeft plaatsgevonden.'

'Weten we wie het zijn?'

'Daar ben ik mee bezig.' Andy knikte naar een ander scherm rechts van hem, waar code zo snel langs rolde dat het menselijk oog het niet kon volgen. 'Ik ben er vrij zeker van dat een van hen Noord-Koreaans is.'

'Ze hebben hun eigen kernwapens,' merkte Pascal op.

'Ongetest, en zeker niet door één persoon te dragen. Enorme, logge dingen waarvoor je een ICBM moet afvuren,' zei Spires afwezig. 'Wat nogal opzichtig is. Ze zouden flink betalen voor een klein apparaat dat ze kunnen reverse-engineeren, en ze zijn niet de enigen.'

'Ze zouden het niet gebruiken?'

'Onwaarschijnlijk. Maar ze zijn niet de enige potentiële kopers. Er zijn terroristische groeperingen met heel diepe zakken, zoals u maar al te goed weet. Roque staten. Wapenhandelaren die mogelijk als tussenpersoon optreden, in de hoop het weer door te verkopen en een graantje mee te pikken.'

Een timer onder het dollarbedrag op Andy's scherm telde af, en Pascal keek er net naar toen het scherm plotseling flitste, een paar seconden zwart werd en toen weer aanging.

'Die timer deed net raar.' Hij wees.

'Wat zegt u?' Andy draaide zich van het codescherm weg om te kijken.

'Het scherm ging een paar seconden op zwart, maar de timer sprong dertig seconden terug,' zei Pascal en wees. 'Ik weet wat ik zag,' voegde hij eraan toe toen Andy zijn hoofd draaide en hem met een twijfelende blik aankeek.

'Het maakt nu niet meer uit. Dat is mijn bod. En het laatste gaat er nu in,' merkte Andy op, terwijl de timer tot vijftien seconden aftelde en het dollarbedrag veranderde. 'En... daar gaan we.' De timer flitste 0:00:00 en Andy stak zijn hand op, duidelijk in afwachting van een high five. 'We hebben gewonnen!'

'Andy!' Spires wees naar het scherm, waar het dollarbedrag zojuist weer veranderde en nog eens twintigduizend dollar omhoog sprong. 'Wat is dít in hemelsnaam?'

'Shit!' Andy klauwde naar zijn toetsenbord en begon koortsachtig te typen. 'Shit, shit, shit...'

'We zijn overboden. Toch?' zei Pascal na een paar minuten, terwijl Andy typte en vloekte.

'Godalmachtig,' mompelde Spires, terwijl ze een hand tegen haar voorhoofd legde. 'Dit is een godspe. Wie?'

'Ik kom erachter. Echt, ik zweer het... geef me een paar minuten, mevrouw...'

'Mijn kantoor.' Spires knikte kort naar Pascal, en hij volgde haar in verbijsterde stilte.

'We móéten bij die veiling komen. We weten niet eens waar hij plaatsvindt.' Spires kon duidelijk niet stilzitten en ijsbeerde door haar kantoor. 'We hebben alles geprobeerd om Fortuna en die verdomde kernbom te onderscheppen en zijn geen steek opgeschoten. Ik begrijp niet wat er gebeurde...'

'Lijkt me vrij duidelijk.' Pascal ging zitten en sloeg zijn armen over elkaar. 'Iemand is een betere hacker dan Andy.'

'Een betere hacker, met betere computerresources, en het geld erachter, om het tegen de dienst op te nemen?' Spires keek hem ongelovig aan, stopte toen abrupt met ijsberen, alsof ze door iets getroffen werd. 'Wacht. Fuck.'

'U denkt aan een andere overheidsdienst. Mossad, of misschien MI6?' gokte Pascal.

'Het móét bijna wel, toch? Ja, Andy?' Spires knikte dat de schaapachtig kijkende technicus binnen mocht komen. 'Het is een andere dienst, nietwaar?'

'Ik wou bijna dat ik u dat kon vertellen, mevrouw. Het zou minder genânt zijn om door een vakgenoot afgetroefd te zijn.'

'Wie dan?'

'Een Amerikaans privébedrijf, mevrouw. Hestia Global Security.'

Spires verstarde. Een uitdrukking die Pascal niet helemaal kon duiden, trok over haar gezicht.

'Ik heb nog nooit van hen gehoord, mevrouw. Wilt u dat ik verder spit?' vroeg Andy, duidelijk gretig om zijn fout goed te maken.

'Nee. Vanaf hier neem ík het over. Jij gaat de andere veilingbieders achterhalen. We moeten weten tegen wie we het opnemen.' Spires wimpelde hem weg met een knik en sloot toen haar kantoordeur, iets wat Pascal in de vijf jaar dat hij voor haar werkte zelden had gezien.

'U weet wie Hestia is,' concludeerde hij.

'Dat weet ik.' Spires begon weer te ijsberen, leek toen een besluit te nemen en knikte scherp. Ze pakte de telefoon op haar bureau en tikte op een knop. 'Zet een jet klaar,' beet ze de assistent toe die opnam. 'Ik hoop dat u een go bag heeft ingepakt, Montoya.'

'Altijd,' zei Pascal droog. 'Waar gaan we precies naartoe?'

'Californië.' Spires ontblootte haar tanden in iets wat op een glimlach leek. 'Los Angeles, om precies te zijn.'

Het was bijna middag toen Pascal en Spires uitstapten op het parkeerterrein van een tamelijk klein kantoorgebouw in een onopvallend bedrijvenpark in het zuidwesten van Anaheim.

'Is dit de plek?' Pascal schermde zijn ogen af tegen de hete Californische zon en tuurde omhoog langs de gevel. 'Er staat niet eens een naam op.'

'En op Google Maps staat het aangeduid als een call-center.' Spires gooide de autodeur dicht en stapte het parkeerterrein over, haar haklaarzen klakten luid, aktetas zwiepte aan haar hand. 'Dit is de plek.'

De adjunct-directeur had tijdens de reis bijzonder weinig losgelaten, en Pascal kende haar goed genoeg om niet te pushen. Een snelle zoekopdracht op internet op zijn telefoon had niets opgeleverd: Hestia Global Security bestond blijkbaar nergens. Niet in een handelsregister en niet in een online bedrijvenindex.

Hoe kreeg een bedrijf cliënten als potentiële klanten hen niet eens konden vinden?

Daar was maar één antwoord op dat enigszins logisch was. Hestia had geen nieuwe cliënten nodig, omdat ze al werk genoeg hadden. Van de overheid.

Wat betekende dat Hestia óf een uitloper van de overheid zelf was – een zwart gefinancierd project – óf dat ze werden ingehuurd voor klussen waar de overheid zich niet mee kon inlaten. Klussen die een zekere afstand tot het officiële beleid vereisten.

Met andere woorden: plausibele ontkenning.

Glazen deuren gleden bij hun nadering open en gaven een kleine, ogenschijnlijk onbemande hal prijs. De enige deuren in zicht waren een paar roestvrijstalen liftdeuren tegenover hen.

Er was geen oproepknop.

'Eh. Hoe moeten we...' begon Pascal, maar precies op dat moment gingen de liftdeuren open en verscheen er een jonge vrouw.

Hij wist niet precies wat hij had verwacht, maar het was in elk geval niet lang, aqua-turkoois zeemeerminnenhaar dat los tot over haar schouderbladen golfde en een bohostijl paarse jurk met piepkleine belletjes die rond de zoom bij haar knieën tingelden, en witte cowboylaarzen.

Pascals blik ging ongelovig van het haar naar de laarzen en weer terug.

'Adjunct-directeur Spires,' zei de jonge vrouw, glimlachend. 'Wat een eer. En...?' ze keek naar Pascal.

'Agent Pascal Montoya,' zei Spires. 'We zijn hier om met uw technisch directeur te spreken.'

'En heeft u een afspraak?' De blauwharige vrouw lachte, alsof ze zelf de grap was. 'Grapje, adjunct-directeur. Deze kant op, alstublieft?'

Ze hadden weinig keus dan haar de lift in te volgen. De receptioniste – althans, dat nam Pascal aan dat ze was – boog naar een klein zwart vierkant op de wand van de lift. Een retinascanner, besefte hij, terwijl een groene lichtlijn kort langs haar gezicht naar beneden scande, voordat de deuren sloten en de lift in beweging kwam.

'Hoe roep je de lift?' vroeg hij. 'Ik zag buiten geen retinascanner.'

'Slimme tech.' Ze hield haar pols omhoog en toonde een smartwatch. 'Hiermee kom je binnen... maar je hebt de retinascanner nodig om verder te komen.'

De lift stopte en de deuren schoven weer open, en zette hen af in een saaie gang met aan weerszijden deuren. Verderop stonden twee mannen buiten een ruimte kort met elkaar te praten; ze keken om, zagen het groepje uit de lift komen en verdwenen meteen het kantoor in, waarbij ze de deur achter zich sloten.

'Die ken ik,' fluisterde Pascal, terwijl hij zijn geheugen pijnigde. Hij had de langste van de twee eerder gezien, en het kostte hem maar een paar seconden om het te plaatsen. 'Dat was Drew Murphy. Wat moet een techbeveiligingsbedrijf met hem?'

Hij sprak heel zacht, en de receptioniste, die voor hen uit liep, zou het niet moeten kunnen horen. Spires boog dichter naar hem toe.

'Wie is hij?' fluisterde ze.

'Een elitaire scherpschutter. Een van de besten van de Rangers.'

Pascal was zelf Ranger geweest voordat de CIA hem recruteerde. Hij had Murphy niet goed gekend, maar Pascal vergat nooit, maar dan ook nóóit een gezicht. Wat trouwens deel uitmaakte van de reden dat hij was gerekruteerd; hij behoorde tot de ongeveer 1% van de bevolking die een superherkenner is.

'Interessant,' was alles wat Spires nog kon zeggen voordat de receptioniste een kantoordeur opendeed – zonder eerst te kloppen, merkte Pascal op – en gebaarde dat ze naar binnen moesten.

Het kantoor binnen leek eerder op een kleinere versie van het technische commandocentrum dat ze een paar uur geleden in Langley hadden achtergelaten dan op iemands werkplek, maar er stond slechts één bureaustoel in het midden van een hoefijzer van bureaus, met een dozijn monitors die erboven hingen, en meerdere toetsenborden en invoerapparaten op de bureaus.

De bureaustoel was leeg, en hij en Spires wisselden een blik, terwijl de receptioniste de deur sloot en bij hen in de ruimte bleef.

'Eh, de technisch directeur?' vroeg Spires beleefd.

'Ja? Och, mijn excuses. Ik heb me niet voorgesteld. Jessikah Hagerty.' Ze stak haar hand uit naar Spires.

Pascal wist dat zijn mond open was gevallen, en Spires toonde evenveel verbazing.

'*U bent* de technisch directeur?' riep Spires uit. 'Maar u bent...'

'Te jong? Die hoor ik vaak. Ik ben zevenentwintig. Maar ik rondde op mijn achttiende Berkeley af met een master in computerwetenschappen en werkte vijf jaar bij de NSA voordat ik voor deze functie werd geheheadhunt.' Jessikah flitste een duivels glimlachje, leunde met een heup tegen een hoek van een van de bureaus. 'En bovendien weet u dat ik goed genoeg ben. Ik heb uw techs toch uit die veiling gehackt?'

HOOFDSTUK TWEE

Adjunct-directeur Spires herwon haar zelfbeheersing met bewonderenswaardige snelheid – er waren goede redenen waarom zij was doorgegroeid naar het hogere management bij de CIA, vermoedde Jess – maar de agent die met haar was, stond nog steeds te happen als een vis op het droge. Er was iets eigenaardig vertrouwds aan zijn gezicht. Jess bestudeerde hem een kort moment, voor ze de herkenning mentaal parkeerde om later te overwegen. Zijn naam deed geen belletje rinkelen.

'Kan ik u een stoel aanbieden?' Ze gebaarde naar het kleine zitje bij het enige raam in haar kantoor – te veel licht stoorde haar schermen, dus hield ze de jaloezieën dicht. 'Koffie? U moet heel vroeg uit DC vertrokken zijn.'

'Na de hele nacht wakker te zijn gebleven vanwege die veiling,' zei Spires droog, terwijl ze naar de stoelen liep en er een innam. 'Koffie zou heerlijk zijn. Dank u.'

'Ik laat het brengen.' Jess greep naar een van haar toetsenborden en tikte snel een bericht. 'Agent Montoya?'

Hij had zich niet verroerd, stond haar nog steeds aan te staren, al had hij zijn mond inmiddels tenminste gesloten. Ze gebaarde. 'Neemt u plaats?'

Montoya kwam in beweging, maar traag, terwijl hij haar nog altijd schuin aankeek. Hij was een grote man, breedgeschouderd; zijn pak was op maat gemaakt en knelde hem niet rond de schouders, zoals pakken bij veel grote kerels deden. Hij had zwart haar en een lichte, bruine huid, een iets haviksneus; zijn ogen waren licht whisky-goud, priemend in hun intensiteit. Stoppels gaven schaduw aan een gebeeldhouwde kaak en een waaier fijne lijntjes rond die gouden ogen vertelde haar dat hij misschien iets ouder was dan de vroege dertig die ze eerst had geschat.

'Wat is dit voor plek?' zei Montoya scherp, zonder te gaan zitten. 'Computerspul, dat snap ik... maar actieve operaties?'

'Waarom zegt u dat?' Ze kruiste haar armen en keek hem nieuwsgierig aan.

'Omdat ik een van die kerels in de gang herkende toen we uit de lift kwamen. Drew Murphy.'

Jess voelde haar hele lichaam verstillen. 'Hoe kent u Drew?'

'Ik was Ranger. Drew herinnert zich mij misschien niet, maar ik herinner me hem wel. Hij is een elite sluipschutter – een door de staat gesanctioneerde moordenaar, in minder nette bewoordingen. En ik hoor héél graag wat een man als hij doet bij een *privaat beveiligingsbedrijf*.'

Jess snoof. Liep langs hem heen en nam zelf plaats, waarbij ze Spires een glimlach schonk. 'U kunt het Drew zelf vragen, als u wilt. Hij zal u alles vertellen over het ongeluk waardoor hij half blind raakte en medisch werd afgekeurd bij de Rangers. Via een wat ingewikkeld pad is hij bij ons terechtgekomen, maar hij is een gewaardeerd lid van ons team. En laten we het helder hebben; geen enkele drieletterdienst zou hem hebben aangenomen vanwege zijn *beperking*.' Ze spuwde het laatste woord bijna uit; het maakte haar nog steeds kwaad. 'Hij kan geen muntje meer raken op vierhonderd meter, maar hij is zéker niet nutteloos, en wij zetten hem al helemaal niet in als een of andere huurmoordenaar!'

Er viel een korte stilte en toen ging Montoya zitten. Hij boog zijn hoofd licht naar haar. 'Mijn excuses. Ik wist niet dat Murphy een ongeluk had gehad.'

'En is dat alles waarvoor u zich verontschuldigt?' Jess knipperde.

'Als we het over de kwestie zelf kunnen hebben?' onderbrak de adjunct-directeur, nog voor Jess de betweterige agent eens flink de huid vol kon schelden. 'Uw bemoeienis met een van onze operaties.'

'Is dit het moment waarop u me dreigt te arresteren omdat ik een bedreiging voor de nationale veiligheid ben?' Geamuseerd en volstrekt onbevreesd leunde Jess achterover in haar stoel en sloeg haar benen over elkaar.

'Nee, dit is het moment waarop u ons vertelt wie uw operatie financiert en ik vervolgens naar mijn evenknie bij dat agentschap ga en het ons laat teruggeven.' Spires kruiste ook haar benen en glimlachte.

Jess dacht erover na. Dacht aan mogelijke repercussies. Concludeerde dat Spires er toch wel achter zou komen, linksom of rechtsom. 'Homeland Security,' zei ze uiteindelijk.

'Natuurlijk.' Spires wisselde een blik met Montoya en knikte. 'Dank u voor uw medewerking, mevrouw Hagerty.'

'Wacht, dat is alles? U bent persoonlijk helemaal hierheen gevlogen om me dat te vragen?' Verbaasd ging Jess rechter zitten.

'Ik kon niet zomaar iemand sturen, dacht ik. Die zou niet eens door de deur komen. Toch?'

'Eh, nee.'

'Ik twijfel er niet aan dat u gisteravond al wist dat we u doorhadden. Waarschijnlijk op het moment dat mijn techneut met Hestia's naam bij me kwam. Heel goed mogelijk dat u hem die hebt láten vinden.'

Jess' respect voor de adjunct-directeur steeg met sprongen. 'Ja, mevrouw,' gaf ze toe.

'U wilde ons niet van u af hoeven slaan tot na de veiling,' mompelde Montoya, en ze knikte strak.

'Eerlijk gezegd: ja. U mag het uitvechten op welk niveau in Washington u ook opereert, adjunct-directeur. Ik wil daar geen deel van uitmaken.' Ze aarzelde. 'Maar in alle eerlijkheid: ik moet u vertellen dat u niet veel tijd hebt. Ik heb 24 uur vanaf het moment dat de veiling sloot om extra geloofsbrieven aan Fortuna te leveren, en dan 48 uur vanaf dat moment om naar een locatie te gaan die hij nog moet aanwijzen, voor de veiling.'

'Shit.' Spires trok haar mond scheef, en Jess begreep het. De radertjes in Washington draaiden behoorlijk traag. Het laatste waar Spires behoefte aan had, was interdepartementaal gekibbel over wie jurisdictie had en de operatie leidde.

'Dus moet ik u verzoeken u elegant terug te trekken en het ons te laten afhandelen,' zei Jess, meer in hoop dan in optimisme. De CIA stond er in haar ervaring niet om bekend zich elegant terug te trekken.

Spires keek peinzend, tikkend met haar vingertop tegen haar lip. 'Wie stuurt u naar binnen? Uzelf niet, neem ik aan.' Ze gaf een minachtend lachje. 'Tenzij u er óók in geslaagd bent een reputatie als internationaal wapenhandelaar op te bouwen waar ik niets van weet. Uw cv is indrukwekkend, maar...'

'Niet zó indrukwekkend.' Jess haalde diep adem en zei tegen zichzelf dat ze er vaker mee te maken had dat mensen haar niet competent achtten vanwege haar leeftijd. Al gebeurde het de laatste jaren inderdaad een stuk minder vaak, omdat ze meestal via haar toetsenbord met mensen omging. 'Een van mijn collega's speelt de rol van een ontgoochelde politicus met duister geld erachter...'

Spires schudde haar hoofd al. 'Dat gaat niet werken. Fortuna is buitengewoon argwanend. Uw man haalt de veiling niet eens. U hebt iemand nodig wiens reputatie een grondige controle doorstaat.' Haar glimlach was haai-achtig. 'Iemand zoals Pascal.'

'Sorry, hoe slaagt een CIA-agent er precies in om door de molen van Baz Fortuna te komen?' sneerde Jess, maar het deel van haar brein dat ze aan het werk had gezet om te achterhalen waarvan ze Montoya's gezicht kende, had de herinnering eindelijk naar boven gehaald.

'Pascal zit diep undercover, en dat is hij sinds hij bij de Agency kwam. Als...'

'Pascal Montalban.' Plots viel het kwartje. 'Daarvan ken ik uw gezicht. U staat op een heleboel observatielijsten. Een Frans-Algerijnse tussenpersoon voor 's werelds meest gezochte krijgsheren.'

Hij kantelde zijn hoofd en glimlachte licht schamper. 'Heel goed.'

'Ik heb u door de verkeerde gezichtsherkenningsdatabases gehaald,' mompelde ze, teleurgesteld in zichzelf. 'Ik ging ervan uit dat u legitiem was.'

'Ik bén legitiem!' Pascal keek geërgerd.

'Kent u Baz Fortuna persoonlijk, ja?'

'Nog niet. Maar dat komt. Zodra u ons de regie over de operatie teruggeeft.'

Jess beet op haar lip en keek van de ene naar de andere CIA-agent. Ze moest toegeven dat Pascal Montalban een veel grotere kans had om tot Fortuna's binnenste cirkel door te dringen dan Hestia's oorspronkelijke plan.

Ze gaf alleen niet graag de controle op over iets waarvoor ze zo hard had gewerkt, en ze wist dat Homeland Security not amused zou zijn als ze de CIA zonder slag of stoot zou laten binnenwandelen en het overnemen.

'Wat denkt u van een gezamenlijke operatie?' stelde ze voor.

Spires keek geamuseerd en maakte een afwijzend geluidje. Pascal daarentegen kantelde zijn hoofd en leek haar opnieuw te taxeren.

'Ga door,' zei hij langzaam. 'Verkoop het idee maar.'

'Ik heb mijn technische vaardigheden al gedemonstreerd. Feit is: tegen de tijd dat u terug naar DC gevlogen bent en ik heb overgedragen aan uw *minderwaardige* techmensen, zijn die 24 uur zo goed als om en dan moet u snel schakelen om de ontmoeting te halen, waar die ook is. Blijf hier en we doen het eerste contact hiervandaan. We verifiëren uw geloofsbrieven. Ik blijf alle benodigde techsupport leveren tijdens de operatie. Desnoods in samenwerking met uw eigen mensen, als u daarop staat.

En als het wapen of Baz Fortuna zich op Amerikaanse bodem blijken te bevinden, laat u Homeland de actie uitvoeren. Daar zijn zij blij mee.' Ze achtte de kans niet heel groot – Fortuna was een te sluwe operator om zich op Amerikaanse bodem te laten vangen – maar zolang het probleem opgelost werd, zou Homeland niet klagen.

Montoya keek naar Spires. 'Ik denk dat we op haar voorstel moeten ingaan.'

Spires staarde hem aan. 'Montoya, bent u gek? Zij is...'

'Bekwaam.'

Verbaasd knipperde Jess en staarde hem aan. 'Gaf u me zojuist een compliment?'

'U zei het zelf. U hebt uw capaciteiten gedemonstreerd. Serieus, mevrouw,' wendde hij zich tot Spires, 'kent u nog een hacker die erin slaagde Andy uit een situatie te hacken die hij volledig onder controle had? Met zulk precies timing? Kunt u me zelfs vertellen waar we überhaupt zo iemand zouden moeten zoeken?'

Spires tikte weer met haar vingernagel tegen haar lip. 'Nee,' gaf ze uiteindelijk toe, terwijl ze Jessikah opnam en daarna weer naar Montoya keek. 'U hebt ongelijk niet wat haar vaardigheden betreft, maar u legt uw leven dan wel in haar handen. De keuze is aan u.'

'Dan zeg ik: we gaan ervoor.'

Het was niet de uitkomst die ze van deze ontmoeting had verwacht, maar Jess was niet van plan te klagen. Ze stak haar hand uit naar Montoya, die die schudde, sterke vingers die de hare omsloten en vastdrukten. Een fractie van een seconde dacht ze dat hij voor een bottenkraker van een greep ging, maar hij liet los vóór de kneep.

Haar horloge liet discreet een piepje horen en Jess kwam overeind en liep naar de deur. 'Dat zal de koffie zijn. Kom maar binnen. Oh... Liane.'

Het was haar zus Liane die de koffie binnenbracht. Een hoogopgeleide, voormalig ATF-agent die vrijwel haar hele carrière undercover had gewerkt; zij was degene die bedoeld was geweest om naar binnen te gaan als de potentiële koper voor de atoombom. Liane had zich vrijwillig gemeld, en ze kon het zeker aan, maar gezien wat Spires had gezegd, was Jess in stilte blij dat Liane niet hoefde te gaan.

'Wil je Drew vragen even binnen te komen?' vroeg Jess zacht terwijl ze het dienblad uit Lianes handen nam.

'Tuurlijk.' Liane trok haar wenkbrauwen vragend op.

'Blijkt dat die vent een voormalige Ranger is. Hij herkende Drew.'

'Huh.' Liane knikte en draaide zich om om te vertrekken.

'En kom dan zelf ook terug. Planwijziging voor Fortuna. Jij gaat niet naar binnen.'

'Ik kan niet zeggen dat ik het erg vind,' gaf Liane toe met een snelle grijns. Ze glipte naar buiten en Jess draaide zich weer naar de stoelen. Montoya stond galant op om het dienblad aan te pakken en het voorzichtig op tafel te zetten, en ze mompelde haar dank.

Liane had niet alleen een koffiekan met melk, suiker en kopjes op het dienblad gezet, maar ook een schaal met verschillende brownies. Jess bekeek ze hongerig. Ze had niet veel geslapen na de opwinding van de vroege-morgenveiling, en ontbeten had ze nog niet.

'Neemt u vooral,' zei ze minzaam, en ze wachtte tot Montoya en Spires zich hadden bediend, voor ze zichzelf een grote zwarte koffie inschonk, er vier lepels suiker in kieperde en een brownie pakte.

Ze zag Montoya in zijn eigen, ongezoete zwarte koffie glimlachen. Natuurlijk. Waarschijnlijk was hij dat in de Rangers gaan drinken en nooit meer gestopt. Spires had er een scheut koffiemelk in gedaan, maar geen suiker, al had ze zich wel door de brownies laten verleiden en ze knabbelde er delicaat aan.

De deur ging opnieuw open en Drew en Liane kwamen binnen. Montoya zette zijn kop neer en stond op met een glimlach; tot Jess' stomme verbazing transformeerde die uitdrukking zijn gezicht volledig, van tamelijk streng en sober naar een mate van knapheid die haar daadwerkelijk deed knipperen.

'Drew Murphy, in levende lijve. Goed je te zien.'

Drew glimlachte ook, stapte naar voren en stak zijn hand uit. 'Majoor Montoya. Het is lang geleden.'

'*Major*,' articuleerde Liane soundloos naar Jess, met een onder de indruk zijnde blik. Ze wisten allebei wel zo'n beetje hoe moeilijk het was om rang te halen bij de Rangers, waar letterlijk elke soldaat al tot de top één procent behoorde. Drew sprak, wanneer hij het had over de officieren onder wie hij had gediend, over hen met groot respect.

'Staff sergeant... is dat waar je bent blijven steken? Ik vond altijd al dat je de officiersroute had kunnen nemen.' Montoya knikte naar Drews gehavende oog, de blauwe iris troebel. 'Het spijt me van uw verwonding te horen. Dat moet traumatisch zijn geweest.'

'Mentaal heeft het me een tijdlang in de war geschopt, maar ik heb een nieuwe zaak gevonden om voor te vechten. Blijkbaar ben ik voor meer in de wieg gelegd dan alleen een trekker overhalen.' Drew nam het medeleven gracieus aan. 'De particuliere sector betaalt bovendien een stuk beter.' Hij knikte veelbetekenend naar Spires. 'Waarschijnlijk een stuk beter dan zelfs uw departement van de overheid.'

Spires liet een ongelovig lachje horen. 'Probeert u hem pal onder mijn neus te rekruteren?'

Drews grijns was onverontschuldigend. 'Nou ja, Jess heeft het laatste woord... maar ik zou voor hem instaan.'

Ze maakten nog een paar minuten smalltalk en toen vertrokken Liane en Drew weer, de deur achter zich sluitend. Jess nam plaats en zette zich schrap. Er was geen manier waarop Spires de implicatie zou missen.

'Het laatste woord, hm?' zei Spires meteen. 'Waarom heb ik het gevoel dat technisch directeur niet uw enige titel is bij Hestia Global Security, mevrouw Hagerty?'

Jess vertrok haar gezicht. 'Dus misschien is 'medeoprichter' wat accurater,' zei ze, 'maar kom op... geeft u me ongelijk? Kijk hoe u op mijn leeftijd en mijn uiterlijk reageerde. Men zou me nooit vertrouwen met iets gevoeligs als u dacht dat hier de eindverantwoordelijkheid lag.'

Er viel een lange, geladen stilte en toen zei Montoya: 'Mede-*oprichter*?'

Ze zuchtte en knikte. 'Mijn partner is het "gezicht" van het bedrijf voor hogere overheidsfunctionarissen. Hij had een lange en eervolle carrière bij de Navy en diende daarna een termijn in het Congres. We ontmoetten elkaar toen ik voor de NSA werkte; een black hat-hacker had vertrouwelijke informatie van zijn computers gestolen en ik kreeg de taak de dader op te sporen en de data terug te halen. Ik stond op het punt ontslag te nemen en uit te zoeken hoe ik Hestia in mijn eentje kon opstarten... je zou kunnen zeggen dat ík hém heb gerekruteerd. Hij is een boegbeeld. Brengt het grootste deel van zijn tijd op de golfbaan door.'

'U bent erg eerlijk,' zei Spires, haar hoofd schuin houdend terwijl ze Jess nieuwsgierig opnam. 'Dat bevalt me. En uit alles wat ik over Hestia heb gehoord, hebt u nog nooit verzaakt resultaat te leveren, wat me nog beter bevalt. U hebt mensen als Drew Murphy en uw zus in dienst – u stelde haar niet voor, maar ik herkende haar. Voormalig ATF-agent. Heeft dat motorbende-mensenhandelnetwerk in Idaho vorig jaar opgerold,' vertelde ze aan Montoya, die duidelijk geen idee had waar ze het over had maar toch knikte. 'Was zij het die u naar Fortuna wilde sturen?'

'Ja, en eerlijk gezegd ben ik blij dat ze niet hoeft te gaan. Ze is een briljant undercoveragent, maar de dekmantel die we voor haar hadden opgebouwd is dunner dan me lief is. Bovendien zou ze als vrouw in die situatie waarschijnlijk een ander soort nadeel hebben. We hadden ook gehoopt Drew als lijfwacht mee te sturen, maar het is allerminst zeker dat Fortuna dat zou toestaan. Dit?' Jess maakte een rondje met haar vinger en duidde daarmee op hen drieën. 'Heeft naar mijn professionele oordeel veel meer kans van slagen.'

'Ik ben het ermee eens,' zei Spires, wat haar een beetje verraste. 'En om u in ruil daarvoor ook eerlijk te zijn, mevrouw Hagerty: als u het in de private sector niet zo duidelijk voor elkaar had, zou ik op dit moment wanhopig proberen u te rekruteren voor de Agency. Zoals het nu is, zullen we in de toekomst zeker gebruikmaken van Hestia's diensten. Nu.' Ze klapte in haar handen. 'Moeten we 24 uur wachten om die geloofsbrieven aan Fortuna te leveren, of kunnen we nu beginnen zodat Montoya en ik een hotel kunnen zoeken en eindelijk wat verdomde slaap kunnen pakken?'

Hoofdstuk Drie

Fortuna had talloze virtuele hoepels opgeworpen waar ze doorheen moesten springen, maar Montoya
sprong er stuk voor stuk moeiteloos doorheen. Hij had een
hele set schijnbaar volkomen legitieme documenten voor
Pascal Montalban.

'Bemiddelt Montalban alleen in wapens?' murmelde
Jess, haar vingers vlogen over de toetsen terwijl Montoya
achter haar stond en toekeek wat ze deed.

'Alles wat zijn cliënten verlangen,' antwoordde Montoya, zijn warme adem streek langs haar oor.

Jess onderdrukte een rilling. 'Moet lucratief zijn. Laat de
Agency je een deel van je commissie houden?' grapte ze.

Zijn gekrenkte stilte was antwoord genoeg.

'Zo,' zei ze, met een bot vingernageltje op de Enter-toets
tikkend. 'Dat moet alles zijn.'

Een paar seconden later kwam er een bericht terug.

'Ugh, niet alles! Ze willen 30 seconden videomateriaal
van jou waarin je een papieren editie leest van om het even

welke krant die vandaag is uitgekomen. En we hebben één uur om het te leveren.'

'Geeft geen tijd om een deepfake te maken,' mompelde Montoya. 'Het moet echt ik zijn.'

'Nee... maar ik denk niet dat iemand in het gebouw een *papieren* editie heeft. Ik zal iemand eropuit moeten sturen om er een te halen.'

'Niet nodig,' zei Spires, terwijl ze haar aktetas opende. 'Hier is de vroege editie van de *Washington Post*. Is dat goed?'

'Denk het,' zei Jess. 'Maar wil je echt een krant uit Washington? Als ik een wapenhandelaar was, dan zou dat voor mij wel heel erg *undercover overheidsagent* schreeuwen.'

Spires keek getroffen, alsof dat haar nog niet eens was opgekomen. Slimme vrouw, maar eentje die haar kleine DC-enclave niet vaak genoeg uitkwam, vermoedde Jess. Ze typte snel een bericht, met de vraag of Liane zo snel mogelijk een krant kon halen.

'Een San Diego Union-Tribune als het kan, denk ik,' mompelde ze, terwijl ze dat aan het verzoek toevoegde. 'Zou beschikbaar moeten zijn, en het bepaalt onze locatie niet. Heeft Montalban banden met San Diego?'

'Genoeg deals daar beklonken met cliënten aan beide kanten van de grens. Goede keuze,' zei Montoya, en Jess hield zichzelf voor dat zijn goedkeuring haar absoluut niet warm vanbinnen hoorde te maken.

Nee. Begin hem niet aantrekkelijk te vinden, beval ze zichzelf streng. *Slechte zet. Stoute libido.*

Liane bezorgde de krant een paar minuten later en ze filmden snel een video van Pascal die in een van Jess' stoelen zat en erdoorheen bladerde. De gesloten jaloezieën achter hem zorgden ervoor dat niemand zou kunnen achterhalen waar de video was opgenomen, en Jess lette er goed op alle metadata te verwijderen voor ze het bestand uploadde.

Binnen een paar minuten kwam de reactie terug. Een link naar een nieuw videobestand. Jess checkte op virussen of trackers voor ze het opende.

'Wat in hemelsnaam?' murmelde Spires terwijl het beeld door iets bewoog wat op een hotellobby leek, en toen oversprong naar een zwembad, waar verschillende beeldschone vrouwen in bikini's omheen lagen.

'*Zwaai, meisjes,*' beval een stem, en de meiden zwaaiden gehoorzaam naar de camera.

'*U bent uitgenodigd,*' zei de stem daarna, '*voor een heel bijzondere veiling op een heel bijzondere locatie. En dit is waar ik u vertel dat de geruchten die u hebt gehoord zwaar niet-overdreven zijn, want ik heb niet één apparaat te koop.*'

Het camerabeeld veranderde opnieuw, en Spires, Montoya en Jess hapten alle drie scherp naar adem.

'*Ik heb er drie.*'

'Godverdomme!' zei Spires wat ze allemaal dachten terwijl ze naar het scherm staarden, naar het beeld van drie hardcase koffers die open lagen, elk met iets dat verdacht veel leek op een kleine kernbom.

'*U krijgt drie kansen om op een van deze apparaten te bieden. Wees op Boquerón Airport, Puerto Rico om elf uur 's ochtends op woensdagochtend, en wees voorbereid om een paar dagen te blijven op mijn privé-eiland. Neem geen communicatiemiddelen of welke technologienologie dan ook mee. Elke poging om dit vereiste te omzeilen zal ertoe leiden dat u niet wordt toegelaten tot de veiling.*' De stem, die serieus was geworden, klonk weer opgewekt toen het beeld verschoof van de kofferbommen terug naar de vrouwen bij het zwembad. '*U mag een metgezel meenemen als u uzelf wilt vermaken; zo niet, dan houden mijn vriendinnen hier u met plezier gezelschap. Tot snel op Isla Fortuna!'*

Het scherm werd zwart terwijl de video eindigde.

'Speel het nog eens af,' eiste Spires, en Jess klikte de link opnieuw aan, maar de video was al weg, hij verwijderde zichzelf van het internet. 'Shit!'

'Rustig maar,' zei Jess en hief een sussende hand. 'Ik was het aan het opnemen terwijl we keken. Ik kan 'm zo weer laten zien. Maar als u op zoek bent naar identificerende kenmerken, gaat u het moeilijk krijgen.' De video was uiterst zorgvuldig gefilmd, nergens waren landschapskenmerken zichtbaar. Er waren wat mogelijkheden met de hotellobby-achtige shots, als ze iets kon vinden dat erop leek, maar ze zagen er erg generiek uit. Ze zou een programma schrijven om te zoeken, maar zette er niet veel op in.

'Een privé-eiland,' zei Montoya, duidelijk hardop denkend. 'Dat verklaart heel wat aan Fortuna. Hij screent potentiële kopers en haalt ze naar zich toe; hij hoeft niet naar hen toe.'

'En er is hier niets dat aangeeft dat de apparaten daadwerkelijk op het eiland zijn,' wees Jess erop terwijl de video opnieuw afspeelde van haar opname en de kofferbommen verschenen. 'Ze kunnen overal zijn. Mijn gok is dat ze *elders* zijn; als Fortuna een inval kreeg, wil hij niets bezwarends laten vinden. Alleen hij en zijn makkers die van de zonvakantie genieten.'

'*Drie* apparaten.' Spires zag een tikje onwel uit terwijl ze terugliep naar de stoelen en ging zitten, kort haar gezicht in haar handen verbergend. 'Dit is een nachtmerrie. Drie apparaten, drie kopers... drie potentiële incidenten die een wereldoorlog kunnen ontketenen.'

'We moeten ze allemaal stoppen,' zei Montoya, duidelijk al redenerend. 'En als er geen technologie is toegestaan op Isla Fortuna – waar dat ook is – kan ik geen bericht terugkrijgen over wie de andere kopers zijn en waar de apparaten zich bevinden.'

'Er is daar technologie,' wierp Jess direct tegen. Ze spoelde de video terug, pauzeerde bij een van de lobbyshots. 'Zie je dat? Beveiligingscamera, en een vrij nieuwe. Wifi-verbonden. Je mag alleen geen tech meenemen. Jij zult iets moeten toe-eigenen dat daar al is.'

'Wat als het me niet lukt? Ik weet zeker dat hij het bewaakt. En versleuteld, ook. Ik ben eerlijk tegen je; tech is niet mijn sterkste punt. Ik beheers alle basisdingen, maar ik zou geen flauw idee hebben hoe ik iets met een wachtwoord zou moeten hacken zelfs.'

'Dan zal ik met je mee naar binnen moeten.' Jess haalde haar schouders op. Vanbinnen gilde er een stemmetje, *Wat ben je aan het doen??? Je haat veldwerk!* 'Je hebt het gehoord; hij zei dat je een metgezel mee mag nemen. Ik ga mee als je vriendin.'

'Absoluut niet.' Montoya's toon was vlak.

'Nu even een moment, Pascal,' zei Spires. 'Ik zie niet dat we een keuze hebben.'

'Natuurlijk wel! Er moet iemand op de loonlijst van de CIA staan die dit kan.'

'Ik denk niet dat Andy overtuigend zou zijn als je vriendin.' Spires' lippen trilden van haar eigen grap. 'We hebben *geen tijd*,' ging ze door, toen hij niet lachte. 'Je moet over minder dan twee dagen in Puerto Rico zijn. We zouden iemand vanuit Langley moeten invliegen, inwerken en bijpraten – en eerlijk gezegd kan ik me nu zo gauw niemand voorstellen die beschikbaar is en het kan.

Jess kan het. Aan haar technische vaardigheden twijfel ik niet.'

Jess kon het niet laten een klein beetje te glimmen.

'Ik twijfel ook niet aan haar technische vaardigheden,' zei Montoya, 'maar het andere deel van de rol...' hij gebaarde naar Jess. 'Ze ziet er niet naar uit.'

'Niet jouw type, Montoya?' plaagde ze terug, beledigd.

'Je ziet er niet uit als het snoepje aan de arm van een wapenmakelaar,' zei hij ronduit.

'Niet knap genoeg?' Een tikje gekwetst sloeg ze haar armen over elkaar.

'Je gezicht wel. Je figuur is prima. Het haar en de kleren? Rampzalig.'

'Zeg vooral wat je denkt!'

'Kinderen,' zei Spires kalm. 'Zo is het wel genoeg. Mevrouw Hagerty. Bent u bereid om met Pascal naar binnen te gaan? U kent de risico's, daar ben ik zeker van. We zorgen dat u ruim gecompenseerd wordt... maar we hebben uw hulp echt nodig. Op dit late tijdstip nog een andere agent met de juiste skillset erbij halen brengt serieuze risico's met zich mee.'

'Ik begrijp het. Ja. Ik ben bereid om te gaan. En meneer Montoya zal er maar op moeten vertrouwen dat ik me kan presenteren als het soort snoepje aan de arm waar Fortuna niet eens van met zijn ogen knippert.' Ze wierp hem een giftige blik toe.

Pascal vertrok zijn gezicht toen Jessikah hem een vernietigende blik toewierp. Dat had hij verdiend, gaf hij toe. 'Heb je documenten?' vroeg hij, als vredesoffer. 'Zo niet, dan kunnen wij wel wat leveren.'

'Ik heb meerdere dekkingsidentiteiten. Eén ervan voldoet. Geef me je creditcard.' Ze stak haar hand uit.

'Pardon?'

'Wat ik niet heb is geschikte kleding, om eruit te zien als het snoepje aan de arm van een rijke man. Ik laat m'n haar doen... ga shoppen. Het minste wat de CIA kan doen is ervoor betalen.'

Spires knikte, en Pascal zuchtte. Hij viste zijn portemonnee tevoorschijn en overhandigde zijn Agency-creditcard, nu al somber denkend aan hoe hij de onkostendeclaratie zou uitleggen. Hopelijk tekende Spires het gewoon en spaarde ze hem de moeite.

'Ik heb altijd al willen shoppen op Rodeo Drive.' Jessikahs glimlach was duivels. 'Nu heb ik een excuus.'

Pascal vertrok zijn gezicht.

'We gaan een hotel zoeken. Vluchten boeken om jullie op tijd in Puerto Rico te krijgen... vanuit San Diego, lijkt me. Je kunt morgenavond naar beneden rijden, daar overnachten, vroege ochtendvlucht nemen.' Spires keek op haar telefoon. 'Boquerón ligt halverwege het eiland vanaf San Juan – beter dat we een helikopter regelen, denk ik.'

'Laat ik graag aan uw middelen over.' Jessikah stond op, en ze hadden geen andere keus dan haar hen naar de begane grond en naar buiten te laten begeleiden. 'Mijn nummer.' Ze gaf Spires een visitekaartje. 'Laat me weten waar en hoe laat we morgen moeten afspreken.'

De auto en chauffeur die hen had gebracht stonden nog te wachten; Pascal zweeg terwijl ze op de achterbank kropen en Spires de chauffeur zei dat hij hen naar een hotel moest brengen. Hoewel de chauffeur ook een collega-agent was, bespraken ze de missie niet in de auto. Het was te gevoelig, te cruciaal.

'U staat er grotendeels alleen voor,' zei Spires zodra ze in een hotelkamer waren en snel op afluisterapparatuur hadden gescand. 'U kunt geen tech meenemen, wat betekent dat we het niet eens aandurven u een tracker op te spelden. We zullen proberen u realtime te volgen via satellieten, maar...'

'We moeten ervan uitgaan dat Fortuna daaraan heeft gedacht en maatregelen heeft genomen.'

'Het is alleen u en mevrouw Hagerty totdat zij ter plekke iets van tech kan vinden en hacken om ons een bericht uit te sturen.'

'En we kunnen het risico niet lopen dat te vaak te doen,' merkte Pascal op. 'Ze krijgt misschien maar één kans. Als ze gepakt wordt...' daar dacht hij liever niet aan. Fortuna zou kunnen aarzelen om hém iets aan te doen, wetend dat Pascal Montalban machtige vrienden had. Jessikah had geen dergelijke bescherming, alleen wat Pascal haar zelf kon bieden, en hij moest oppassen in zijn rol te blijven. De meedogenloze, amorele makelaar Montalban zou zich niet bijzonder bekommeren om welke vrouw ook zijn arm sierde op een gegeven moment, en zou zeker niet ingrijpen als Fortuna haar betrapte terwijl ze zijn tech hackte om informatie aan de CIA door te spelen!

'Ik denk dat ze je nog wel eens zou kunnen verrassen,' zei Spires. Ze wierp Pascal het visitekaartje toe dat Jessikah haar had gegeven. 'Tref je regelingen. En denk eraan. Jij hoort met haar naar bed te gaan. Ik zie dat je niet dol op haar bent, maar je kunt maar beter uitvogelen hoe je het overtuigend laat lijken, want Fortuna gaat het merken als jullie elkaar zitten te sarren in plaats van te neuken.'

'Ik kan het overtuigend laten lijken,' zei Pascal kortaf.

'Zorg daar dan voor.' Spires stond op en liep naar de deur. 'Ik ga terug naar DC, u hebt me hier niet nodig. Houd me op de hoogte zolang het kan. Ik ga met de mensen van Homeland praten, zorgen dat we op één lijn zitten wat de onderscheppingen betreft.'

Hij knikte, niet verbaasd dat ze vertrok. Hij was wel een beetje verbaasd dat ze überhaupt was gekomen, al was hij opgelucht; hij had sterk het gevoel dat hij nooit eens de drempel van Jessikahs kantoor over was gekomen, laat staan dat hij haar had overtuigd om met hen samen te werken om de operatie mogelijk te maken.

'Veel succes,' zei Spires op weg naar buiten. 'De volle kracht van de middelen van de Agency staat achter u, Pascal. Gebruik wat u nodig hebt.'

De volle kracht van de middelen van de Agency, en het zou neerkomen op hem en een jong, blauwharig white-hat-hackermeisje, dacht hij terwijl de deur dichtviel, om te voorkomen dat drie koffer-kernwapens God-weet-waar in handen van God-weet-wie belanden.

Fantastisch.

Gewoon verdomd fantastisch.

HOOFDSTUK VIER

Pascal checkte zijn telefoon, stuurde de huurauto naar de stoeprand bij een stalen poort en keek met opgetrokken wenkbrauwen door de spijlen heen.

Het leek er sterk op dat Jessikah Hagerty het inderdaad prima voor elkaar had in de particuliere sector, als dit haar huis was. Aan het einde van een doodlopende straat in de Hidden Canyon Estates schatte hij dat het elegante, modernistische glas-en-staalpand zeker een koele vier miljoen waard was.

'Ik kom er zo aan,' kraakte een stem uit de intercom nog voor hij de knop kon indrukken, en hij glimlachte schamper. Natuurlijk had ze hem waarschijnlijk op meerdere camera's zien aankomen.

Uit de geringe hoeveelheid informatie die hij over haar tijd bij de NSA had kunnen opdiepen, wist hij dat ze zo grondig was dat ze waarschijnlijk zijn telefoon had gekloond terwijl hij in haar kantoor zat en hem sindsdien ermee gevolgd had.

De poort schoof net ver genoeg open om een grote koffer op wieltjes naar buiten te duwen, en daarna volgde Jessikah.

Pascal was niet iemand die snel schrok, maar zijn mond viel open, want ze was bijna onherkenbaar. Weg was het blauwharige boho-hippymeisje van gisteren; in haar plaats stond een glamoureuze blonde in een mouwloze witte blazerjurk met torenhoge hakken, een fijn gouden kettinkjesriempje dat haar smalle taille accentueerde, de voorkant ver genoeg losgeknoopt om een schitterende V van decolleté te laten zien.

Hij staarde, verblind.

'Kom ik door de keuring?' Ze grijnsde zelfgenoegzaam naar hem voordat ze de koffer een zetje gaf. 'Ga je je als een heer gedragen en deze in de auto zetten? Hij weegt een ton, vrees ik. Jessica Berry-Sandford, Instagrammodel, reist niet licht.'

'Ik... juist. Instagrammodel?'

'Een van mijn aliassen. Makkelijk vol te houden. Ze is een rijkeluisdochter die alleen foto's van zichzelf post wanneer ze daar zin in heeft; de meeste van haar plaatjes zijn aesthetics... geplukt van overal en nergens op internet.' Terwijl ze een paar met kristal bezette Cartier-zonnebrillen opzette waarvan hij vurig hoopte dat ze niet op zijn creditcard waren gezet, paradeerde ze om hem heen en gleed op de passagiersstoel. 'Wat een saaie auto. Mag ik aannemen dat jij nog steeds Pascal Montoya bent?'

Geamuseerd ondanks zichzelf tilde hij de koffer — Louis Vuitton, wat anders — in de kofferbak en voegde zich bij haar. 'Pascal Montalban zou zich nooit in zo'n wagen laten zien. Hij houdt van vintage sportwagens. Liefst Jaguars uit de jaren zestig. Maar ik ben nog niet Pascal

Montalban. Hij is persona non grata in de VS. Hij komt pas tevoorschijn als we in Puerto Rico zijn. Voor nu ben ik Peter Miller, verzekeringsagent. Op vakantie naar San Juan... met de vriendin die duidelijk ver boven zijn niveau is.'

Jessikahs lach schalde door de auto toen hij de motor startte. 'Daar heb je gelijk in, schat.'

Haar accent was zuidelijk en klonk volkomen naturel. Hij kon het niet laten ernaar te vragen terwijl hij zuidwaarts reed, en ze antwoordde vrijuit, vertelde dat ze was opgegroeid in het zuiden van Virginia. Haar ouders allebei lobbyisten in DC; zij en haar zussen hadden veel tijd doorgebracht bij hun grootmoeder in Macon, Georgia... en daar kwam dat accent vandaan.

'Het is mijn natuurlijke accent. Ik heb hard gewerkt om het af te leren toen ik bij de NSA zat. Men neemt je anders niet serieus.'

'En daar had je al meer dan genoeg last van,' zei hij.

'Precies! En ik kan niet met iedereen alleen maar via e-mail communiceren, hoe graag ik het ook zou proberen.' Ze zette haar stoel helemaal naar achteren, trok haar schoenen uit en gooide haar voeten op het dashboard. 'Ugh, het enige waar ik geen tijd voor heb gehad is weer wennen aan het dragen van hakken.'

'Dat zal hopelijk niet lang hoeven,' merkte Pascal op. 'Ik zie ze niet veel nut hebben op Isla Fortuna, waar dat ook ligt.'

'Maak je een grap?' Ze duwde haar zonnebril een stukje omlaag en keek eroverheen naar hem. 'Heb je goed naar de meisjes in die video gekeken?'

Dat had hij eigenlijk niet, maar dat wilde hij niet toegeven.

'Ze droegen letterlijk niets anders dan piepkleine bikini's... en hoge hakken. Fortuna verwacht niets minder. Ik heb zes paar Jimmy Choos in die koffer.'

'Ik hoop van harte dat die niet op mijn creditcard zijn gegaan!' Hij vertrok zijn gezicht.

Ze giechelde in haar hand. 'Rustig maar,' zei ze, maar ze vertelde er niet bij dat ze niet op zijn kaart stonden.

Het was rustig op de weg en ze haalden de luchthaven met ruime marge.

'Vliegt Montalban niet privé?' plaagde Jess luchtig terwijl ze incheckten voor hun vlucht.

'*Peter Miller* in elk geval niet,' zei Pascal in waarschuwende toon. 'Hij heeft wél uitgepakt voor businessclass. Waarschijnlijk om indruk te maken op zijn veeleisende vriendin.'

'Acceptabel,' zei ze met een klein sniffje. 'Nét.'

Hij kon amper geloven dat ze niét het Instagrammodel was dat ze speelde. Hoofden draaiden om terwijl ze op die spichtige hakken door het vliegveld schrijdde, haar heupen wiegend in een gevaarlijk ritme waar mannen niet omheen konden. Gouden haar dat bijna tot op haar heupen golfde — hij huiverde bij de gedachte wat haar extensions wel niet gekost zouden hebben — ze praatte en lachte net iets te hard, alles groter gemaakt, berekend om alle ogen naar zich toe te trekken.

Kortom, ze was een geboren actrice, en eventuele twijfels die hij had gehad over haar vermogen om Fortuna om de tuin te leiden, ebden weg. Ze was niet precies het type vrouw dat eerder aan Montalbans arm was gezien — knap genoeg, maar net iets te zelfverzekerd — maar Pascal bedacht dat hij gewoon kon laten doorschemeren dat hij behoorlijk gecharmeerd van haar was.

Dat zou niet moeilijk zijn.

Hij had er liever geen aantrekkingskracht op Jessikah bij. Ze was ruim tien jaar jonger dan hij en hij droeg de verantwoordelijkheid voor haar veiligheid bij een van de meest ingewikkelde en gevaarlijke missies waar hij ooit op had gezeten, maar hij had altijd een zwak gehad voor slimme, uitgesproken vrouwen. Ze was vlijmscherp, ronduit prachtig in beide gedaantes die hij tot nu toe had gezien, en blijkbaar onbevreesd.

'Je zei dat je vier jaar geleden bij de NSA bent weggegaan?' vroeg hij, toen ze in een rustig hoekje van de businessclasslounge zaten.

'Dat heb ik niet precies zo gezegd, nee, maar het is zeker informatie die je had kunnen vinden toen je ging graven.' De hoeken van haar mond krulden weer op in die kleine smirk.

'Hm. Ik neem aan dat de NSA fysieke eisen stelde aan hun agenten. Wat ik wil weten: ben je blijven trainen sinds je weg bent?'

'Ah.' Ze kantelde haar hoofd iets. 'Je vraagt je af of je me moet dragen als er geschoten wordt.'

'Ik hoop van harte dat het niet zover komt en jij niets hoeft te doen, maar doe me een plezier. We hebben geen tijd voor een beoordeling van je vaardigheden, dus ik heb je eerlijkheid nodig.' Hij keek haar recht aan.

'Best.' Jess leunde achterover en sloeg haar lange benen over elkaar.

Hij dwong zichzelf niet naar beneden te kijken, oogcontact te houden. *Niet laten afleiden.*

'Aangezien je om eerlijkheid vroeg: ik geef toe dat ik lichamelijk wat heb laten versloffen sinds ik de NSA verliet en met Hestia begon. Toen mijn zus vorig jaar bij ons kwam, greep ze me figuurlijk bij m'n kraag en sleepte me terug naar de sportschool, en ook naar de schietbaan. Ik zal vast niet voldoen aan wat voor blackbelt-ninjastandaarden de Dienst van zijn veldagenten vraagt, maar ik kan mijn mannetje staan.'

Haar blauwe ogen weken niet en hij knikte langzaam, gelovend wat ze zei. 'Je zus heeft nogal een reputatie. ATF baalde ervan haar kwijt te raken.' Hij had zich ook in Liane Hagerty verdiept; haar dossier bleek een stuk dikker dan dat van Jessikah. Indrukwekkende lectuur.

'Dan hadden ze haar niet als stront moeten behandelen. Ze hebben haar te lang undercover gehouden en ze was zo ongeveer opgebrand na die ellende met de Brethren. Een jaar lang een roadhouse runnen in een godverlaten uithoek van Idaho... ik weet niet hoe ze het zo lang heeft volgehouden.'

'Undercoverwerk vergt een hoop geduld.' Hij dacht aan de vijf jaar die hij erin had gestoken om geduldig de dekmantel van Pascal Montalban op te bouwen. Dingen doen die vlekken op zijn ziel achterlieten, maar die door de Dienst waren goedgekeurd voor het grotere doel.

'Dat zal jij wel weten, hè?' Jess glimlachte weer, nu met meer sympathie dan spot. 'Ik snap dat jij hier de leiding hebt,' zei ze, boog plots naar voren en legde kort haar hand op zijn knie, tot zijn verbazing. 'Ik ga je niet ondermijnen of iets doms of roekeloos doen. Ik ga mee omdat je technische ondersteuning nodig hebt, en geloof me, die rol ken ik door en door. Dat bimbo-vriendinnetje... ik doe m'n best.'

'Je gaat het geweldig doen.' Hij meende het. Ze zag eruit en klonk precies zoals het hoorde. 'Eén ding. Vergeet niet een enorme scène te schoppen als ik je zeg dat je je telefoon moet inleveren.'

'Een Instagrammodel is bijna net zo verknocht aan haar telefoon als ik.' Jessikah lachte zacht. 'Ik zal er op het eiland ook nog over zeuren.'

Een zakenman kwam hun hoek van de lounge binnen en ging erbij zitten, zijn blik openlijk op Jessikahs benen gericht. Ze schonk hem een koket glimlachje en pronkte, het toonbeeld van een Instagrammodel dat geniet van de bewondering die haar rechtens toekomt.

Op dat moment werd hun vlucht omgeroepen en Jess stond gracieus op, begiftigde de verblufte zakenman met een glimlach en wiegde naar de gate. Pascal kon niet anders dan in haar kielzog volgen.

De vlucht verliep zonder noemenswaardigheden en ze waren, kort voor middernacht, geïnstalleerd in een chic hotel aan de rand van San Juan. Pascal had een suite met twee slaapkamers gereserveerd, zich ervan bewust dat dit de laatste nacht privacy was die Jessikah voorlopig zou krijgen. Ze moesten nog bespreken wat hen op Isla Fortuna te wachten kon staan, en hij bestelde roomservice terwijl Jess ging douchen, zichzelf mentaal wapnend voor het gesprek.

'Ruikt goed.' Jess stapte de kamer weer in, gehuld in een badjas van badstof. 'Die maaltijd in het vliegtuig vulde de maag niet echt, ondanks dat het businessclasscatering was.'

'Je nam de biefstuk, dus concludeerde ik dat je geen vegetariër bent.' Hij tilde de stalen kap van een bord en onthulde een perfect medium rare gebakken biefstuk, met friet en een salade erbij.

'Oh mijn God, heerlijk.' Ze wierp zich zowat in een stoel en greep mes en vork. 'Ik sterf van de honger.'

'Wat wil je drinken?' Hij opende de minibar om de selectie te bekijken.

'Bier,' zei Jess met haar eerste hap steak in haar mond.

'Komt goed.' Hij plopte een fles open en zette die voor haar neer. 'Eh... je weet dat...'

'Op Isla Fortuna moet ik eten en drinken als een Instagrammodel. Uh-huh.' Ze hief haar bier naar hem. 'Maar we zijn nog in Puerto Rico, dus wat mij betreft: wat in San Juan gebeurt, blijft in San Juan.'

'Juist.' Hij ging zelf ook zitten, begon aan zijn maaltijd en wachtte op het juiste moment om aan te snijden wat hij moest bespreken.

Wéér verraste Jessikah hem.

'Dus,' zei ze tussen twee happen door, 'we moeten het hebben over dat hele intimiteitsgedoe.'

'Uh?' zei Pascal bijster intelligent, overrompeld.

'Omdat we eruit moeten zien alsof we vertrouwd intiem met elkaar zijn, en tot nu toe gaat dat niet best. Je schrok je rot toen ik daarnet je knie aanraakte.'

Hij slikte de instinctieve neiging weg om te ontkennen dat hij schrok, want ze had gelijk. Dat had hij. Hij had gereageerd op haar aanraking omdat de aantrekkingskracht die hij voor haar voelde zo sterk was, te sterk. Hij kon níét niet reageren.

En hij moest er, op de een of andere manier, bovenop zien te komen. Het laten lijken alsof hij zich zowel op zijn gemak voelde bij haar als zeker was van haar genegenheid. Volkomen gewend om haar aan te raken... en het recht voelde om dat naar willekeur te doen, want zo zou Pascal Montalban een vrouw behandelen.

'Ik probeerde je zo lang mogelijk ruimte te geven,' zei hij uiteindelijk, 'want je moet begrijpen dat ik je de komende dagen niet met veel respect zal behandelen.'

'Dacht ik al.' Ze leunde achterover en wiegde haar bier. 'Vertel me over Pascal Montalban. Ik moet begrijpen wie hij is.'

'Ik dacht dat je alles van hem wist,' kaatste hij zachtjes terug.

'Ha. Ik twijfel er niet aan dat jij elk klein snippertje informatie over hem zeer zorgvuldig beheert. Het enige wat ik, naast wat info over de deals die hij heeft gesloten, van hem weet, is dat hij naar verluidt Frans-Algerijns is.' Ze hield haar hoofd een beetje scheef en nam hem op. 'Wat jou qua gezicht wel past. Dicht bij de waarheid?'

'Zoals elke goede cover. Mijn moeder is Frans-Algerijns, mijn vader Cubaans-Amerikaans. Vandaar de naam Montoya.'

'Dat klinkt als een interessant verhaal, hoe twee mensen met die achtergrond elkaar ontmoet hebben!'

'Je zult het vast behoorlijk romantisch vinden.' Hij grijnsde, denkend aan zijn ouders. 'Mijn moeder werkte als schoonmaakster op de Amerikaanse ambassade in Parijs. Mijn vader was een piepjonge medewerker van Buitenlandse Zaken, daar geplaatst voor zijn eerste standplaats. Ze zeggen allebei dat het liefde op het eerste gezicht was.'

'Dat is *héél* romantisch! Zijn ze nog samen?'

'Yep. Ze zijn een paar jaar geleden samen met pensioen gegaan naar Frankrijk en wonen in een rustig dorpje in de Loirevallei. Rustiek paradijs.' Hij dacht er weemoedig aan; het was te lang geleden dat hij langs had kunnen gaan. Misschien na deze missie.

'Dus jij bent tweetalig — drietalig?'

'Van huis uit viertalig. Engels, Spaans, Frans en Algerijns Arabisch. En ik heb een talent voor het oppikken van talen,' zei hij met gevoel voor understatement.

'Ahhhh.' Het was een langgerekt geluid. 'Ineens is het volkomen logisch dat de CIA je heeft binnengeharkt.'

'Ja, het leger probeerde me de kant van Military Intelligence op te sturen vanwege mijn talen, maar ik had mijn zinnen op de Rangers gezet.' Hij haalde zijn schouders op. 'De CIA wachtte in feite tot ik tekenen vertoonde dat ik het zat was om beschoten te worden, en sloeg toen toe en headhunte me.'

'Om dan voor hén beschoten te worden?'

'Misschien verrassend, maar zo ver is het zelden gekomen. Ik kan op de vingers van één hand tellen hoe vaak er de afgelopen vijf jaar überhaupt een pistool in mijn richting is gewezen.'

'Ik gok dat Pascal Montalban slecht zou reageren als iemand een wapen op hem richt?'

'Laten we zeggen dat het meestal niet goed afloopt voor wie zo dom is om het te proberen!'

Jessikah grijnsde en leunde toen, terwijl ze hem bleef aankijken, nog verder achterover in haar stoel, slingerde haar benen omhoog en legde haar voeten in zijn schoot. 'Ze doen pijn na die hakken,' moedigde ze zachtjes aan, en Pascal, die zich had moeten schrapzetten om niet ineen te krimpen, knikte. Voorzichtig begon hij haar voeten te masseren, denkend hoe slim ze was dat ze een manier koos om hen allebei aan lichamelijke vertrouwdheid te laten wennen die niet te intiem was.

Hoe hij het ging bolwerken als ze veel intiemer moesten zijn, moest nog blijken.

HOOFDSTUK VIJF

JESS DWONG ZICHZELF DIEP te ademen terwijl Pascals sterke vingers in de bal van haar voeten drukten en het zeurende vlees tot rust brachten. Ze had hem geplaagd over zijn reactie op haar aanraking, maar de waarheid was dat zelfs de lichtste strijking van zijn vingers tegen de hare er eerder al voor had gezorgd dat elk haartje op haar armen recht overeind ging staan. Ze was nog nooit in haar leven zó hyperbewust van een man geweest, en het was zowel verontrustend als verschrikkelijk onhandig.

Het was onmogelijk om niet op te merken hoe aantrekkelijk hij was, met die doordringende, goudkleurige ogen en scherp gesneden jukbeenderen, maar zijn onverdeelde aandacht op haar gericht voelen, was alsof een steenarend haar fixeerde. Alsof zij prooi was en hij overwoog een tussendoortje te nemen.

Het echt alarmerende was dat ze begon te denken dat opgegeten worden fantastisch klonk.

'Ik moet maar eens gaan slapen,' zei ze, wat abrupt. 'Als de helikopter ons om negen uur oppikt, moet ik minstens een halfuur aan haar en make-up besteden voor we vertrekken, en het is nu bijna twee.'

'Ja.' Pascal liet haar voeten van zijn schoot glijden en stond op. 'Het wordt een zware week. Rust maar uit.'

'Jij ook,' zei ze zacht, terwijl ze zich omdraaide en naar de kamer liep die zij had geclaimd.

'Jessikah?'

'Ja?' Ze keek om.

Hij gaf haar weer die intense blik, en ze kon de rilling die over haar rug liep niet onderdrukken.

'Je gaat het fantastisch doen.'

Zelfvertrouwen had Jess nooit ontbroken, maar ze moest bekennen, al was het alleen tegenover zichzelf, dat ze een paar twijfels had gehad sinds adjunct-directeur Spires had ingestemd dat zij mee moest op de missie. Ze had nog nooit undercoverwerk gedaan. Ja, ze had aliassen opgebouwd en onderhouden, maar dat was een abstracte oefening geweest, iets wat haar amuseerde in plaats van iets dat ze ooit als een echte noodzaak had gezien. Overheidsdatabases en sociale netwerken hacken was oefening.

De zaken waren ineens akelig echt geworden. Ze stond op het punt het hol binnen te lopen van een van 's werelds meest gezochte criminelen, hem te laten denken dat ze een hersenloos snoepje aan de arm was, en zijn eigen tech te hacken om de CIA te helpen drie koffer-kernwapens in handen te krijgen voordat ze zouden worden verspreid onder fanatici en terroristen die ze konden gebruiken om onvoorstelbare tragedies te veroorzaken.

Pascal horen zeggen dat zij het kon, dat hij in haar geloofde, waren misschien maar woorden, maar ze gaven haar zelfvertrouwen beslist een zetje.

'Ik hoop dat je gelijk hebt,' zei ze zacht, voor ze de slaapkamerdeur achter zich sloot.

Als het even kon, zag Jessikah er de volgende ochtend nog schitterender uit, in een blauwe jurk die niet veel meer leek dan een paar driehoekjes stof, bij elkaar gehouden door goudkleurige ringen. Gladde, goudbruine huid, ononderbroken door bh-bandjes, was aan haar zijkanten zichtbaar, en Pascal vroeg zich afwezig af of ze een spraytan had genomen. Ze leek hem niet het type vrouw dat genieten zou van uren liggen bakken voor een echte tan... eerlijk gezegd betwijfelde hij of ze lang genoeg stil kon liggen.

'Je ziet er spectaculair uit,' zei hij zacht, terwijl hij haar koffer oppakte. 'Echt... zo spectaculair dat ik me niet kan voorstellen dat Fortuna en zijn mannen hun hersens lang genoeg uit hun broek krijgen om je ook maar als enige vorm van dreiging te zien.'

'Laten we het hopen.' Ze glimlachte naar hem, trok toen een wenkbrauw op en reikte langzaam omhoog om zijn wang te kussen. Hij bleef stil zitten en sloeg, net zo traag als zij bewoog, zijn vrije arm om haar middel en hield haar dicht tegen zich aan. Hij voelde hoe Jessikah een fractie van een seconde verstijfde, maar toen ontspande ze, smolt ze, en boog tegen hem aan.

'We kunnen dit,' fluisterde ze.

'We kunnen dit absoluut, en we gáán dit absoluut doen. Wat er ook voor nodig is.' Zijn toon was een waarschuwing; ze knikte in stil begrip.

'Wat er ook gebeurt.'

De helikopter stond al op hen te wachten, en terwijl ze ernaartoe liepen, trok Pascal bewust de mantel aan van Pascal Montalban, makelaar in schimmige deals voor 's werelds meest onwenselijke tyrannen en terroristen. Hij voegde een beetje swagger toe aan zijn tred, een spottende krul aan zijn lip. Een Frans accent aan zijn toon toen hij zei:

'Goed. Jullie zijn op tijd.'

'Natuurlijk, meneer.' De piloot was iemand met wie hij eerder had gevlogen, wist wie hij was en toonde passende eerbied. De man wierp Jess één enigszins verblinde blik toe, wendde toen zijn ogen af en tilde haar koffer op om die in het vrachtruim van de heli te laden.

'Hebt u de kluis?' vroeg Pascal toen ze in de helikopter stapten en hij demonstratief Jessikah hielp met haar veiligheidstuigje.

'Ja, meneer, en hij blijft in onze kluis op kantoor totdat u om retour verzoekt.' De piloot reikte hem een open metalen box aan. 'U kunt zelf de code instellen, zoals u wenste.'

Dat deed hij terwijl ze het korte vluchtje maakten van San Juan naar Boquerón, aan de zuidwestkust van Puerto Rico. Toen de helikopter was neergedaald op het platform, hielp hij Jessikah uitstappen en hield de box naar haar toe. 'Telefoon.'

'Dit is belachelijk,' mopperde ze luid, maar ze viste een telefoon uit haar handtas en liet die in de box vallen. 'Wat moet ik dagenlang zonder mijn telefoon? Hoe ga ik foto's maken?'

'Je zult even moeten ontkoppelen en het als een vakantietje zien,' zei hij kalm.

'Vakantie ís wanneer je veel foto's maakt!' Ze trok een pruillip.

'Nu even niet.' Hij liet zijn eigen telefoon in de box vallen, sloot hem af en gaf hem aan de piloot. 'Ik neem contact op.'

'Uiteraard, meneer. Onze kaart. Voor het geval u het nummer niet uit het hoofd kent.' De piloot liet een schaduw van een glimlach zien.

'Geen slecht idee.' Pascal schoof de kaart in een zak, pakte Jess' hand. 'Goed. Ik zie niets wat op een terminal lijkt... of een welkomstcomité... maar daar is wat schaduw. Breng onze tassen, alstublieft, en maak u daarna maar uit de voeten,' zei hij tegen de piloot.

Jess ging prompt op haar koffer zitten zodra ze in de schaduw van een grote loods naast de landingsbaan waren. Ze haalde een pakje kauwgom uit haar tas en stopte een stukje in haar mond. 'Wil je ook?'

'Nee.' Hij kruiste zijn armen en keek toe hoe de piloot terugliep naar de helikopter en wegvloog de heldere ochtend in. 'Verdorie, het is heet. Hopelijk hoeven we niet lang te wachten.' Hij moest ervan uitgaan dat ze al onder surveillance stonden. Er was een aardige kans dat de piloot óók door Fortuna werd betaald, of omkoombaar was om te vertellen waar ze over gepraat hadden.

'Helemaal niet lang, meneer Montalban.' Een deur schoof naast hen open en Jessikah gilde, sprong overeind en greep naar Pascal. 'Excuses, juffrouw. Ik wilde u niet laten schrikken.'

'U hééft me laten schrikken!' Ze gluurde om Pascals schouder heen, en hij moest een lach onderdrukken. Hij was er vrij zeker van dat ze niet aan het acteren was.

De man die de deur had geopend, lachte wel. Hij droeg een driedelig pak met das, wat in de Puerto Ricaanse zon heet moest zijn, maar hij zweette niet. Een local, schatte Pascal in; meer dan ingehuurde spierkracht. Een soort beheerder, mogelijk door Fortuna goed vertrouwd. Misschien zelfs Fortuna zelf, maar dat dacht hij niet. De air van arrogantie die je bij een man als Fortuna zou verwachten ontbrak.

'Deze kant op, alstublieft.' De man gebaarde naar binnen, de loods in – een kleine vliegtuighangar –, naar een auto die daar naast een klein vliegtuigje geparkeerd stond. 'Ik ben Josef en ik zal u begeleiden naar Isla Fortuna. Op de achterbank, alstublieft. Hun bagage.' Hij knipte met zijn vingers naar een andere man, die hun tassen in de kofferbak tilde.

'We gaan niet vliegen?' vroeg Jessikah.

'Niet op dit moment.' Josef nam plaats achter het stuur. 'We vertrekken zo. Wacht u alstublieft.'

Ze wachtten in stilte en keken toe hoe de andere man in het vliegtuig stapte, uit de loods taxiede en over de baan wegrolde voordat hij opsteeg.

En daar gaat CIA's satelliettracking, dacht Pascal, terwijl Josef de auto startte en de loods uit reed.

Josef zei geen woord. Hij reed hen simpelweg naar een jachthaven op een paar minuten rijden en leidde hen naar een flinke motorjacht, waarbij hij een andere man wenkte om hun tassen te dragen.

'De binnenkajuit, alstublieft,' verzocht Josef. 'U vindt beneden wat eten. Maakt u het zich gemakkelijk.'

'Hoelang zitten we op de boot?' vroeg Jessikah. 'En moeten we de hele tijd beneden blijven? Ik word zeeziek.' Ze sloeg haar wimpers op.

Pascal zag Josef slikken, duidelijk onder de indruk van haar schoonheid. 'Ongeveer twee uur,' zei hij. 'En ja. Het spijt me. U vindt medicatie tegen zeeziekte in het kastje van de badkamer.'

'Waar gaan we naartoe dat het hiervandaan twee uur duurt?' vroeg Jess terwijl ze naar beneden liepen. 'Zitten we in de buurt van de Amerikaanse Maagdeneilanden?'

'Ja, maar die liggen ten oosten van Puerto Rico. Mijn gok is dat we richting de Dominicaanse Republiek gaan, voorlopig tenminste.' En hij gokte dat ze daar waarschijnlijk in een helikopter of een klein toestel zouden stappen. Fortuna was een voorzichtige man. Er zouden meerdere stappen zijn om iedereen die hen mogelijk probeerde te volgen te ontmoedigen. In elk geval konden ze dit gesprek openlijk voeren; nieuwsgierigheid naar hun locatie was volkomen natuurlijk.

De boot kwam op gang, met flink wat vaart, en Jess ging op zoek naar de badkamer. 'Ik word écht zeeziek,' zei ze tegen Pascal, terwijl ze met een strip tabletjes naar hem zwaaide en een fles mineraalwater uit een ijsemmer op de tafel pakte. Hij onderdrukte een glimlach en knikte, nam plaats op een van de comfortabele banken en liet zijn blik ontspannen rondgaan. Het was geen enorm jacht, maar de boot vertegenwoordigde waarschijnlijk een slordige vijf ton, en als hij het goed had, zette Fortuna er zelf waarschijnlijk nooit een voet op. Het was slechts een afleidingsmanoeuvre.

Josef kwam naar beneden en knikte hem beleefd toe. 'Neemt u me niet kwalijk, maar we moeten nu de technologiscans uitvoeren, zoals afgesproken.'

'En als we zakken, worden we dan overboord gekieperd?' vroeg Pascal droog.

'Natuurlijk niet. De borg die u hebt betaald, wordt dan simpelweg ingehouden als compensatie voor het ongemak en u wordt bij onze volgende stop afgezet en mag niet verder naar Isla Fortuna.'

'Wat bedoel je, onze volgende stop? Gaan we niet naar Isla Fortuna?' vroeg Jess.

'Sst, vrouw,' zei Pascal beslist. 'Ik heb je gezegd: vragen zijn niet aan jou.'

Ze keek verontwaardigd en opende haar mond. Hij hief een waarschuwende vinger en ze klapte hem weer dicht, zakte mokkend in een stoel en perste haar lippen tot een dun, nukkig streepje.

'Ze is nieuw,' zei Pascal tegen Josef. 'Ze leert nog hoe het eraan toegaat in onze wereld.' Hij zette er een kleine, aandoenlijke glimlach bij. 'Maar wel de moeite van het opvoeden waard.'

'Dat zal ik beamen,' mompelde Josef onder zijn adem, terwijl hij haar van opzij een stiekeme blik gunde. Hij knikte naar Pascal. 'Zolang ze meneer Fortuna maar geen vragen stelt die hem niet bevallen, denk ik niet dat er een probleem zal zijn.'

Hou je vrouw in toom, anders ben jíj degene die de prijs betaalt, was de onuitgesproken ondertoon.

Josef opende een kast en haalde er verschillende apparaten uit; Pascal herkende ze allemaal als vrij verkrijgbare, standaard scangadgets. Hij knikte instemmend toen Josef vroeg of hij hun tassen mocht openen.

'Mijn spullen...' Jess viel stil toen Pascal weer een waarschuwende vinger ophief, maar toen rechtte ze haar rug en stak ze haar kin op. 'Pascal! Ik wil niet dat hij door mijn ondergoed zit te graaien!'

Josef snoof een lach. 'Het was niet mijn bedoeling u te beledigen,' zei hij snel toen Pascal hem een boze blik toewierp. 'Hier. Ik draai me om; u stopt uw, eh, privéspullen in deze tas. Dan scan ik de buitenkant van de tas.'

Jess overwoog dat, gaf hem een vorstelijke knik en accepteerde het compromis. Eén ooglid zakte in de schim van een knipoog naar Pascal terwijl Josef zich omdraaide.

Wat is ze van plan?

Geen van Josefs apparaten gaf ook maar een piep toen hij hun spullen scande, en daarna pakte Jess haar tas weer in terwijl Josef Pascal scande.

'En nu armen omhoog, Jess,' beval Pascal, en ze zuchtte en deed het.

'Ik hoop dat je minder handtastelijk bent dan de gemiddelde TSA-agent,' mopperde ze tegen Josef.

'Ik zou niet durven u aan te raken, juffrouw.'

Josef hield woord: grondig met de scans maar zorgvuldig zonder haar daadwerkelijk aan te raken. Hij wierp een paar snelle, behoedzame zijdelingse blikken op Pascal, en Pascal besloot dat hij gelijk had gehad over Josefs plek in de pikorde. Meer dan spierkracht, maar niet hoog genoeg in Fortuna's organisatie om te denken dat hij boven repercussies stond als hij de machtige, rijke, goed geconnecteerde gasten van Fortuna kwaad zou maken.

'Dank u voor uw medewerking,' zei Josef toen hij klaar was, zijn apparatuur opborg en zich terugtrok. 'Er is eten klaargezet in de koelbox.' Hij wees naar een grote, ingebouwde koelbox achter in de ruimte. 'Bedient u zich alstublieft.'

'Honger?' vroeg Pascal aan Jess.

Ze schudde haar hoofd. 'Beetje misselijk. De pilletjes werken zo wel. Ga jij maar, lieverd.'

Hij onderdrukte een trek om met zijn mondhoek te bewegen, ging bij de koelbox kijken. Hij vond een paar elegant opgemaakte borden met sushi, fruit, fijne vleeswaren en kazen.

'Ziet ernaar uit dat we in elk geval goed te eten krijgen.'

'Mooi,' bewonderde Jess terwijl hij de borden op tafel zette. 'Jammer dat ik er geen foto's van kan maken!'

'Stel je niet zo aan.' Hij ging weer zitten en nam wat sushi.

De reis verliep rustig. Even later leek Jess zich goed genoeg te voelen om op een stukje watermeloen te knabbelen, maar verder brachten ze de tijd vooral door met uit het raam turen, toekijkend hoe de kustlijn van Puerto Rico in de verte wegzakte tot er niets dan water te zien was, en uiteindelijk doemde er weer land op aan de horizon.

'Er is een luchthaven in Punta Cana,' mompelde Pascal.

'Denk je dat we nog een vlucht pakken?'

'Ik vermoed van wel. Als Fortuna echt zijn eigen eiland heeft. Ik ken de lokale geografie redelijk goed en er is niet echt iets bewoonbaars voor de kust van de DR. De Turks- en Caicoseilanden liggen net ten noorden ervan. Binnen helikopterbereik in elk geval.'

'Waarom zijn we daar dan niet meteen heen gevlogen? Ach laat ook, geen vragen. Ik snap het.'

Ze was zelfs mooi als ze pruilde, dacht Pascal, al gaf ze hem heel even een grijns, en hij wist dat ze het eigenlijk best leuk vond om haar rol te spelen.

De boot meerde een poosje later aan, en er stond weer een auto voor hen klaar. Josef reed hen, zoals Pascal al had vermoed, naar de luchthaven van Punta Cana, maar er wachtte geen helikopter op hen – wel een kleine privéjet. Ze stegen vrijwel meteen op en draaiden zuidwaarts in plaats van noordelijk, zoals hij had verwacht.

Een uur in de vlucht murmelde Jess: 'Zuid-Amerika?'

'Het kan bijna niet anders.' Ze vlogen zo ongeveer kaarsrecht naar het zuiden, voor zover hij kon inschatten; ze zouden snel boven Venezuela zijn. Het toestel begon te dalen voor een landing, maar het was niet de luchthaven van Caracas waar ze neerkwamen.

'Flamingo Airport?' las Jess de naam op een bord op een van de gebouwen en lachte. 'Waar is dat?'

'Bonaire,' antwoordde Pascal.

'Ik herhaal: waar?'

'Bij Curaçao. Het is in Nederlandse handen.'

'Zijn we er al?' zuchtte ze theatraal tegen Josef toen hij terugkwam om hen te halen.

'Bijna, juffrouw.' Hij glimlachte, duidelijk geamuseerd door haar. 'Nog één stuk van de reis.' Hij wees naar de helikopter die op hen stond te wachten op het tarmac.

Een paar minuten later waren ze weer in de lucht, ditmaal oostwaarts, en zelfs Pascals uitgebreide kennis van de regio begon wat te wringen. Hij herinnerde zich vaag dat er een kleine archipel voor de Venezolaanse kust lag; daar moesten ze heen gaan, en inderdaad, iets minder dan een uur later zette de helikopter hen af op een vrij klein, rotsachtig eiland met een cluster lage, witte gebouwen in een halve cirkel rond een prachtig wit zandstrand.

'Nou, ik neem aan dat het uitzicht de reis goedmaakt,' mopperde Jess terwijl hij haar uit de helikopter hielp, 'maar wat een tocht, we zijn al de hele dag onderweg!'

De zon ging nog niet onder. Hij schudde zacht zijn hoofd om haar overdrijving, nam haar hand op zijn arm en leidde haar vooruit terwijl Josef hen begeleidde naar het grootste van de gebouwen, en weer een man aanschoof om hun tassen te dragen. De helikopter steeg meteen weer op en Pascal vroeg zich af of hij een van de andere potentiële kopers ging ophalen – en welke ingewikkelde routes zij genomen zouden hebben om hier te komen.

HOOFDSTUK ZES

Jess wist vrij zeker dat Isla Fortuna, of dat nu de echte naam was of niet, vroeger een luxe hotel was geweest. Waarschijnlijk zo eentje die niet genoeg klandizie had kunnen trekken omdat hij te lastig bereikbaar was. Terwijl ze de lobby binnenliepen — dezelfde als in de video — keek ze om zich heen; alles bestond uit open zuilen, marmeren tegels en prachtig onderhouden palmen.

Wat betekende dat Fortuna het ofwel heel onlangs had overgenomen, of dat hij op z'n minst het huishoud- en tuinteam had aangehouden.

'Schattig,' drawlde ze toen Josef stilhield. 'Ik heb in ergere oorden gelogeerd. Waarschijnlijk. Ergens.'

'Jess,' zei Pascal beslist, 'mondje dicht. We beledigen onze gastheer niet.'

Ze kruiste haar armen, zuchtte en rolde met haar ogen, maar zei verder niets.

'Ik zal u naar uw villa brengen. Wees alstublieft om zeven uur terug hier in de lobby om Mr Fortuna te ontmoeten... en ik moet u verzoeken tot die tijd in uw villa te blijven en niet rond te dwalen,' zei Josef, waarna hij gebaarde dat ze hem weer moesten volgen.

Ze volgden een met palmen omzoomd pad een flauwe helling af, langs drie kleinere gebouwen die duidelijk individuele villa's waren. Josef sloeg bij een vierde van het pad af, opende de deur en gebaarde dat zij vóór hem naar binnen moesten gaan.

De villa was ronduit verbluffend: gepolijst hout en marmer, via een boog in de woonkamer was een groot bed te zien, openslaande deuren die uitkwamen op een privéterras met een hot tub, en daarachter het strand. Jessikah bedacht dat zelfs haar Instagrammodel-alter ego weinig te klagen zou hebben, dus keek ze zwijgend rond.

'Erg fraai,' zei Pascal met een knikje.

'U vindt daar een volledig uitgeruste bar met spoelbak, en ik hoop dat u het tijdens uw verblijf naar uw zin heeft,' zei Josef. 'Denkt u er alleen aan...'

'Hier blijven tot zeven. Begrepen.'

'Alsof dat nou zo lang is,' mompelde Jessikah nukkig. 'Aangezien we *de hele dag* onderweg zijn geweest.'

'Ga douchen,' zei Pascal beslist. 'Misschien spoelt dat wat van die attitude weg.'

Ze wierp haar haar achterover naar hem, wierp Josef en de andere man, die net hun tassen neerzetten, een boze blik toe. 'Wat, met die twee hier?'

Toen geen van beide mannen bewoog en ze haar alleen maar aanstaarden, zette ze haar handen in haar zij en keek ze hen dreigend aan. 'Weg. Nu!'

Josef schrok, draaide zich om en haastte zich naar buiten, de andere man meesleurend. Jessikah grijnsde naar Pascal, die meteen een vinger op zijn lippen legde, toen naar zijn oor wees en een cirkel in de lucht tekende.

Afluisterapparatuur. Ze knikte om te laten zien dat ze het begreep. Ze wees naar haar eigen oor... en toen naar haar oog.

Camera's?

Pascal haalde zijn schouders op. Hij wees naar zijn eigen ogen en gebaarde toen om zich heen.

Ik ga kijken.

Er was geen haar op Jessikahs hoofd dat aan douchen dacht totdat ze wist of ze wel of niet werd gefilmd. Ze greep hem bij zijn mouw, trok hem de badkamer in en gebaarde om zich heen.

Eerst hier!

Pascal lachte geluidloos, maar knikte. Hij bewoog door de badkamer en onderzocht elk hoekje en gaatje. Uiteindelijk draaide hij zich naar Jess om. Hij wees naar zijn ogen en schudde zijn hoofd. Toen naar zijn oor en haalde zijn schouders op.

Geen camera's, audio misschien, interpreteerde ze, en ze knikte. 'Ik ga die douche nemen,' zei ze.

'Doe dat, engel.'

De liefkozende bijnaam klonk volkomen vanzelfsprekend uit zijn mond, maar Jess verstijfde even. Pascal leek het niet te merken; hij draaide zich om en verliet de badkamer, vermoedelijk om de rest van de villa te controleren op verborgen camera's.

Ze kleedde zich uit, zette de douche aan en grijnsde toen de straalmunten van alle kanten uit de sproeiers in de leisteentegelcabine schoten.

Aan dit soort luxe zou ze best kunnen wennen.

Bij voorkeur wel zonder in het hol van een superschurk te hoeven verblijven om het te krijgen. Misschien liet ze haar badkamer gewoon verbouwen zodra ze eenmaal thuis was.

Aangenomen dat ze thuis zou komen, dan.

Met een zucht hief ze haar gezicht naar het water en probeerde zich mentaal voor te bereiden op de veel zwaardere dagen die eraan kwamen.

Pascal aarzelde buiten de badkamerdeur. Hij was er na een grondige zoektocht zeker van dat er geen verborgen camera's in de villa waren, maar afluistermicrofoons konden klein zijn en veel beter verstopt. Hij moest ervan uitgaan dat die er waren.

Wat betekende dat hij zich moest gedragen alsof hij en Jess een stel waren, volledig op hun gemak bij elkaar... en dat hij dus nonchalant die badkamer in zou moeten lopen alsof het niets was dat zij naakt was.

Hij kon het niet. Jess kon gaan gillen. In plaats daarvan tilde hij zijn tas op het bed, begon hem uit te pakken en zijn kleren op te hangen alsof hij zo'n übergeorganiseerde Type A-kerel was die niet gezien kon worden met een kreuk in zijn overhemd.

Tegen de tijd dat hij klaar was, kwam Jess uit de badkamer, gewikkeld in een handdoek. Ze wierp hem een vragende blik toe en liet haar ogen even naar het plafond flitsen.

Hij schudde zijn hoofd, tikte met zijn vingertop tegen zijn oorlel en haalde toen zijn schouders op. Ze knikte, liep naar hem toe, reikte omhoog en drukte een luidruchtige kus op zijn wang.

'Ik ben klaar, lieverd. Neem jij vooral de tijd.'

'Heb je nog warm water voor me overgelaten?' Hij sloeg hard op het bed, naast haar dij. Voor wie meeluisterde, kon het klinken alsof hij op haar billen sloeg, en Jess speelde snel mee; ze liet een gilletje en giechel ontsnappen.

'Hé! Daar hebben we geen tijd voor als we om zeven uur terug in de lobby moeten zijn. Of mogen we te laat komen?' kirde ze.

'Beter van niet.' Hij verlaagde zijn stem tot een hese rasp. 'Hoe verleidelijk je ook bent.'

Ze staarden elkaar aan op nog geen paar centimeter afstand, en Pascal merkte tot zijn schrik dat zijn adem stokte. Jess' ogen waren zo helder, zo blauw; ze wendde haar blik niet af en leek even betoverd als hij. Ze likte langs haar lippen, waarschijnlijk zonder dat ze zich ervan bewust was.

Even dacht hij eraan haar te zoenen. Hij zou het vroeg of laat toch moeten doen, om een geloofwaardige show voor Fortuna neer te zetten. Maar dit zou anders zijn, met z'n tweeën.

De stilte duurde inmiddels zo lang dat hij dacht dat eventuele meeluisteraars toch wel zouden aannemen dat ze aan het zoenen waren. Zonder het oogcontact te verbreken, deed hij een stap achteruit.

Jess slikte, en hij zag de plotselinge gewaarwording in haar ogen. Dat ze dicht bij iets waren gekomen dat ergens rommeligs naartoe had kunnen leiden.

'Pak jezelf uit,' zei hij, 'en doe iets moois aan. Ik wil met je pronken.'

'Wanneer zie ik er *niet* mooi uit?' deed ze quasi-verontwaardigd.

'Nou, er was die keer dat je te dronken was om je make-up af te halen en wakker werd met panda-ogen en ontploft bedhaar,' zei hij droog.

Hij kon zien hoe graag ze wilde lachen, maar in plaats daarvan gaf ze hem een mep tegen zijn arm met een verontwaardigde kreet.

Holy shit.

Zodra de badkamerdeur achter Pascal dichtviel, liet Jessikah zich op het bed zakken; haar knieën waren ineens te week om haar te dragen.

Heeft hij me nou bijna gezoend?

Het was belachelijk om zich er als een giechelend schoolmeisje over te voelen. Ze zouden *moeten* zoenen, meerdere keren en met overtuigende passie, de komende dagen. Dit voelde anders. Het voelde alsof Pascal haar bijna had gezoend gewoon omdat hij het wilde.

En God weet dat ik hem niet had tegengehouden.

Hoe meer tijd ze met Pascal doorbracht, hoe meer ze zich tot hem aangetrokken voelde. Zijn droogkomische humor, de manier waarop zijn whiskygouden ogen met heimelijk vermaak glinsterden als hij haar van opzij aankeek en haar uitnodigde de humor van hun situatie in te zien, ondanks hoe penibel die was — het was onthutsend verleidelijk, en dan had ze het nog niet eens over het feit dat hij een buitengewoon knappe man was. Ja, hij moest minstens een decennium ouder zijn dan Jessikah, maar eerlijk gezegd had ze zich nog nooit aangetrokken gevoeld tot mannen van haar eigen leeftijd, sinds ze op de middelbare school en universiteit al jaren voorliep op haar leeftijdsgenoten. Mannen van haar leeftijd kwamen op haar ongelooflijk kinderachtig over. Een man als Pascal, die... dat was een man die stevig in zijn schoenen stond. Een man die wist wat hij wilde en er ook voor ging.

Denk eraan dat hij een rol speelt, berispte ze zichzelf in stilte.

Maar rollenspel kan leuk zijn, fluisterde het duiveltje op haar schouder. *Hij is zó sexy als hij je de les leest.*

'Belachelijk,' mompelde ze binnensmonds, terwijl ze zichzelf dwong op te staan, haar koffer open te ritsen en jurken eruit te halen om in de kast te hangen. 'Doe normaal, Jess. Verliefd worden op deze vent is een snelle manier om je hart te laten breken.'

Het maakte niet uit als iemand haar dat hoorde zeggen. Het was niet uit karakter voor wie ze hoorde te zijn — een meisje dat op papier in elk geval niet zó ver van Jess zelf afstond. 'Hij is rijk, toegeeflijk en heet,' zei ze wat harder. 'Dan kun je best leven met een beetje bazigheid en af en toe een bezoek aan wat voor soort superschurkenhol dit dan ook zogenaamd is.'

Ze moesten doen alsof ze niet wisten dat er werd meegeluisterd, redeneerde Jessikah terwijl ze haar kleren weghing en zachtjes onder haar adem neuriede. En de verwende socialite die ze speelde, zou in elk geval in privé het een en ander te zeggen hebben over hun situatie.

'Hm.' Ze koos een van de jurken, hield hem voor zich en bekeek zichzelf in de volle spiegel op de kastdeur. 'Dit wordt 'm.'

Pascal floot bewonderend toen ze uit de badkamer kwam, en Jessikah verborg haar zelfgenoegzame glimlach niet. Ze wist dat ze er adembenemend uitzag in de witte en gouden Donna Karan-jurk met bandjes, de asymmetrische zoom die haar hele rechterbeen tot aan haar heup liet zien, de halslijn die voor laag en achter nog lager drapeerde.

'Gaat het wel, zo?' sneed ze hem toe.

'Je ziet er fúcking geweldig uit, en dat weet je.'

Ze glimlachte, griste haar make-uptas mee en zwierde langs hem de badkamer in. 'Verdomme, ja, dat doe ik, schat.'

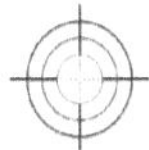

Jessikah zag er nog verbluffender uit toen ze even later — verrassend snel — weer tevoorschijn kwam. Ze was van nature een mooi meisje, maar ze wist duidelijk hoe ze met make-up het maximale uit haar aanzienlijke schoonheid kon halen wanneer ze dat wilde. Haar ogen leken nog groter en blauwer, de fijne lijnen van haar gezicht subtiel verfijnd. Goud blonk aan haar oren, polsen en hals.

Ze zag er... Pascal zocht naar het woord. *Duur*, besloot hij uiteindelijk. High maintenance. Het soort vrouw dat je met respect moest behandelen, anders stapte ze op haar wolkenkrabberhakken weg zonder nog één keer om te kijken. En waarschijnlijk haalde ze je reputatie onderuit op haar hele Instagram-feed terwijl ze toch bezig was.

Hij glimlachte bij die gedachte, bood haar zijn arm en hield die iets schuin naar haar toe. 'Klaar om te gaan?'

'Als het dan moet. Ik verga van de honger; ik hoop dat de catering net zo goed is als de accommodatie.' Ze haakte haar vingers om zijn biceps en kneep zachtjes. 'Laten we dit doen, Pascal.'

'Denk eraan,' zei hij, 'zien en niet gehoord.'

'Ja, ja, dat had je al gezegd,' zuchtte ze dramatisch. 'Alleen voor jou doe ik überhaupt moeite, schat. Je zorgt er maar voor dat die diamanten armband die je me hebt beloofd er is zodra we terug zijn in de States.'

'Ik vergeet het niet, engel.' Hij drukte een hoorbare kus op haar haar voordat hij haar de villa uit leidde.

'Let goed op elke vorm van tech. Zelfs bedrading,' fluisterde Jess zacht terwijl ze terugliepen richting het hoofdgebouw. 'Ik gok dat ze een bewakingscentrum hebben opgezet in het kantoor achter wat vroeger de receptie was, maar er moet wel íets meer zijn dan dat. Er staan satellietschotels op het dak. Waarschijnlijk een serverruimte.'

'Je bedoelt dat je *hoopt* dat de serverruimte niet in het bewakingscentrum zit,' fluisterde hij cynisch terug. 'Want daar zitten continu mensen naar de monitors te kijken.'

Ze kneep in de binnenkant van zijn arm. 'Vind gewoon die tech. Want totdat we dat doen, weet niemand waar we zijn. Wijzelf inbegrepen!'

Jessikah had een punt, dacht Pascal somber. Gezien de kronkelige route die ze hadden afgelegd om hier te komen. Zelfs hij wist het niet meer echt zeker. De eilandengroep waarvan hij dacht dat ze erop zaten, lag zo'n vijftig mijl uit de noordkust van Venezuela, te ver om ook maar ergens licht te zien. De sterrenhemel was adembenemend zonder zichtbare lichtvervuiling, pure duisternis met meer sterren dan hij ooit in zijn leven had gezien, hoog boven hen fonkelend.

'Het is in elk geval geen verkeerde plek om een paar dagen vakantie te vieren,' zei hij op normaler volume. 'Genieten van de zon en het zwembad. Nieuwe vrienden maken.'

Ze blies geamuseerd door haar neus en lachte toen. 'Ik heb wel een week aan Instagram-posts vooruit ingepland. Maar ik heb ook al laten doorschemeren dat ik binnenkort een nieuwe pretty laat zien... dus vergeet die armband niet.'

'Je zult 'm verdienen.'

En dat meende hij. Als ze dit voor elkaar kregen, als ze alle drie de kernkoppen konden onderscheppen en Fortuna achter slot en grendel kregen... dan zou hij verdomme zelf die diamanten armband voor haar kopen.

HOOFDSTUK ZEVEN

PASCAL HAD MINSTENS NOG twee helikopters horen aankomen terwijl hij en Jess in hun villa waren, en hij had geen idee hoeveel anderen er vóór hen al geland konden zijn. Of, inderdaad, per boot waren aangekomen. Dus het verbaasde hem niet dat, toen ze de lobby binnenliepen, er meerdere andere mannen rondstonden die naar de fonteinen keken. Twee herkende hij; hij had ze eerder ontmoet. Deals voor hen afgehandeld. Een derde kende hij van gezicht, maar had hij nooit de hand geschud. De vierde man was een onbekende.

'Meneer Yoon.' Hij knikte respectvol naar de Noord-Koreaan. Een van de rechterhanden van de Geprezen Leider; voor zover Pascal wist sprak Yoon geen Engels, maar hij werd altijd vergezeld door een tolk. Dit keer een tenger, jonge Koreaanse vrouw in een militair ogend tuniekjasje, haar haar kortgeknipt.

'Meneer Montalban,' zei de jonge vrouw nadat Yoon snel tegen haar had gesproken. 'We hadden niet verwacht u hier te zien. We hebben uw diensten in deze kwestie niet ingeschakeld.'

'Wel, u weet dat ik niet uitsluitend voor u werk, meneer Yoon.' Pascal gaf nog een respectvolle knik. 'Hoewel ik hoop in de toekomst weer met u samen te werken, vertegenwoordig ik in deze zaak een andere cliënt.'

'En wie zou dat dan zijn?' gromde een andere stem, deze met een zwaar Oost-Europees accent.

Pascal draaide zich om met opnieuw een glimlach voor de breedgeschouderde Tsjetsjeense generaal, die zelfs in de zwoele Caribische hitte volledige militaire tenue droeg, met linten en medailles over zijn tuniek gespeld.

'Toe nou, generaal Dzhokharov. Als ik zulke vertrouwelijke informatie zou onthullen, had ik geen cliënten meer, of wel?'

Dzhokharov bromde, maar gaf een lichte knik van erkenning. 'Kent u Dieter Breukel?'

'Alleen van reputatie.' Pascal stak zijn hand uit naar de man wiens gezicht hij op veel observatiefoto's had gezien. Breukel was een Nederlander en, net als Pascal Montalban, een tussenpersoon. Een makelaar.

'Insgelijks.' Breukel schudde zijn hand met een beleefde knik, zijn ogen scherp terwijl hij Pascal taxeerde. Net als de andere mannen liet hij een korte, waarderende blik van boven naar beneden over Jessikah glijden om haar vervolgens net zo zichtbaar uit zijn gedachten te bannen.

'En de laatste van ons vrolijke gezelschap.' Dzhokharov wees naar de laatste man, die een beetje apart van hen bleef staan. 'Saul Hayworth.'

Pascal voelde hoe Jess' vingers zich een fractie steviger in zijn arm klemden. De naam zei hem helemaal niets, maar hij gokte dat zij hem eerder had gehoord. De man zag eruit en kleedde zich als een Amerikaan.

'Ik heb hem op tv gezien,' zei ze hardop. 'Zijn papa is Joshua Hayworth, toch? Die tv-evangelist?'

'Dat noemt u hem maar beter niet.' Dzhokharov lachte schallend. 'Hayworth vindt zichzelf de tweede komst van Christus, en al zijn discipelen zijn het met hem eens... inclusief zijn zoon.'

Een fundamentalistische sekteleider, dus. En vermoedelijk een met een zeer goedgevulde oorlogskas. 'Het soort hel-en-verdoemenis-prediker?' vroeg Pascal.

'Zeker weten. Als hij een koper is, wil ik weten waar hij het van plan is te gebruiken. Zodat ik kan zorgen dat ik er héél ver vandaan ben,' zei Jess, terwijl ze hem met grote ogen aankeek, en hij knikte.

'Ik begrijp je zorg, engel. We zullen zien. Misschien bewijst hij ons de professionele hoffelijkheid om een veilige plek te suggereren.'

'Misschien Nieuw-Zeeland.' Dzhokharov lachte weer, en Pascal dacht dat de Tsjetsjeen al aan de alcohol zat. Of misschien iets sterkers. Hij leek net iets té opgewonden, bijna manisch.

'Mijn vrienden,' bulderde een stem door de lobby, en allemaal draaiden ze zich om naar een man die binnenkwam, vergezeld door Josef en twee andere mannen. Geheel in het wit gekleed spreidde de nieuwkomer zijn armen in welkom. 'Welkom op Isla Fortuna Continental. Ik ben uw gastheer... Baz Fortuna.'

Het kostte Pascal de grootste moeite om niet met open mond van schrik te blijven staan. Want hij wist wie de man in het wit echt was, en zijn naam was geen Baz Fortuna.

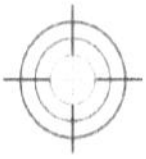

'Pascal?' murmelde Jess, terwijl Baz Fortuna de kamer rondging, handen schudde en zijn gasten begroette. 'Wat is er? Je staat helemaal strak.'

'Hij is een voormalig CIA-agent. Zogenaamd dood. Sebastian Maroney.' Pascal sprak heel zacht, zonder zijn blik van Maroney af te wenden, of van Fortuna, of hoe hij zichzelf nu ook noemde.

'Voormalig CIA!'

'Hij zal niet weten wie ik ben.' Pascal wierp haar een zijdelingse blik toe. 'Er is geen situatie waarin we elkaar zouden hebben ontmoet. Hij is naar verluidt zeven jaar geleden gestorven.'

Vóór Pascal bij de Agency kwam, begreep Jess meteen, en ze knikte. Ze had Maroney's naam nooit gehoord, wat betekende dat de Agency vrijwel zeker geen flauw benul had dat Maroney nog leefde en overgelopen was naar de duistere kant. Dode helden werden lang niet zo vaak besproken als levende supervillains.

Het verklaarde ook waarom 'Baz Fortuna' persoonlijke ontmoetingen zoveel mogelijk vermeed. Hij moest nog grondiger onder de radar van de CIA blijven dan de meesten. Eén foto van hem in het gezelschap van een bekende slechterik en zijn beeld zou in de geavanceerde gezichtsherkenningsalgoritmen worden gevoerd die Jess had helpen programmeren toen ze bij de NSA werkte. Zelfs officieel dood verklaard zijn, zou hen er dan niet van weerhouden hem te identificeren. Hij was tenslotte niet de eerste boef die zijn eigen dood in scène zette. Dat had de NSA op de harde manier geleerd.

'Pascal Montalban.' Fortuna kwam voor hen staan, zijn glimlach breed en oogverblindend wit. 'Uw reputatie gaat u vooruit. Net als de mijne, uiteraard.' Hij lachte luid, voordat hij Jess een lange, peilende blik gunde. 'En wie hebben we hier?' Hij pakte haar hand, bracht die naar zijn lippen en kuste die lang.

'Jessica Berry-Sandford.' Ze glimlachte naar hem, met fonkelende kuiltjes. 'Is dit uw eiland, Baz... mag ik u Baz noemen? Het is verrukkelijk.'

'U mag me noemen zoals u wilt.' Zijn ogen gleden over haar heen, namen haar kleding, haar sieraden, de kwaliteit van haar manicure in zich op. 'Ik hou van uw schoenen, Jessica.'

'Vindt u? Louboutins.' Ze gooide één rode zool naar achteren. 'Wist u dat ze espadrille-wedges maken? Ik vond ze bij Nordstrom. Té schattig.'

'Ikzelf ben weg van hun sneakers.' Hij gebaarde naar zijn eigen voeten, gestoken in witte sneakers met kartelig getande rode zolen. 'Loubisharks.'

Ze liet zichzelf een verrukt trillerlachje ontsnappen. 'Een man met smaak!'

'Ik hoop dat u dat blijft vinden. Josef.' Fortuna wenkte zijn assistent. 'Open de deuren, alsjeblieft.'

Josef haastte zich te gehoorzamen, opende een paar dubbele deuren aan één kant van de lobby en liet de groep binnen in een grote zaal, ingericht als eetzaal met één lange tafel in het midden en een volledig uitgeruste bar aan de zijkant. Verscheidene vrouwen in schaarse jurkjes stonden samengeklit bij de bar.

'Heren. En dames. Alstublieft, komt u dineren.'

'We zijn hier niet om te dineren,' liet de Koreaanse tolk zich horen, duidelijk ingegeven door meneer Yoon. 'Wanneer vindt de veiling plaats?'

'Alles op zijn tijd, mijn vriend.' Fortuna glimlachte zijn haaiengrijns, zijn ogen zwart en levenloos. 'Voor vanavond hoop ik dat u geniet van de gastvrijheid van Isla Fortuna Continental. U begrijpt toch wel de lading van die naam? U hebt *John Wick* gezien?'

The Continental. Neutraal terrein. Jess knikte niet, maar ze zag dat Pascal zijn hoofd licht boog, Breukel ook, en Hayworth. Yoon en Dzhokharov keken glazig, en Josef en een van Fortuna's andere assistenten schoven naar hen toe, duidelijk om het concept uit te leggen.

'Sommigen van u hebben uw eigen gezelschap meegebracht,' zei Fortuna, 'maar alstublieft... sta mijn vriendinnen ook toe u te vermaken.' Hij gebaarde naar de vrouwen aan de bar, die bij het duidelijk vooraf afgesproken signaal naar voren kwamen, met glazen champagne en geoefende glimlachen.

De Koreaanse tolk bij Yoon deinsde een pas terug, afkeer krullend aan haar dunne lippen, maar Yoon leek het niets te kunnen schelen of het niet op te merken. Voor het eerst viel het Jess op dat er ook een vrouw bij Dzhokharov was... eigenlijk een meisje, tenger en rank in een zilverkleurige, glinsterende jurk die nauwelijks de bovenkant van haar dijen bedekte. Ze volgde de Tsjetsjeense generaal op de voet, bleef binnen armlengte alsof ze aan hem vastzat, met haar ogen op de vloer gericht. Dzhokharov schonk haar geen enkele aandacht, grijnsde breed en maakte luidruchtige opmerkingen toen Fortuna's vrouwen hem naderden.

'Dank u,' Jess nam een glas champagne aan, nam een slok en neuriede waarderend. Het dure spul, dacht ze.

Gezien de hoogte van de niet-restitueerbare aanbetalingen die de bieders hadden betaald om hier te zijn, kon Fortuna echter royaal uitpakken. Haar betaling was de grootste geweest, net onder een kwart miljoen dollar, maar samen zou het om meer dan een miljoen dollar gaan bij z'n vijven, wat op z'n minst alle kosten dekte om iedereen hierheen te krijgen en hen te onderhouden.

Een deur aan de andere kant van de zaal ging open, en personeel begon binnen te stromen met schalen vol eten, die ze op tafel neerzetten. Fortuna drong erop aan dat zijn gasten plaatsnamen, en tot Jess' lichte verbazing schoof, terwijl ze naast Pascal ging zitten, Fortuna aan haar andere kant in de stoel. Zijn aandacht werd echter meteen opgeëist door Dzhokharov, die tegenover hen plaatsnam, dus probeerde ze haar spanning los te laten en te genieten van het onmiskenbaar uitstekende eten.

Het meisje in de zilveren jurk had naast Dzhokharov plaatsgenomen en zat met de handen in haar schoot en haar ogen neergeslagen, knabbelde op een paar happen van het eten dat Dzhokharov op haar bord legde en zei niets. Jess overwoog kort haar opties, besloot dat haar persona ten minste een poging zou doen om vriendelijk te zijn, en boog zich tijdens een stilte in het gesprek naar voren om te spreken.

'Hoi, ik ben Jess. Hoe heet je?'

De ogen van het meisje schoten omhoog naar Jess' gezicht. Ze leek overdonderd dat er tegen haar gesproken werd.

'Oh... sorry... spreek je geen Engels? Ik spreek geen Russisch. *Parlez-vous français?*'

'Ik spreek een beetje Engels,' zei het meisje aarzelend, na een korte, zijdelingse blik op Dzhokharov te hebben geworpen, die haar negeerde en met de vrouw aan zijn andere kant sprak. 'Mijn naam, Mariska.'

'Leuk je te ontmoeten, Mariska.' Jess wilde net een volgende vraag stellen toen Fortuna zich ermee bemoeide.

'Spreekt u Frans, Jess?'

'Natuurlijk.' Ze sloeg haar wimpers naar hem. 'Daar hebben Pascal en ik elkaar ontmoet. Papa heeft een chalet in Val d'Isère; we gaan daar elke lente skiën.'

'Aha. Wat doet uw vader, zou ik van hem gehoord kunnen hebben?'

'Dat betwijfel ik! Hij is valutahandelaar.' Ze giechelde en wuifde luchtig met haar vingertoppen. 'Hij zit zijn dagen lang begraven in grafieken op computerschermen. Hij is er *heel* goed in.'

De implicatie was natuurlijk dat hij *héél* rijk was. En als Fortuna zijn mensen eropaf stuurde, zouden ze een perfect elektronisch spoor vinden voor ene Emmanuel Sandford, met een nettovermogen in de hoge acht cijfers.

Zo iemand bestond in werkelijkheid niet, maar het zou minstens een paar dagen en aanzienlijke middelen kosten om dat te achterhalen, en tegen die tijd – áls Fortuna al de moeite nam – hoopte Jessikah dat ze al lang en breed vertrokken waren.

'U wilt niet in de voetsporen van uw vader treden?' drong Fortuna aan.

Jess keek hem schaapachtig aan. 'Waarom zou ik? Hij is een saaie piet. De helft van de tijd, zelfs als we in Val d'Isère zijn, is hij te druk aan het werk om van de piste te komen genieten. Ik geniet liever van mijn leven.'

'Dit is een vrouw die weet hoe je moet leven.' Pascal mengde zich in het gesprek en sloeg zijn arm om haar schouders. 'Onverschrokken! Je had haar moeten zien op die zwarte piste. Ik kon haar niet bijhouden, en ik probeerde het nog wel. Skiet u, Fortuna?'

'Af en toe. Nooit in Val d'Isère geweest, trouwens. Misschien ga ik het eens proberen.' Fortuna hield zijn ogen geen moment van Jess af; ze voelde haar huid kriebelen onder de intensiteit van zijn stare, maar hield haar uitdrukking onbezorgd, luchtig.

'Wij zijn er met Pasen altijd. Misschien zien we u volgend jaar. Pascal, schat, mijn glas is leeg.' Ze wendde zich af; ze moest minstens even het oogcontact verbreken voordat ze zich zou verspreken en haar afkeer zou tonen.

'Mijn personeel stelt me teleur.' Fortuna's uitdrukking betrok; hij knipte met zijn vingers en wees naar Jess' glas. Een ober viel bijna over zijn eigen voeten in zijn haast om het bij te schenken, het angstzweet op zijn gezicht.

'Laat dat niet nog eens gebeuren,' snauwde Fortuna.

'Ja, meneer!'

'Mijn gasten verwachten attente service. Zorg dat u die levert.' Fortuna zuchtte en leek de man vervolgens uit zijn aandacht te bannen. 'Mijn excuses, mijn lieve.'

'Geen aanstoot genomen, schat. En mijn complimenten voor de champagne trouwens. Heerlijk. Net als het eten!'

'Het vreet aan haar dat ze geen foto's kan maken voor haar Instagram,' zei Pascal tegen Fortuna.

'Ah... het spijt me, Jessica. Natuurlijk begrijpt u de gevoelige aard van mijn zaken. En ook de privacy van mijn gasten moet gerespecteerd worden.'

Ze slaakte een theatraal zuchtje en rolde met haar ogen, maar voegde er een glimlach aan toe om te laten zien dat ze speelde. 'Het is prima. Het is uw plek, meneer Fortuna. Uw regels.'

'U bent een slimme vrouw.' Zijn ogen werden verrassend warm terwijl hij naar haar keek. 'Het is zeldzaam om een vrouw te vinden die eruitziet zoals u en een brein heeft dat daaraan kan tippen. U hebt een goeie, Montalban. Ik hoop dat u haar waardeert.'

'Oh, dat doe ik,' zei Pascal, terwijl Jessikah in stilte kookte om Fortuna's vrouwonvriendelijke opmerking.

Fortuna bleef haar *aanraken*. Een lichte kneep in haar schouder, een klopje op haar hand, de aanraking van zijn dij tegen de hare terwijl hij wijdbeens in zijn stoel hing. Het kon alleen maar opzet zijn, want hij deed het niet bij de vrouw aan zijn andere kant, en het kostte Jess al haar moeite om niet bij elke aanraking terug te deinzen. Elk instinct schreeuwde haar toe om de volgende keer een van zijn vingers te grijpen en zo ver naar achteren te buigen tot hij piepte, maar dat was nu precies het laatste wat ze kon doen. Toen hij zijn hand op haar dij legde, moest ze echter iets doen.

'Pardon, jongens.' Ze schoof haar stoel naar achteren en kwam overeind. 'Ik moet even naar het damestoilet.'

'Sta me toe u de weg te wijzen...' Fortuna schoof zijn stoel naar achteren en wilde opstaan, maar zij legde een hand op zijn schouder en lachte.

'Schat, ik zie het bord daar zó hangen! Ik zal heus niet verdwalen. Ben zo terug, schatje.' Ze blies Pascal een kus toe en wiegde weg, zich pijnlijk bewust van Fortuna's ogen in haar rug.

HOOFDSTUK ACHT

PASCAL BESEFTE HEEL GOED dat Fortuna die met zijn handen aan Jess zat een machtsvertoon was. Een manier om zijn dominantie te laten zien, zijn gezag te stempelen en duidelijk te maken dat alles op het eiland voor het grijpen lag. En de realiteit was dat als Fortuna besloot dat hij Jess wilde en haar zou nemen, Pascal daar niets tegen kon beginnen. Hij was in de minderheid en, aangezien hij volledig ongewapend was, ook nog eens kansloos. Het enige wat hij kon doen, was zichzelf laten doden of half dood laten slaan, en dan had Jess helemaal geen rugdekking meer.

Hij moest erop vertrouwen dat Jess Fortuna zelf aankon. Of hopen dat een van de andere vrouwen Fortuna voldoende zou afleiden; de verbluffende brunette aan Fortuna's andere zijde deed in elk geval haar best, leunde tegen hem aan terwijl ze haar ellebogen naar elkaar toe drukte, waardoor haar borsten letterlijk uit de top van haar schaars bemeten rode jurk dreigden te vallen.

Jess kwam toen terug van het toilet, en als je zag hoe ze liep, de wit-met-gouden jurk die aan haar soepele rondingen kleefde, moest Pascal toegeven dat zelfs in een kamer met tien andere mooie vrouwen, Jess alle blikken naar zich toetrok.

Hij moest iets doen, anders zou ze door iedereen lastiggevallen worden, niet alleen door Fortuna. Hij moest zijn stempel van bezit op haar drukken, zodat tenminste de andere potentiële kopers zich wel twee keer zouden bedenken, bang om hem tegen zich in het harnas te jagen.

Hij stond op toen Jess terugkwam aan tafel, stak zijn hand naar haar uit en probeerde zo zijn bedoelingen duidelijk te maken. Ze nam zijn hand, een vraag in haar ogen, en hij trok haar dicht tegen zich aan, sloeg zijn andere hand om haar taille en drukte hun lichamen van borst tot heup tegen elkaar.

'*Oh,*' zei ze geluidloos; haar ogen schoten heel even opzij, en hij zag haar brein in een hogere versnelling schieten, berekenen wat hij deed en waarom.

Toen krulden haar lippen tot een raadselachtig glimlachje en boog ze dichter naar hem toe, reikte naar hem op, haar wimpers die neerdaalden en op haar wangen rustten.

Het was stilzwijgende toestemming, en hij nam die aan, plaatste zijn mond schuin over de hare en kuste haar lang, langzaam en grondig.

Ze stonden te dicht bij de anderen om er iets anders dan een echte kus van te maken, en Jessikah was ofwel een voortreffelijke actrice of ze genoot er daadwerkelijk van, want ze kuste hem even grondig terug, smolt tegen hem aan en liet de vingers van haar vrije hand door zijn haar glijden.

Het was het soort kus dat de wereld van een man volledig uit zijn baan kon slaan, en enkele lange seconden vergat Pascal iedereen in de kamer. De terroristen en kleine tirannen die hij zijn leven had gewijd neer te halen, die elkaar gretig beloerden op zwakke plekken in het pantser, alles wat ze konden gebruiken om elkaar neer te halen, als een roedel hyena's.

Jess was echter niet zijn zwakte. Ze was een kracht. Ze zouden haar onderschatten, haar zien als slechts een mooi gezicht en lichaam, en geen moment vermoeden welk briljant brein daarachter schuilging.

Hij beëindigde de kus langzaam, tilde zijn hoofd op, en Jess sloeg haar ogen open, schonk hem opnieuw dat raadselachtige glimlachje en liet hem opschrikken door opzettelijk haar nagels over de achterkant van zijn nek te krassen. Hij schokte lichtjes, kippenvel trok over zijn hele lijf.

'Nou, schat,' zei ze, haar stem nét hard genoeg dat Fortuna het kon horen. 'Je weet dat je niet jaloers hoeft te worden als ik met andere mannen praat. Ik ben helemaal van jou.'

'En vergeet dat niet.' Hij gaf haar een lichte tik op haar achterste, liet haar vervolgens los en hield de rugleuning van haar stoel vast zodat ze kon gaan zitten.

Fortuna keek naar hen, zijn uitdrukking stil en peinzend, en zodra Pascal zijn blik ving, veranderde die weer, terug naar de uitbundige, genereuze gastheer, vol gemoedelijkheid.

'Desserts!' riep Fortuna, en de bedienden snelden uit de keuken, met meerdere schalen en etagères met uitbundige desserts erop. 'Jullie móéten de bombe Alaska proberen, vrienden. Een zeer passend dessert voor deze bijeenkomst, vond ik!' Hij lachte luid, nodigde hen uit om in zijn vrolijkheid mee te gaan, en Pascal en Jessikah deden plichtsgetrouw mee.

Mariska, het Tsjetsjeense meisje, hield hen in de gaten. Dzhokharov was dronken aan het worden, zoals gewoonlijk in Pascals ervaring – de man had geen discipline – en had al een van Fortuna's meisjes op schoot, waarover Mariska er eerder opgelucht uitzag. Pascal had het uiterst onbehaaglijke gevoel dat ze nog jonger was dan ze leek.

Hij had de afgelopen jaren veel afschuwelijks gezien en moest maar al te vaak wegkijken. Toch had hij sterk het idee dat Jessikah dat niet zou kunnen. Niet als haar toegeknepen blik, terwijl ze zag hoe Mariska terugdeinsde voor Dzhokharovs weidse gebaren, enige aanwijzing was.

'Denk eraan waarom we hier zijn,' fluisterde hij zacht in haar oor, onder het mom dat hij het sensueel liefkoosde met zijn tanden. 'Een Tsjetsjeens meisje is het niet.'

'Klein meisje, precies,' fluisterde Jess terug, maar hij zag de berusting terwijl ze naar hem opkeek. Ze begreep het.

Drie kernkoppen wogen zwaarder dan het welzijn van één individu. Zodra die veiliggesteld waren, zou hij, als hij iets voor Mariska kon doen, dat doen, maar tot die tijd moesten ze bij de missie blijven.

'Nou, ik zit vol,' verklaarde hij, 'en na vandaag duik ik mijn bed in. Misschien loop ik eerst nog even een rondje, als u het goedvindt, Fortuna? Uit beleefdheid: is er ergens dat verboden terrein is? Ik wil niemand voor het hoofd stoten.'

'Goed dat u het vraagt, Montalban.' Fortuna boog zijn hoofd als dank voor de professionele beleefdheid. 'De villa op de top van de heuvel is van mij; ga niet voorbij het hek bij het hekwerk eromheen. Mocht een van mijn bewakers u bevelen te stoppen, doe dat dan alstublieft, maar verder mag u overal komen op het eiland waar u maar wilt.'

'En morgen doen we zaken?'

'In de namiddag.' Fortuna glimlachte als een wolf. 'Ik denk dat sommige van mijn gasten het niet erg zouden waarderen als ik een vroege start vereiste.' Hij wierp een snelle blik over de tafel naar Dzhokharov en, misschien verrassend, Hayworth, de zoon van de predikant, die ook behoorlijk dronken leek, met een meisje op schoot. Of misschien toch niet zo verrassend. Misschien werd Hayworth normaal gesproken strak aangelijnd door zijn vader.

Of misschien waren de Hayworths allebei enorme huichelaars die niet leefden zoals ze preekten, wat minstens zo waarschijnlijk was, dacht Pascal terwijl hij opstond en Jess met zich meenam.

'En goedenacht, mijn beste,' zei Fortuna tegen Jess, terwijl hij haar hand greep en er een langgerekte kus op plantte. 'Tenzij je de saaie meneer Montalban wilt laten zitten en hier op het feest blijft? Ik zorg dat het de moeite waard is.'

'Ach, schat.' Ze lachte plagerig en trok haar hand terug. 'Je kunt me niet betalen.'

Shit. Het was het verkeerde om te zeggen geweest. Pascal zag het licht van de uitdaging in Fortuna's ogen aangaan. Hij kon nu niets zeggen om de schade te beperken, dus glimlachte hij uiterlijk onaangedaan en trok Jessikah met zich mee de kamer uit.

'Shit,' fluisterde ze terwijl ze de tuinen in liepen. 'Ik heb het volgens mij echt verknald.'

'Ik kan het rechttrekken, maar dan moet ik terug en alleen met hem praten. Dat moet ik sowieso. Hij wil je, en hij doet geen moeite om dat te verbergen.'

'Wat in hemelsnaam ga je zeggen?' siste ze.

'Dat bedenk ik nog,' gaf hij toe. 'Maar als ik het niet doe, besluit hij dat jij te veel van een uitdaging bent om te weerstaan en geeft hij zijn mannen gewoon opdracht mij te doden om mij uit de weg te ruimen. Ik moet hem laten denken met zijn zakenbrein in plaats van met het hoofd in zijn broek.'

'Hij moet slim zijn, als hij bij de Agency zat en het al jaren lukt onder hun radar te blijven.' Jess keek peinzend terwijl ze door de tuinen slenterden, verlicht door hier en daar opflakkerende tiki-fakkels, hun hoofden naar elkaar gebogen als geliefden die zoete woordjes uitwisselen. 'Als ik dat niet wist, zou ik denken dat hij alleen maar ego en bluf is.'

'Ik ben me het hoofd aan het breken om te herinneren wat ik over hem weet. Hij is ergens in Zuid-Amerika verdwenen, misschien zelfs Venezuela. De Agency kreeg een video waarop te zien was dat hij werd gefolterd en gedood, als ik het me goed herinner.'

'Moet een verdomd goede deepfake zijn geweest. Ik wil hem wel eens zien.'

'Ongetwijfeld.' Pascal schudde meewarig zijn hoofd. 'Ze gingen ervan uit dat het waar was, omdat dat was wat ze verwachtten te zien, maar hij moet het allemaal zelf hebben opgezet, die klootzak.'

'We krijgen hem wel. Ik zorg dat jouw baas weet wie hij is, zodra we de computers hebben gevonden en een bericht kunnen sturen.'

'Ja.' Pascal had er geen goed gevoel over, maar hij zei niets. De mannen die Fortuna vergezelden droegen radio's, geen mobieltjes, en hij had nergens de kenmerkende rechthoek in een broekzak gezien. Fortuna was slim genoeg om de technologie die op het eiland aanwezig móést zijn, strak te controleren, maar dat ging hun leven lastig en gevaarlijk maken, en heel waarschijnlijk zouden ze maar één kans krijgen om een boodschap naar buiten te krijgen. Ze moesten hun moment zorgvuldig kiezen.

Ze waren terug bij hun villa, en Pascal opende de deur zodat Jess naar binnen kon. 'Ik kan maar beter teruggaan en met hem spreken. Ik wil het niet tot morgenochtend laten liggen. Hij zal zitten te sudderen over die opmerking van "je kunt me niet betalen".'

'Het spijt me,' zei ze berouwvol.

'Het is goed, engel. Blijf jij hier. Ik ben zo terug.' Hij gaf haar een smakkende kus op de wang voor eventuele luisteraars, voordat hij zich omdraaide.

Josef voegde zich bij hem toen Pascal terugkeerde naar de eetzaal. 'Alles in orde, meneer Montalban? Is er iets dat u en Miss Berry-Sandford nodig hebben in uw villa?'

'Ik heb een privéwoordje met meneer Fortuna nodig. Niet over de zakelijke kwestie waarvoor we hier zijn. Iets persoonlijks.'

Josef trok zijn wenkbrauwen op.

'Ik denk dat mijn vriendin onbedoeld iets tegen meneer Fortuna heeft gezegd wat mogelijk aanstoot gaf. Ik wil zorgen dat het wordt rechtgezet,' lichtte Pascal toe.

'Komt u mee.'

Josef leidde hem terug naar de lobby en naar de andere kant, naar een kleine lounge die waarschijnlijk ooit werd gebruikt door reizigers die op hun vervoer wachtten. 'Ik zal vragen of meneer Fortuna u wil ontvangen,' zei Josef, voordat hij hem alleen liet.

Pascal vermoedde dat Fortuna hem zou laten wachten, dus greep hij de kans om ogenschijnlijk nonchalant door de kamer te slenteren en ondertussen stiekem alles heel grondig te bekijken.

En toen zag hij het. Door het raam keek hij uit op een soort dienstgang aan de achterkant van het hoofdgebouw van het hotel, en hij kon door een verlicht raam een andere ruimte inkijken. Een met computers. Meerdere zelfs.

Hij bewoog onopvallend naar de andere kant van het raam om te proberen te zien of er iemand in de computerruimte was, maar die leek leeg. Vanaf deze kant kon hij een deur zien; hij probeerde uit te vogelen waar die op uitkwam.

'Meneer Montalban,' zei een stem achter hem, en hij draaide zich om en zag Fortuna, handen in de zakken van zijn witte broek, met een kleine grijns op zijn gezicht. 'Wat kan ik voor u doen? Ik ben niet bereid over zaken te praten zonder de andere kopers erbij, in het belang van eerlijkheid.'

'Begrijpelijk. Daar gaat dit niet over.' Pascal ging rechtop staan en keek de andere man in de ogen. 'Dit is tussen u en mij.'

'Is dat zo?' Fortuna hield zijn hoofd een beetje schuin en glimlachte nieuwsgierig. 'Voor zover ik weet is vanavond de eerste keer dat we elkaar ontmoeten, al heb ik natuurlijk van u gehoord. We hebben af en toe gezamenlijke cliënten.'

'Zeker, maar ik denk dat Jessica u misschien onbedoeld heeft beledigd.' Pascal haalde zijn schouders op. 'Met die opmerking dat u haar niet zou kunnen betalen.'

'Even, misschien. Maar toen dacht ik erover na en besefte... zij is niet het soort vrouw dat je kunt kopen, of wel?'

'Haar papa is waarschijnlijk meer waard dan u en ik bij elkaar. En hij heeft het lang niet allemaal legaal verdiend, ongeacht hoe keurig en schoon het er nu uitziet. Zijn startkapitaal heeft hij vergaard met witwassen voor de kartels.' Pascal dikte het aan, maar hij moest Fortuna een reden geven om zich terug te trekken zonder gezichtsverlies. 'Ík zou het risico niet nemen om hem tegen me in het harnas te jagen. Jess is zijn enige kind, en hoewel ze over hem kan zitten schelden en hem een saaie nerd noemt, dolen ze op elkaar. Als haar iets overkomt, zou hij elke cent uitgeven om de verantwoordelijke te vinden en dat de moeite waard vinden.'

'Ah,' mompelde Fortuna.

'Ik ga het maar ronduit zeggen. Ik zie dat u zich tot haar aangetrokken voelt. Elke gezonde man die haar sinds ik haar ken heeft gezien, voelt zich tot haar aangetrokken.' Hij glimlachte wrang, nodigde Fortuna uit in zijn zelfspot mee te gaan. 'Maar het punt is: zij is geen vrouw die je kunt kopen, nemen of claimen. Haar moet je winnen. En dat heb ik gedaan.' Hij verhardde zijn toon en keek Fortuna recht in de ogen. 'En met alle respect: ik waardeer het niet dat u uw handen legt op wat van mij is. Uw gastvrijheid geeft u dat recht niet.'

'Ach toe nou.' Fortuna probeerde het weg te lachen.

'Dit is uw huis en uw regels, dat respecteer ik. Zaken gaan voor ons allebei voor, denk ik, en ik hoop met u zaken te doen in deze deal, en misschien vaker in de toekomst. Maar respect moet wederzijds zijn en daar is duidelijk geen sprake van als u midden voor mijn neus een move probeert te maken op Jess.'

Een beladen moment lang staarden ze elkaar zwijgend aan. Pascal kon de radertjes in Fortuna's hoofd bijna zien draaien, terwijl de diep egoïstische, arrogante wapenhandelaar mentale berekeningen maakte. Proberend uit te vogelen of hij alles kon krijgen wat hij wilde zonder dure en mogelijk verwoestende repercussies.

Uiteindelijk haalde Fortuna zijn schouders op en lachte. 'Wat is het probleem, Montalban? Ze is maar een vrouw.'

'*Mijn* vrouw.'

'Wat u wilt. Ik ga terug naar *mijn* feest. Nog een fijne avond.' Fortuna draaide zich op zijn hak om en liep zonder nog een woord weg, en liet Pascal achter met de vraag of hij de zaken nu beter of juist slechter had gemaakt.

HOOFDSTUK NEGEN

Jess had ongeveer drie minuten alleen in de villa nodig om te beslissen dat ze daar niet wilde blijven. En nog geen minuut later had ze haar jurk en schoenen uitgetrokken en een yogabroek, een tanktop en een gebreide muts om haar haar in te stoppen aangetrokken... allemaal zwart, allemaal spullen die ze had verstopt in het 'ondergoedtasje' dat ze Josef eerder niet had laten controleren. Zwarte ballerina's maakten haar sluip-outfit compleet en ze was klaar om te gaan.

Er stonden ergens op dit verdomde eiland computers. En die ging ze vinden.

Ze glipte geruisloos de nacht in, stapte meteen van de met fakkels verlichte paden af en vertrouwde op het felle maanlicht en sterrenlicht om haar weg te vinden.

'Terug in het hoofdgebouw, dat móét wel,' fluisterde ze tegen zichzelf. 'Maar aan de achterkant... misschien achter de keukens?'

Ze werkte zich naar de achterkant van het gebouw. Ze struikelde bijna over een vuilnisbak en ving zichzelf op tegen de muur, haar adem sissend ontsnappend. Geen moment te vroeg, want plotseling zwaaide er een deur open en er kwam een keukenmedewerker naar buiten, die nog een zak in de vuilnis kieperde en de hele tijd in zichzelf mompelde.

Jess durfde niet eens te ademen. Ze drukte zich tegen de muur, hopend dat de schaduwen haar genoeg verbergden.

De man draaide zich om en ging terug de keuken in, en Jess liet haar adem ontsnappen. Dat was op het nippertje. Als ze niet bijna over de bak was gevallen, was ze regelrecht tegen hem aangelopen, en ze had absoluut geen uitleg gehad die door de beugel kon voor waarom ze in het donker door de dienstgang sloop.

Ze sloop verder, langs de keukendeur, richting twee verlichte ramen aan weerszijden van het steegje. Stemmen uit het rechterraam hielden haar tegen voordat ze er was.

Dat was Pascals stem. En Fortuna's. Ze was per ongeluk beland bij wat klonk als het staartje van een gesprek.

'Wat is het probleem, Montalban? Ze is maar een vrouw.' Dat was Fortuna's stem, kil en minachtend.

'*Mijn* vrouw,' zei Pascal, zacht maar beslist.

'Wat jij wilt. Ik ga terug naar mijn feestje. Geniet van je avond.'

Fortuna's Loubisharks piepten zachtjes toen hij op zijn hakken draaide en wegstapte.

Jess waagde het en gluurde door het raam, zag alleen Pascals rug terwijl ook hij de kamer uit ging.

Mijn vrouw.

Ze wist niet helemaal hoe ze zich daarover moest voelen. Haar buik maakte rare sprongetjes. Natuurlijk was het allemaal acteerwerk van Pascal, maar... die kus eerder had wel heel echt gevoeld.

Mijn vrouw.

Een deel van haar wílde dat het echt was.

Luid gelach bereikte haar oren vanuit het feestje twee kamers verderop, en Jess schudde zichzelf wakker. Hier staan dagdromen over Pascal hielp haar doel niet.

Ze draaide zich om, stapte voorzichtig het steegje over en hurkte beneden de vensterbank van het andere raam, tilde zich op om met één oog naar binnen te gluren.

Yes! Ze gunde zichzelf een klein overwinningsvuistje. Ze had de computers gevonden. En goede ook; haar geoefende oog zag servers, een satellietlink en meer. Geen bewakingsapparatuur, echter. Zoals ze al vermoedde, moest dat in een andere kamer staan en waarschijnlijk op een interne server, geïsoleerd van het grotere internet. Zo zou zij het in ieder geval doen. En Fortuna was CIA-getraind, hij was niet dom. Toegang tot de serverruimte was vast strak gereguleerd... er was nu niemand binnen. Voorzichtig tastte ze rond het raam, maar het was verzegeld, niet bedoeld om makkelijk open te gaan, als het al open kon. Ze moest uitzoeken waar de deur aan de andere kant van de kamer op uitkwam, maar niet vanavond, want Pascal zou elk moment terugkeren naar de villa en als hij merkte dat ze weg was, zou hij regelrecht hierheen stormen en stampij maken.

Ze rende op stille voeten helemaal terug, bleef weg van de verlichte paden, en trof Pascal precies toen hij naar de villa toe liep. Hij wierp één blik op haar in haar zwarte outfit en gebreide muts, en zijn lippen spanden zich.

O jee, ik krijg op mijn kop. Ze grijnsde ondeugend naar hem. 'Serverruimte gevonden,' moude ze triomfantelijk.

'Ik ook,' moude hij terug.

Oh. Hij had het waarschijnlijk door dat andere raam gezien. Ze zakte ineen, teleurgesteld, toen ze besefte dat ze haar nek had uitgestoken voor helemaal niets.

Pascals gezicht verzachtte, en hij stak een hand uit, trok de muts van haar haar en stopte die in zijn zak. 'Ik heb met Fortuna gepraat,' zei hij hardop, voor het geval er onzichtbare luisteraars waren. 'Duidelijk gemaakt dat respect twee kanten op moet gaan.'

'Je doet belachelijk,' zei ze, zijn hint oppikkend. 'Hij flirtte alleen maar. Ik kon het aan.'

'Misschien. Hij is niet gewend dat hem iets wordt geweigerd, maar hij moet begrijpen dat proberen jou te nemen consequenties heeft, en niet alleen van mij.'

Jess trok nieuwsgierig haar wenkbrauwen op, en Pascal... zag hij er daadwerkelijk *betrapt* uit? Wat had hij tegen Fortuna gezegd, vóór het stukje dat ze had opgevangen?

'Ik heb hem verteld dat jouw vader ons allebei uit zijn losse zakgeld kan opkopen... en dat hij zijn startkapitaal heeft gekregen door voor de kartels geld wit te wassen.'

Jess knipperde, verrast, en toen grijnsde ze. Pascal kon het niet weten, maar dat was een vleugje genialiteit dat elke oppervlakkige onregelmatigheden zou verklaren als Fortuna zijn mensen eropaf stuurde om haar fictieve vader na te trekken.

'Nu hoor eens, schat,' spinde ze, terwijl ze haar armen om zijn nek sloeg, 'je weet dat ik daar met niemand over mag praten. Papa is tegenwoordig voor honderd procent respectabel.'

'Aan wie zou Fortuna het vertellen, engel? Ik wilde alleen dat hij begreep dat hij niet alleen met mij zit te sollen als hij zijn lul zijn verstand laat overnemen.'

'Je bent bezitterig. En dat bevalt me eigenlijk wel.'

Jess begon bij te houden wat ze speelde voor hun onzichtbare publiek en wat ze echt voelde. Dit undercovergedoe was verdomd verwarrend; hoe had Liane jaren zo kunnen leven? Jess was *één dag* undercover en nu al kapot.

'Kom,' zei Pascal. 'Haal je make-up eraf en laten we naar bed gaan.'

Een goed idee, maar ze wist nu al dat ze niet meteen konden gaan slapen. Ze zouden tenminste de geluiden van de liefde moeten opvoeren, om geen argwaan te wekken; ze hadden het besproken tijdens de lange rit naar San Diego, en geconcludeerd dat ze vanaf het moment dat ze landden in Puerto Rico in hun rol moesten blijven voor het geval ze geobserveerd werden. Jess blies een zacht zuchtje en knikte, en ving Pascals blik.

'Vijf minuten.'

Hij knikte, draaide zich om en trok zijn shirt over zijn hoofd uit. Ze staarde, betoverd, hoe de spieren in zijn rug onder zijn gladde bruine huid golfden, voordat ze zichzelf bij de lurven vatte en naar de badkamer liep.

Kom op, herpak je, beval ze zichzelf zwijgend terwijl ze met een reinigingsdoekje over haar gezicht veegde. *Ja, hij is een fitte, aantrekkelijke man en hij kust als een droom, maar...*

Er waren geen maars, besefte ze mismoedig. Haar libido luisterde totaal niet. Iets in haar was wild opgewonden door alles aan Pascal en ze kon het niet met kille logica uitzetten.

Misschien was het ook de constante dreiging om ontdekt te worden, mijmerde ze terwijl ze haar tanden poetste. Het extra element van gevaar joeg voortdurend adrenaline door haar aderen, waardoor elke sensatie en reactie werd uitvergroot.

'Ben je klaar, Jess?' zei Pascal zacht buiten de badkamerdeur.

'Bijna.' Ze trok door, waste haar handen en opende de deur.

Hij liet zijn blik over haar heen glijden en grijnsde. 'Mooi.'

Ze had de pyjama aangetrokken die ze had meegenomen, een tanktop en losse broek van een zijdezachte stof. Ze bedekten haar volledig, maar de dure, gladde stof had ze in haar koffer op sexy lingerie doen lijken.

'Fijn dat je ze mooi vindt,' zei ze ad rem.

'Je zou er verbluffend uitzien in een aardappelzak en dat weet je.'

De deur sloot achter hem en Jess probeerde de warme blos die haar overspoelde bij het compliment te onderdrukken. Ze stapte in bed, schikte de kussens en wierp een berg decoratieve kussentjes op de grond.

'Wie kan er slapen met zóveel kussens?' mompelde ze spottend. 'Doe mij maar comfort boven esthetiek, altijd.' Terwijl ze zich goed neerlegde, ontdekte ze dat het matras in elk geval comfortabel was. En de airconditioning stond op een normale temperatuur, dus ze zou kunnen slapen, als haar malende hoofd tenminste genoeg tot rust kwam om haar te laten slapen.

Pascal kwam de badkamer uit in alleen een boxershort, en deed het grote licht uit terwijl hij naar het bed liep. Jess reikte naar de lamp naast haar, maar hij schudde zijn hoofd.

'Nee, laat maar aan. Ik wil je gezicht zien.'

Hij bedoelde, begreep ze, dat hij wilde checken of alles wat hij deed oké was voor haar, en dat hij visuele signalen

nodig had omdat ze misschien geen verbale kon geven uit
angst om eventuele luisteraars argwaan te laten krijgen.

'Je zag er vanavond uit als een miljoen,' zei Pascal zacht,
terwijl hij naast haar in bed schoof. 'Die jurk was elke cent
waard, wat je er ook voor betaald hebt.'

'Geen miljoen, dat beloof ik. Maar als je een meisje
je creditcard geeft en haar loslaat op Rodeo Drive?' Ze
giechelde. 'Dan moet je op een beetje schade rekenen.'

'Het was het waard.' Hij ging op zijn zij liggen en keek
naar haar. 'Ik weet dat je gewend bent om door je toegewi-
jde papa verwend te worden. Ik verzeker je, ik houd je in de
stijl waaraan je gewend bent.'

'Ik weet het. Ben je nog steeds bang dat ik me laat verleiden door de man met zijn eigen privé-eiland?' zei ze
plagerig. 'Lieverd. Ik ben waarschijnlijk versierd door wel
twintig mannen met hun eigen private eiland. Mijn beste
vriendin van school is verdomme Europese royalty. Ik ben
niet snel onder de indruk.'

'Herinner me er nog eens aan waarom je hier bij mij
bent?'

'Omdat jij me iets bood dat je niet met geld kunt kopen.'
Ze raakte zijn gezicht aan. *Avontuur*, moude ze, haar ogen
sprankelend, maar hardop zei ze 'Oprechtheid.'

Hij schudde zijn hoofd, zijn eigen ogen donker van een
emotie die ze niet kon benoemen. Bezorgdheid, vermoedde ze. Angst dat zij, met haar gebrek aan undercoverervar-
ing, roekeloos ergens in zou stappen en hen beiden zou
compromitteren.

Kijk maar naar vanavond. Ze had op hem moeten
wachten, niet bij de eerste de beste kans ervandoor moeten
gaan en het risico lopen ontmaskerd te worden, alleen
maar om iets te ontdekken dat Pascal al wist. Ze moesten

hun inspanningen beter coördineren, en Jess wist dat zij fout zat. Haar expertise lag bij de techniek. Daarom was ze hier. Pascal was de spion, en zij moest het spioneren aan hem overlaten, tenzij hij haar een specifieke taak gaf.

'Klaar?' moude hij, en ze knikte.

Pascal bracht zijn hand naar zijn mond, kuste luid de rug ervan.

Jess slikte een lach weg. Maakte in plaats daarvan een zachte kreun.

Pascal sloeg met een hand tegen het hoofdeinde. Het bed piepte en hij grijnsde.

Ze wiegden om de beurt heen en weer, waardoor het bed piepte, en ze moesten allebei hun lach inhouden en probeerden in plaats daarvan te kreunen en te zuchten in een overtuigende imitatie van seks.

Jess begroef haar gezicht in het kussen, niet langer in staat haar lach in te houden. Pascal streelde licht haar schokkende schouders, drukte tussen haar schouderbladen. Ze waagde een blik op hem, zag de grijns op zijn gezicht, en moest een hoek van het kussen in haar mond proppen. Kleine piepjes en kreetjes ontsnapten, en de gedachte dat iedereen die meeluisterde misschien dacht dat dat geluiden waren die ze tijdens seks maakte, maakte het alleen maar hilarischer. De spanning vloeide weg en ze merkte dat tranen over haar wangen liepen.

'Daar is mijn mooie meisje,' murmelde Pascal, terwijl hij haar schouder streelde. 'Je doet het geweldig.'

De woorden pasten in beide situaties, maar ze wist dat hij haar geruststelde over haar blunder eerder. Haar gebrek aan ervaring in het veld.

Impulsief rolde ze op haar zij en sloeg een arm om hem heen in een knuffel. 'Ik ben zo blij dat ik hier met jou ben,' fluisterde ze, niet zeker of verborgen microfoons haar zouden oppikken en het haar een zorg.

Pascal verstarde een moment, en toen schoof zijn grote hand omhoog om zachtjes over haar haar te strijken. 'Er is niemand anders met wie ik dit hier zou willen doen,' zei hij rustig.

Ze glimlachte, keek in zijn ogen, en er veranderde iets tussen hen. Ze lagen zij aan zij, raakten elkaar al aan, en het was alsof de lucht tussen hen ineens geladen werd.

Jess likte onbewust haar lippen, en Pascal haalde scherp adem. Zijn vingers krulden in haar haar, wiegden haar hoofd. Hij trok haar een miniscuul stukje dichter naar zich toe, maar de druk was zo licht dat ze wist dat ze gemakkelijk weg kon trekken als ze dat wilde.

Elk greintje gezond verstand dat ze bezat schreeuwde dat ze moest terugdeinzen. Dat dit een slecht idee was, dat de lijnen tussen persoonlijk en zakelijk hier al rommelig vervaagden.

Ze kuste hem toch. Jess was nooit erg goed geweest in zichzelf iets ontzeggen dat ze echt wilde, en op dit moment wilde ze niets liever dan Pascal kussen, misschien wel meer dan wat dan ook in haar leven.

Hij kreunde dit keer echt toen de kus verdiept werd, en zij kreunde ook, want deze kus was nog perfecter, nog heter, dan die ze eerder in de eetkamer voor een publiek hadden uitgevoerd.

Jess klemde haar vingers in zijn schouder, trok zichzelf dichter tegen hem aan, drukte haar lichaam tegen de lengte van het zijne. Hij was hard, zijn stijve tegen de dunne stof van zijn short, duwde tegen haar buik. Haar lichamelijke reactie was minder zichtbaar, maar haar tepels waren harde knopjes die in zijn borst prikten, en de natheid tussen haar dijen maakte dat ze haar losse broek het liefst uittrok en hem besteeg tot ze allebei schreeuwden.

Ze wist niet helemaal wie er terugtrok. Misschien kregen ze tegelijk een collectieve aanval van verstand, maar op de een of andere manier weken hun lippen en staarden ze elkaar aan, snel ademhalend, hun polsen bonzend.

'Jess,' zei hij zacht, en toen schudde hij zijn hoofd. 'Je laat me... te veel voelen. Ik moet mijn gedachten bij... de zaken houden.'

Hij had gelijk. Ze moesten allebei hun hoofd bij de taak houden, de reden waarom ze hier waren. Er stond veel te veel op het spel om zich te laten afleiden.

'Als we thuiskomen,' zei ze zacht, 'denk ik dat we misschien serieuze gesprekken moeten voeren. Over de toekomst.'

'Dat verdien je. Maar deze deal is te belangrijk. Voor mij, voor mijn cliënt. Ik moet me focussen.'

'Ik begrijp het. Ik beloof dat ik me... zal gedragen. Je niet zal afleiden.'

Hij lachte ineens, gouden ogen sprankelend. 'Jij bent al een afleiding door gewoon te bestaan, Jess, maar dat ligt niet aan jou. Het is aan mij om mijn focus te houden.'

'Voor mij ook,' zei ze zacht.

Hij knikte, zijn uitdrukking werd serieus, maar hardop zei hij: 'Oh engel, jij moet je hier gewoon richten op plezier maken. Wat zon pakken. Misschien vriendschap sluiten met een paar van de andere meisjes.'

'Daarover gesproken,' zei ze, 'hoe oud denk je dat dat kleine Russische meisje is?'

'Tsjetsjeens. Dzhokharov is Tsjetsjeen, en ik durf te wedden dat dat meisje dat ook is. Bemoei je er niet mee, Jess.'

'Ze kan geen achttien zijn!' Jess' verontwaardiging was geen toneel.

'Niet. Bemoeien. We zijn hier niet voor haar.'

'*Jij* bent hier niet voor haar. Ik heb geld. Middelen. Als ik haar wil helpen...'

'Dzhokharov maakt je af zonder met z'n ogen te knipperen. Fortuna kan zijn opties heroverwegen nadat de consequenties hem zijn uitgelegd, maar Dzhokharov denkt niet zo, en hij wordt gesteund door de president van zijn land. Niet. Bemoeien.'

HOOFDSTUK TIEN

ALLEEN AL DE GEDACHTE dat Dzhokharov uit pure irritatie zou beslissen Jess uit te wissen – want meer dan dat zou het verlies van Mariska de Tsjetsjeense generaal waarschijnlijk niet betekenen – deed Pascals bloed in zijn aderen stollen.

'Ik weet dat je woedend bent. Maar je moet een dikkere huid kweken als je in mijn wereld wilt leven. En je weet dat ik je hier wil.'

'Ik weet het. Je weet dat ik wat heb meegemaakt. Ik heb geen probleem met de manier waarop jij je geld verdient. Maar bij *kinderen* trek ik de grens.'

Hij wist dat ze zich niet op andere gedachten zou laten brengen. Dat ze hoe dan ook een manier zou zoeken om Mariska te helpen.

En natuurlijk, als ze wisten te ontsnappen, zou Dzhokharov haar nooit kunnen vinden om wraak te nemen, omdat Jessica Berry-Sandford niet bestond.

'Als de deal rond is,' zei hij, 'praat ik met Dzhokharov. Ik kan niks beloven, maar zoals hij naar Fortuna's vrouwen keek – misschien kan het hem niet zo veel schelen wat er met Mariska gebeurt. Ik bied hem een prikkel, laat doorschemeren dat ik misschien een geïnteresseerde koper voor haar heb. Hij zou haar nooit laten gaan als hij dacht dat ik haar voor mezelf wilde, maar met jou in de buurt is dat niet iets wat hij sowieso zal aannemen.'

'Dank je,' zei ze, terwijl ze zich tegen zijn borst nestelde en haar hoofd onder zijn kin schoof. 'Dat waardeer ik, Pascal.'

Hij zuchtte, snoof de geur van haar haar op terwijl hij naar de lamp reikte om die uit te doen. 'We hoeven deze deal alleen nog even rond te krijgen, Jess.'

'Ik weet het.' Ze duwde met haar neus tegen zijn borst. '*Wij* krijgen het wel voor elkaar,' fluisterde ze.

Ze leek binnen enkele minuten in slaap te vallen, aan haar vertraagde ademhaling en het manier waarop ze slap tegen hem aan lag te merken. Pascal daarentegen lag urenlang wakker, starend in het donker, bezorgd over alle manieren waarop het mis kon gaan. Over het potentieel voor een ramp van ongekende omvang als hij en Jess zouden falen.

En ja, over samenwerken met een vrouw die volstrekt onervaren was in het veld en niet eens in dienst was van de Amerikaanse overheid.

Althans, dat dacht hij. Hij had nog steeds niet helemaal helder wat Hestia Global Security precies was, en hij kon het haar nu moeilijk vragen.

Ze zuchtte in haar slaap en kroop nog dichter tegen hem aan, en Pascal vloekte binnensmonds toen zijn verraderlijke lichaam opnieuw op haar nabijheid reageerde. Hij was de tel kwijtgeraakt van het aantal prachtige vrouwen dat zich in de afgelopen jaren tijdens zijn undercoverwerk over hem heen had gedrapeerd, en nooit, zelfs niet één keer, had hij zo'n lichamelijke reactie gehad, volledig buiten zijn eigen controle.

Hij moest op een gegeven moment toch in slaap zijn gevallen, want hij werd wakker in het koele licht van de vroege ochtend toen Jess uit zijn armen gleed.

'Veel te vroeg om op te staan,' mompelde hij, en ze lachte zacht.

'Even naar de badkamer. Zo terug.'

'Mmkay.' Hij sloot zijn ogen weer, en dommelde net weg toen ze weer in bed schoof en haar koude voeten op zijn schenen warmde, giechelend om zijn gemopper.

De volgende keer dat hij wakker werd, zat zij aan de kaptafel haar haar uit te borstelen.

Achterover tegen de kussens legde hij zijn handen achter zijn hoofd en keek alleen maar. Ze had haar pyjama verruild voor een los, kort zomerjurkje met halter, en hij vermoedde dat ze er een bikini of badpak onder aan had.

Ze wierp hem via de spiegel een blik en glimlachte. 'Goedemorgen, slaper.'

'Bonjour, chérie.' Hij schakelde over op het Frans, iets wat hij tijdens undercoverklussen regelmatig deed. Zijn personage was tenslotte opgegroeid in een sloppenwijk van Marseille. Hij moest toegeven dat hij ook nieuwsgierig was hoe goed Jess' Frans was. Hij betwijfelde dat ze zou hebben beweerd jaarlijks naar Frankrijk te gaan als ze dat niet kon onderbouwen wanneer het erop aankwam, maar uiteraard bezat haar familie geen skichalet in Val d'Isère.

Of wel? Hij wist tenslotte vrijwel niets over de echte Jessikah Hagerty.

Ze wierp hem een geamuseerde blik toe en antwoordde in dezelfde taal, vragend hoe hij had geslapen.

'Goed genoeg. En jij?'

'Altijd goed, als ik bij jou ben.' Ze maakte het borstelen af, legde de borstel weg en tilde haar handen op om strengen te scheiden en een ingewikkelde vlecht te weven die om de achterkant van haar hoofd liep en één losse vlecht over een schouder liet vallen.

'Hoe in hemelsnaam doe je dat zonder het te zien?' vroeg hij verbaasd, waardoor ze moest lachen.

'Heel veel oefening, liefje!' Ze bond het uiteinde af met een elastiekje, stond op en kwam naar het bed, waarna ze vooroverboog om een kus op zijn wang te drukken. 'Ik rammel van de honger, en in de koelkast liggen alleen snacks. Denk je dat we ontbijt vinden in het hoofdgebouw?'

'Ongetwijfeld.'

'Zal ik je daar dan ontmoeten?'

'Je gaat absoluut nergens heen zonder mij,' zei hij waarschuwend, en zij zuchtte en ging op het voeteneind van het bed zitten.

'Dan wacht ik wel op je, suikerdropje.' Ze schakelde terug naar Engels. 'En hoop ik dat ik je eetlust heb opgewekt... na gisteravond.'

'Dat heb je zeker, engel.' Grijnzend ging hij zitten en schoof naar de rand van het bed. 'Oké. Ik kom eraan.'

'Weer?' Haar grijns was plagerig.

'Later, jij brutale deugniet.'

Iemand die meeluisterde, zou nooit denken dat ze iets anders waren dan geliefden die zich volkomen op hun gemak voelden bij elkaar, dacht Pascal terwijl hij naar de badkamer liep. Het voelde zo makkelijk, zo natuurlijk, om met Jess te schertsen. Hij kon er niets aan doen dat hij ernaar verlangde dit te doen zonder zich er de hele tijd van bewust te hoeven zijn dat elk woord uit hun mond werd afgeluisterd door mensen die hen zonder met de ogen te knipperen zouden doden als ze ontdekten wie hij en Jess werkelijk waren.

'Tijd om zaken te doen,' fluisterde hij zichzelf toe in de spiegel terwijl hij zijn gezicht waste. 'Blijf scherp.'

Hij kleedde zich in losse katoenen broek in zandtint en een witte overhemd met open kraag, bootschoenen aan zijn voeten. Alles was van Franse makelij, zoals vrijwel alles in zijn koffer, passend bij zijn dekmantel. Pascal Montalban presenteerde zich als een man met eenvoudige smaken, meedogenloos in het najagen van een deal. Jess paste daar eigenlijk niet helemaal bij, maar hij gokte erop dat Fortuna hem niet persoonlijk kende en dat misschien niet zou merken, en dat Dzokharov en Yoon, die hem allebei *wél* kenden, het niet de moeite waard zouden vinden er iets van te zeggen.

Bovendien was Jess het soort vrouw dat elke man zijn smaak en prioriteiten kon laten heroverwegen.

Ze liepen samen naar het hoofdgebouw. Jess had haar Cartier-zonnebril en een grote flaphoed opgezet en verkondigde luid, terwijl ze door het zwembadgedeelte liepen, dat haar bruine kleurtje uit een spuitcabine kwam, vriendelijk bedankt, ze had niet zo'n trek in huidkanker. Twee meisjes die al bij het zwembad lagen te zonnen, keken haar beide afkeurend aan.

'Wees lief, Jess,' berispte Pascal. 'Maak vriendinnen met de andere meisjes. Je verveelt je kapot als je ze allemaal van je vervreemdt en met niemand kan praten.'

Ze zuchtte overdreven, en hij wist zeker dat ze achter haar zonnebril met haar ogen rolde. 'Vooruit dan.

Aangezien jij mijn *telefoon* hebt *ingevorderd*. Dat heeft niemand meer bij me gedaan sinds ik op kostschool zat.'

'Meisjes en hun telefoons.' Dieter Breukel, de Nederlander, ving haar opmerking op toen ze de eetzaal binnenliepen en draaide zich naar hen om, terwijl hij zijn hoofd schudde. 'Laat me raden. Instagram?'

'Herken je me?' Jess streek met haar handen langs haar haar. 'Ik bedoel, ik ben niet *super* beroemd. Ik heb maar zes miljoen volgers.'

Breukel wierp Pascal een blik toe die ronduit meelevend was, en hij hield op met zijn lach in te slikken, al was dat niet om de reden die Breukel waarschijnlijk aannam. Jess was een verdomd goede actrice.

'Wat is er als ontbijt?' Jess schonk Breukel een zonnige glimlach en liep naar het buffet aan de zijkant van de zaal. 'Er zal toch wel fatsoenlijke thee zijn. Oh, een eikok! Heeft u Hollandaisesaus? Ik zou graag eggs Benedict willen.'

'Beeldschoon,' mompelde Breukel tegen Pascal toen Jess wegzwierde, 'maar te veeleisend voor mijn smaak.'

'Ik dacht in het begin ook dat ze dat voor de mijne was, maar ik begin te merken dat ze de moeite waard is,' antwoordde Pascal.

'Ben je niet bang dat men haar als een zwakke plek bij jou zal zien?'

Nou, dat was recht voor z'n raap. Pascal draaide zich om om de ander recht aan te kijken, zich afvragend wat Breukels spel was. 'Iedereen die zou proberen Jess te misbruiken om mij op wat voor manier dan ook te raken, zou al heel snel ontdekken dat hij een fatale vergissing heeft begaan,' zei hij, volkomen toonloos.

Breukel boog zijn hoofd, wierp nog een blik op Jess, met gefronste wenkbrauwen, en zei verder niets; hij schepte zichzelf toast, bacon en gegrilde tomaten op en ging zitten, waarna hij een ober wenkte om koffie in te schenken.

Er was verder niemand bij het ontbijt behalve het personeel. Jessikah deed moeite om beleefd te converseren, zonder op Breukel in te kletsen, maar wel om hem erbij te betrekken. Hij reageerde eenlettergrepig op haar pogingen, en uiteindelijk gaf ze het op, waarbij ze Pascal veelzeggend aankeek. Hij klopte troostend op haar hand.

'Waar is de rest?' vroeg Jess na een paar minuten zwijgend eten.

'Een late avond, denk ik,' zei Breukel.

'Jij niet?' vroeg Pascal.

'Ik ben rond tweeën weggegaan bij het feest. Ik had nog wel wat meer slaap kunnen gebruiken, maar door de jetlag was ik net na zonsopgang wakker.' Breukels glimlach was gespannen. 'Gisteren was een lange reisdag.'

'Kijk, ik wil niks meer horen van jouw gejammer over reizen,' merkte Pascal tegen Jess op. 'Wij hoefden tenminste niet vanuit Europa te komen!'

'Of Noord-Korea.' Breukel verlaagde zijn stem iets, knikte richting de deur, en Pascal zag meneer Yoon de zaal binnenkomen, met een van Fortuna's meisjes aan zijn arm geklemd, en zijn tolk achter hen aan, haar ogen neergeslagen.

'Goeiemachtig,' mompelde Jessikah, 'zou ze ook voor hem moeten vertalen terwijl hij met dat andere meisje in bed ligt? Arm kind, wat een rotbaan.'

Breukel proestte het uit, hield zijn mond bedekt met zijn servet, en wierp Pascal een blik toe. 'Ik begin te zien waarom jij vindt dat ze de moeite waard is,' mompelde hij. 'Meisje is geestig.'

'En slim.' Pascal zette een vertederd trotse blik op. 'Ook al kan ze soms een beetje een kreng zijn.'

'Wat was er kattig aan medelijden hebben met dat arme meisje?' zei Jess verontwaardigd.

'Goed, goed.' Hij legde een hand op haar arm in een sussend gebaar. 'Je kunt heus wel lief zijn.'

'*Heel* lief.' Ze wierp hem een schuine blik vanonder haar wimpers.

'Als je dat wilt.'

Ze snoof en richtte haar aandacht weer op haar ontbijt.

Yoon en de twee vrouwen die bij hem waren, gingen aan het andere uiteinde van de lange tafel zitten, al wierp de tolk een snelle, bijna weemoedige blik in hun richting, alsof ze veel liever ergens anders zou zitten dan bij haar baas en diens nieuwe liefje.

'Ik ben klaar,' zei Jess na een poosje zacht. 'Wat nu? Wachten we gewoon op meneer Fortuna?'

'Ik wel. Jij gaat je vermaken. Leer de andere meisjes kennen, relax bij het zwembad.' Hij trok haar naar zich toe voor een kus. 'Niet afdwalen.' Hij beklemtoonde die laatste opmerking met een veelbetekenende blik.

'Doe ik niet. Beloofd.' Ze kneep zachtjes in zijn hand. 'Niet rondzwerven tenzij jij bij me bent.'

'Braaf meisje.' Hij kuste haar opnieuw en gaf haar een klapje op haar kont toen ze opstond.

Jess wierp hem een gespeeld verontwaardigde blik toe, maar ze wiegde ook extra met haar heupen terwijl ze wegwandelde, waardoor hij zachtjes in zichzelf grinnikte. Breukel draaide zich om om haar na te kijken, en zelfs Yoon haalde zijn hand van het bovenbeen van het lokale meisje en staarde.

'Good mornin', Mr Fortuna.' Pascal verstijfde toen hij Jess' stem naar hen terug hoorde zweven vanuit de buurt van de eetzaal.

'Goedemorgen, mijn lief. Heb je lekker geslapen? En ik hoop dat je van je ontbijt hebt genoten?'

'Beide keren ja, heel erg bedankt. En nu ga ik nog wat van uw gastvrijheid genieten met een duik in dat prachtige zwembad. Geniet u van *uw* ontbijt!'

Fortuna keek over zijn schouder terwijl hij de zaal verliet, duidelijk genietend van het achteraanzicht van Jess die wegliep... ondanks dat hij een mooi meisje aan elke arm had. Hij draaide zich om, ving Pascals blik en grijnsde onverholen.

'Er zijn geen wetten tegen etalagekijken,' zei hij luchtig.

'Ja. Alleen is het onbeleefd om aan andermans waar te zitten als die niet te koop is,' zei Pascal, met een zacht dreigende ondertoon.

'Oh, ik heb mijn handen al vol.' Fortuna lachte gemakkelijk, terwijl hij in de tailles kneep van de vrouwen aan weerszijden. 'Ik zie dat we bijna compleet zijn. Alleen de generaal en meneer Hayworth nog.'

'Hayworth is een vreemde vogel.' Pascal besloot een beetje te prikken. Nieuwsgierig zijn was tenslotte heel natuurlijk. 'Ik had nog nooit van hem gehoord, maar Jess zegt dat zijn vader een soort fundamentalistische prediker is.'

'Lijkt wel zo,' stemde Fortuna gemakkelijk in, terwijl hij ging zitten nadat hij een van de meisjes bij hem had opgedragen wat ontbijt voor hem te halen.

'Een doemdagsekte-achtig iets?' vroeg Breukel, duidelijk ook nieuwsgierig. 'Ik had ook nog nooit van hem gehoord,' zei hij toen Pascal zijn kant op keek. 'En laten we eerlijk zijn; mensen komen meestal niet direct aan deze kant van de markt terecht. Waar en wat heeft hij tot nu toe ingekocht, en met wie?'

'Ja,' stemde Pascal toe. 'Ik ken iedereen hier van reputatie, ook al heb ik ze niet eerder persoonlijk ontmoet. Hayworth is een onbeschreven blad, en daar houd ik niet van. Hoe weet u dat hij echt is en geen mol, Fortuna?'

'Op dezelfde manier waarop ik weet dat jullie allebei echt zijn,' zei Fortuna, een tikje koeltjes. 'Ik doe mijn huiswerk. Hayworth is een echte koper, en hij heeft waarschijnlijk meer cash paraat dan de kopers die jullie twee vertegenwoordigen. Wie – zoals jullie merken – ik niet onder druk zet om zichzelf bekend te maken en in persoon aanwezig te zijn, omdat *ik* begrijp hoe discretie in ons vak werkt.'

Pascal liet zijn hoofd zakken en deed zijn best er een tikje berouwvol uit te zien. Breukel maakte een geluid dat op een verontschuldiging kon lijken.

'U en ik hebben elkaar niet eerder ontmoet,' zei Fortuna rechtstreeks tegen Pascal, 'maar we doen al jaren indirect zaken, en we hebben klanten gemeen, we zijn meer dan eens als tussenpersonen in dezelfde deals beland. Ik weet dat u legitiem bent, en Dieter en ik hebben in het verleden rechtstreeks zaken gedaan. Jullie zullen me gewoon moeten vertrouwen.'

'Vertrouwen komt niet zo makkelijk in dit vak,' zei Pascal, als een indirecte verontschuldiging, 'en we stellen ons nu al behoorlijk kwetsbaar op tegenover u. We zitten op uw privé-eiland, afgesneden van alle communicatie, niemand die weet waar we zijn... of wat er met ons gebeurd zou kunnen zijn als we op een gegeven moment niet weer op de radar verschijnen. Om nog maar te zwijgen van de omvang van de deal die we hier doen; laten we niet doen alsof, dit is behoorlijk extreem, zelfs voor ons werk. Ik weet niet hoe Breukel erover denkt, maar het maakt *mij* behoorlijk nerveus als er hier iemand rondloopt wiens aanwezigheid geen hout lijkt te snijden.'

Fortuna zuchtte. 'Ik begrijp wel waar u vandaan komt. Zoals u zegt, het is nogal een deal. Maar de voorwaarden liggen vast. Alle bieders zijn doorgelicht. Eerlijk gezegd mogen jullie in je handen knijpen dat ik jullie twee heb toegelaten in plaats van erop te staan dat jullie cliënten zichzelf onthullen en in persoon aanwezig zijn; alleen jullie reputaties hebben de deur geopend.'

'En onze forse borgsommen, uiteraard,' zei Breukel droog.

'Uiteraard. Jullie hebben de online voorrondes gewonnen.' Fortuna's glimlach was sluw. 'Niettemin, als jullie mijn achtergrondchecks niet hadden doorstaan, waren jullie hier niet. En Hayworth evenmin, dus zolang jullie van plan zijn te blijven voor de finale veilingen, wil ik er niets meer over horen.'

'Best,' zei Pascal uiteindelijk, met een schouderophalen. 'U heeft waarschijnlijk meer te verliezen dan ik. En *hij* waarschijnlijk meer dan ons beiden.' Hij knikte naar de deur waar Hayworth alleen binnenkwam.

'Goedemorgen, Saul!' Fortuna wierp Pascal een waarschuwende blik toe voordat hij Hayworth wenkte. 'Waar is Camila? Beviel ze je niet?'

'Zeker wel,' zei Hayworth. 'Ze ligt het nog uit te slapen. Ik ben misschien een beetje ruw tegen d'r geweest.'

Pascal hield niet van hoe dat klonk. En hij was beslist blij dat Jess er niet bij was, want die zou waarschijnlijk uit haar vel zijn gesprongen en erop af zijn gestoven om te kijken hoe het met Camila ging.

'Je bent pas echt een vent als je in bed een vrouw het snot voor de ogen slaat,' mompelde hij onder zijn adem tegen Breukel, terwijl Hayworth naar het buffet liep. 'Klootzakken, die evangelische types. Altijd ergens iets voor aan het compenseren.'

Breukel lachte, en Fortuna grinnikte ook.

'Dus.' Pascal verhief zijn stem weer tot normaal volume, leunde achterover in zijn stoel met zijn koffiekop in de hand. 'Wanneer gaan we ter zake?'

'Ontspan vandaag gewoon en geniet,' gaf Fortuna hem een niet-antwoord. 'Ik moet nog op een paar puzzelstukjes wachten. Vanavond zou ik bericht moeten hebben.'

'Prima. U had ons gezegd dat we hier een paar dagen zouden zijn. Het is alweer een tijd geleden dat ik een echte vakantie had, en dat zwembad van u ziet er behoorlijk verleidelijk uit.'

'Net als de meisjes,' merkte Breukel op. 'Gisteravond was ik te suf van de jetlag, maar...'

Fortuna lachte uitbundig en klopte hem op de rug. 'Je zult merken dat ze zeer meegaand zijn, ik verzeker je, mijn vriend! Geniet van mijn gastvrijheid, en morgen gaan we ter zake.'

Hoofdstuk Elf

Er waren nu vijf meisjes bij het zwembad, en één van hen huilde; ze had verse, paars wordende striemen rond haar polsen en een blauw oog. Het was Mariska, de jonge Tsjetsjeense, in elk geval niet. Mariska probeerde het huilende meisje te troosten, wier golvende donkere haar en koper-gouden huid deden vermoeden dat ze een lokale was.

'Oh mijn God.' Jess beende er recht op af, de verontwaardiging borrelend in haar binnenste. 'Wie heeft je dit aangedaan? Was het Dzhokharov?' vroeg ze aan Mariska.

Het Tsjetsjeense meisje schudde haar hoofd. 'Hij slaat niet, veel. Jaagt schrik aan op andere manieren.' Ze vertrok haar gezicht.

'Erg genoeg.' Jess hurkte neer voor het huilende meisje. 'Laat me kijken, lieverd.' Ze probeerde haar stem zacht te houden, ondanks haar woede. 'Hoe heet je?'

'C-Camila,' hikte het huilende meisje. 'Het was die Amerikaan. Die predikant. Ik dacht... dacht dat een godvrezende man nooit...'

'Dat zijn nog de ergste ook,' mompelde een van de andere meisjes. 'Al die woorden zijn hol.'

'Het zijn alleen maar blauwe plekken.' Camila trok haar handen weg van Jess toen die naar de striemen op haar polsen wilde kijken. 'Die genezen wel.'

'Je kunt beter teruggaan naar onze villa,' zei het andere meisje. 'Baz wil niet dat we gezien worden als we er niet op ons best uitzien.'

'Ja, ik ga. Succes voor wie de Amerikaan straks treft.' Camila snoof en wreef haar ogen droog.

De andere meisjes keken elkaar aan met onverholen angst.

'Misschien kunnen we strootjes trekken?' zei er een. Of tenminste, dat dacht Jess dat ze zei, want ze had Spaans gesproken, en Jess' Spaans was lang niet zo goed als haar Frans. Ze was er vrij zeker van dat ze de strekking van het gesprek begreep, al keek Mariska niet-begrijpend.

'Je weet dat het zo niet werkt. Zij wijzen en wij gaan. We worden ruim genoeg betaald. Ik verdien dit niet eens in zes maanden terug in Caracas. Zolang er niets gebroken wordt, nou ja.' Het meisje dat sprak, een plaatje met diepbruine huid en zwart haar met mahonietinten, haalde haar schouders op. 'Ik heb ook wel eens blauwe plekken. Op mij vallen ze minder op. Ik neem die predikant wel voor een nacht. Misschien leer ik hem nog wat.'

'Succes daarmee, Soraya,' zei Camila cynisch, voordat ze haar schouders ophaalde en overeind kwam. 'Bedankt,' zei ze in het Engels tegen Mariska en Jess. 'Jullie zijn lief. Dank jullie wel.'

'Graag gedaan, schat. Weet je zeker dat het wel gaat?' vroeg Jess. 'Als je hulp nodig hebt…'

'Het gaat wel.' Camila knikte en liep weg, langzaam en stijfjes bewegend.

'Wat een klootzak,' mompelde Jess. 'Ik kan niet tegen mannen die vrouwen aftuigen. Tuig.'

'Jij hoeft je geen zorgen te maken. Jij bent met jouw man gekomen, jij hoeft niet mee met wie er ook maar naar je wijst,' zei Soraya, achteloos van toon.

'En betekent dat dat ik me niets van de rest van jullie moet aantrekken? Nou, dat doe ik wel!' zei Jess verontwaardigd.

Soraya trok haar lip cynisch op, maar de andere meisjes keken Jess aan met kleine glimlachjes en open blikken.

Bondgenoten, dacht Jess, en als de meisjes haar goedgezind waren, zouden ze het misschien minder snel zeggen als ze haar iets zagen doen wat anders verdacht zou zijn.

'Hoe oud ben jij eigenlijk?' vroeg ze aan Mariska.

'Vijftien,' zei Mariska, en verschillende van de andere meisjes hapten hoorbaar naar adem.

'... volgende maand,' voegde Mariska eraan toe.

'*Cabronazo*,' zei een van de andere meisjes, duidelijk vol afkeer.

Jess had geen idee wat dat precies betekende, maar ze had er een aardig beeld bij. Ze voelde zich meer dan een beetje misselijk. *Ik ben twee keer zo oud als dit kind. Ik moet haar hier wegkrijgen.*

Maar de missie moest voorgaan. Daar had Pascal gelijk in. Er stonden te veel levens op het spel.

Mariska leek in zichzelf te krimpen, keek over Jess heen, en Jess draaide zich om en zag Dzhokharov door het zwembadgebied lopen, een ander meisje aan zijn arm. Hij leek Mariska niet eens te zien.

'We kunnen je in elk geval een paar dagen rust van hem geven,' zei Soraya, ditmaal veel vriendelijker, en Mariska schonk haar een kleine, dankbare glimlach.

'Hij is niet zo slecht,' murmelde ze. 'Niet grof.'

Maar hij valt wel op veertienjarige meisjes, dacht Jess, en ze moest hard op haar tong bijten.

Toen de meisjes zich nestelden in de ligstoelen rond het zwembad, zorgde Jess ervoor dat ze er een dichtbij Mariska nam; ze kozen allebei stoelen in de schaduw – Jess had niet gelogen dat haar bruine kleurtje uit een spraycabine kwam. Ze wilde niet verbranden, en Mariska, met haar bleke Europese huid, zou nog sneller verbranden.

'Hoe lang ben je al bij Dzhokharov?' vroeg ze zacht.

'Een paar maanden.' Mariska's gezicht bleef vlak. 'Mijn vader heeft mij aan hem verkocht toen hij door ons dorp kwam en mij zag.'

Jess schrok. 'Je vader... heeft je verkocht?'

'Het is niet zo ongewoon, in Tsjetsjenië. Mijn moeder zou boos zijn, maar zij stierf twee jaar. Ik heb oudere zussen, zij koken en maken schoon voor mijn vader, maar ik ben de mooie. De generaal wilde mij. Hij betaalde mijn vader veel geld.'

Mariska was ontegenzeggelijk prachtig, niet slechts mooi. Honingbrons haar met gouden streken, een hoogwangig gezicht met een fijn spits kinnetje en heldere grasgroene ogen, een fijn postuur en een bijna breekbare uitstraling.

'Mijn vader is rijk,' zei Jess. 'Rijk genoeg om te zorgen dat, als jij niet gevonden wilt worden, je ook niet gevonden wordt. Je een nieuwe identiteit te kopen. Als we hier weg zijn, wil ik dat je een manier vindt om bij Dzhokharov weg te komen en contact met mij op te nemen.'

'Waarom zou je dat doen? Je kent mij niet.' Mariska keek wantrouwig.

'Ik weet dat ik niet van mannen hou die veertienjarige meisjes kopen, en dat is alles wat ik hoef te weten. Ik meen het, Mariska. Je kunt een heel nieuw leven krijgen, in Amerika. Ik help je.'

'Jij bent een aardig mens.' Mariska's gezicht verzachtte. 'Ik geloof jou.'

'Ik heb mijn telefoon niet, en jij vast ook niet, maar kun je een e-mailadres onthouden?' Jess ratelde een van haar vele anonieme adressen op, en maakte mentaal een notitie om er een alert op te zetten voor alles wat mogelijk van Mariska zou kunnen komen.

'Ik onthoud het.' Mariska herhaalde het. 'Als hij mij ooit naar Amerika brengt, vind ik een manier.'

'Vind een manier, waar je ook bent. Ik zei het toch. Mijn vader is rijk. Ik kan je nieuwe papieren bezorgen, een nieuw paspoort. Hij zou niet eens weten waar hij met zoeken moet beginnen.'

Toen kwam er nog een vrouw naar buiten om zich bij hen te voegen, de Koreaanse tolk die meneer Yoon begeleidde. Ze bleef even staan, keek naar de vrouwen die bij het zwembad lagen, keek naar het water. Een piepkleine, tengere vrouw, gekleed volkomen ongeschikt voor het klimaat, in een eenvoudig getailleerd marineblauw rokje met jasje en een hooggesloten witte blouse.

'Heb je geen badpak?' zei Soraya, met een snijdende ondertoon. 'Ik zou je het mijne lenen, maar ik denk niet dat het past.' De Venezolaanse schoonheid keek met een tevreden grijns naar haar magnifieke boezem.

'Oh nee, dank u,' zei de Koreaanse vrouw in afgemeten, accentloos Engels. 'Ik wil er sowieso niet uitzien als een slet.' Ze draaide zich om en liep weg op haar verstandige platte schoenen, waarna Soraya met open mond bleef zitten en Jess een lach moest wegslikken. Sletshamen was niet fraai, maar Soraya was ermee begonnen.

De mannen kwamen toen naar buiten; Pascal kwam naar Jess toe en ging op het uiteinde van haar stoel zitten. Ze begroette hem met een kus, terwijl ze half met haar aandacht volgde waar de anderen heen gingen. Yoon liep achter zijn tolk aan, vermoedelijk terug naar zijn villa, maar de andere mannen zochten stoelen op. Soraya, die woord had gehouden tegenover Camila, stond op en liep naar Hayworth, drapeerde zich loom over de stoel naast hem en flirtte overduidelijk hevig. Hayworth hapte toe, zijn blik vastgekleefd aan Soraya's borsten die uit haar rode stringbikini puilden.

'Dus, wat is het plan voor vandaag?' murmelde Jess, haar kin op Pascals schouder rustend.

'Het plan is dat er geen plan is. Fortuna zegt dat sommige stukken nog niet op hun plek staan. Zaken morgen, ontspanning vandaag.'

Hun blikken kruisten elkaar, en Jess slikte haar frustratie weg. Toch: meer tijd om rond te verkennen, misschien uit te vogelen waar de deur naar de serverruimte was, zou zeker welkom zijn.

'Klinkt heerlijk. Ik ga een stukje zwemmen,' zei ze. 'Ga je mee?' Ze konden knuffelen en zoete woordjes mompelen – althans, dat is wat elke toeschouwer zou denken – maar zelfs de meest gevoelige microfoon zou hun woorden nooit kunnen onderscheiden boven het klotsen van het water.

'Komt goed.'

Ze trokken allebei hun zwemkleding aan en gleden het water in; verder kwam er nog niemand bij, de rest zat te praten en nipte van fruitsap of koffie... of champagne, want Josef bracht een fles en begon glazen te vullen.

Iedereen vroeg dronken voeren en bezig houden, dacht Jess. *Geen slecht plan*. Rijke, machtige mannen vonden het niet prettig om te moeten wachten. Ze vermoedde dat Fortuna geïrriteerder was dan hij liet zien, omdat hij zijn eerste veiling nog niet kon houden.

'Dus wat heb je ontdekt?' murmelde Pascal, terwijl hij aan haar hals snoof.

'Hayworth slaat vrouwen in elkaar en Mariska is veertien,' fluisterde ze terug.

'Jezus Christus.' Pascal verstijfde, dwong zichzelf toen zichtbaar te ontspannen en blies een adem uit. 'Jess...'

'Ik weet het. Niet waarvoor we hier zijn. Maar dit is relevant; geen van de meisjes voelt ook maar enige loyaliteit naar Fortuna. Ze worden goed betaald – Soraya, dat meisje dat nu met Hayworth praat, zei dat ze er in Caracas zes maanden over zou doen om evenveel te verdienen. En kijk naar haar. Zo'n mooie vrouw is overal duur.'

'Hm.' Pascal nipte aan Jess' oorlel, en rillingen joegen over haar ruggengraat. 'Het zijn allemaal sekswerkers?'

'Ja. Camila – dat meisje dat Hayworth heeft toegetakeld – zei dat als de mannen wijzen, ze moeten gaan.'

'Dus er is geen ideologie die hen drijft om iets te melden dat ze ongewoons zien.'

'En ook weinig dat hen achterdochtig maakt. En Mariska haat Dzhokharov duidelijk; de enige vrouw voor wie ik zou oppassen is Yoons tolk. Weten we überhaupt hoe ze heet?'

'Hij heeft haar zeker niet voorgesteld. Behandelt haar als een robot. Zij zal zijn ideologie wel delen, dus wees op je hoede bij haar.'

'Zijn jullie aan het zwemmen of alleen maar aan het bekken?' Het was Breukel, de Nederlander, die hen onderbrak en eindelijk het zwembad in kwam. 'Want als het dat laatste is, interesse in een derde?' Hij wierp Jess een vieze grijns toe, maar vreemd genoeg voelde ze zich niet door hem bedreigd.

'Pascal is meer dan genoeg man voor mij.' Jess nestelde haar hoofd onder Pascals kin en glimlachte naar Breukel. 'Kom nou. Er zijn hier genoeg mooie meisjes die graag je gezelschap houden.'

'Ja, maar slechts één van hen heeft me tot nu toe aan het lachen gekregen.' Breukel zuchtte, maar hij grijnsde en leek bepaald niet beledigd door haar afwijzing. 'Ach ja. Een man kun je het proberen niet kwalijk nemen.'

'Alleen als hij het opnieuw probeert nadat hij al is afgewezen.' Pascals toon was waarschuwend.

'Maak je om mij geen zorgen, Montalban. Ik weet wat *nee* betekent. In tegenstelling tot sommigen.' Breukels blik in de richting van Fortuna was veelzeggend.

Dat was... interessant. En licht verontrustend. Waarschuwde Breukel hen dat Fortuna iets had gezegd over het blijven najagen van Jess, zelfs nadat Pascal hem had teruggefloten? En wat zouden Breukels motieven zijn om dat te doen?

Jess trok haar hoofd terug en ving Pascals blik, waarin ze haar eigen vragen weerspiegeld zag.

'Heeft Breukel enigszins laten doorschemeren wie zijn cliënten zijn?' vroeg ze zacht, zodra de Nederlander was weg gezwommen.

'Nee. En ik begin me af te vragen of hij misschien niet soortgelijke cliënten heeft als wij,' murmelde Pascal.

'Zoals...'

'Interpol,' ademde hij het woord nauwelijks. 'Maar we kunnen het niet zeker weten. Dus laat je niet in slaap sussen, want als ik me vergis, zijn we allebei dood.'

'Begrepen.'

'En nu kunnen we beter uit dit zwembad gaan. Ik denk dat je begint te rimpelen.' Zijn grijns was plagerig.

'Jij.' Ze kneep plagend in zijn zij. Nou ja. Ze probeerde het. Hij was zo gespierd en droog dat ze amper een beetje vel te pakken kreeg.

Pascal lachte alleen maar, sloot zijn handen om haar middel en tilde haar op. Ze haakte automatisch haar benen om zijn middel, en hij droeg haar naar de rand van het zwembad en hielp haar uit het water.

Jess was zeker niet onschuldig, en Pascal was allerminst de eerste man met wie ze intiem was geweest, maar terwijl ze in zijn ambergouden ogen keek, kon ze zich eerlijk gezegd niet herinneren ooit zo'n hechte connectie met iemand te hebben gevoeld. Ondanks hun heel verschillende achtergronden, zelfs het leeftijdsverschil tussen hen, leken ze op één lijn te zitten. En de aantrekkingskracht die ze voor hem voelde, was onmiskenbaar. Impulsief boog ze zich voorover en legde haar mond op de zijne.

Ze had half verwacht dat hij zou verstrakken, zich zou terugtrekken, ondanks hun publiek. Dat deed hij niet. Hij kuste haar terug, zijn vingers knepen steviger in haar middel, duwden licht in haar huid.

Het was belachelijk dat ze zo in zijn armen moest beven als een tienermeisje dat voor het eerst wordt gekust, maar ze kon de siddering die over haar ruggengraat joeg niet tegenhouden.

Toen ze uit het zwembad kwam, liep er een heel ander soort prikkeling over haar rug en ze wist, zonder hem aan te kijken, dat Baz Fortuna naar haar keek, zijn ogen die gulzig over haar lichaam gleden. Ze dwong zichzelf langzaam, nonchalant terug te lopen naar haar stoel en de handdoek op te pakken die erover hing. Elk instinct schreeuwde dat ze zich erin moest wikkelen, zich aan zijn blik onttrekken, maar dat zou hem argwanend maken. In plaats daarvan droogde ze zich achteloos af met lichte tikjes, gooide de handdoek terug op de stoel en drapeerde zich er loom overheen.

'Geen telefoon, dus ik kan niet eens naar mijn muziek luisteren. Heeft u niet eens een platenspeler of zo, aangezien hier alles zo analoog is?' Ze trok haar lip op in Fortuna's richting.

'We kunnen wel muziek regelen.' Hij tikte met een vinger naar Josef, die meteen rechtop schoot. 'Nog verzoekjes, Jessica?'

Ze schoof haar zonnebril omlaag op haar neus en keek eroverheen naar hem. 'Neem het me niet kwalijk. Maar u bent nogal op leeftijd. Ik denk niet dat u veel heeft dat aansluit bij mijn muzieksmaak.'

Vanuit haar ooghoek zag ze Pascal zich omdraaien, duidelijk een lach onderdrukkend. Breukel gniffelde, Dzhokharov bulderde het uit, en Fortuna keek beledigd, al kon ze zien dat hij het probeerde te verbergen. *Hij is te lang weg bij de CIA*, dacht Jess. *Hij is zijn pokeraangezicht vergeten, en hij is veel te gewend geraakt aan alleen maar jaknikkers om zich heen. Vooral vrouwen.*

'Je kent je plaats niet, vrouw. Wees stil, of je mond wordt voor je gesloten.'

Geschrokken draaide ze haar hoofd naar de spreker; Saul Hayworth, de zoon van de predikant. De cultist. Ze wilde net haar mond opendoen om ook tegen hem grof te doen toen Pascal tussenbeide kwam.

'Als je nog één keer tegen haar praat, ruk ik je pik er met mijn blote handen af en laat ik je die opeten.' Zijn toon was pure dreiging terwijl hij uittorende boven de kleinere, tengere man, en Hayworth deinsde instinctief terug voor het gevaar dat Pascal uitstraalde, voordat hij zich duidelijk zijn eigen vermeende macht herinnerde. Hij opende zijn mond opnieuw, maar Pascal stapte dichterbij en boog zich naar hem toe, recht in zijn gezicht.

'Het kan me geen zak schelen wie je bent, of wie je papa is, of hoeveel geld je hebt. Jij bedreigt mijn vrouw, dan reken je met mij af.'

'Heren.' Fortuna sprong overeind en stapte snel tussenbeide, al merkte Jess op dat hij Pascal niet daadwerkelijk aanraakte; hij hield alleen zijn hand naar hem op en gebaarde dat hij moest terugstappen. 'Dat is genoeg. Saul, ik heb geen belediging opgevat; Jess amuseert me. Maar ik kan geen bedreigingen tegen andere gasten tolereren.'

'Berisp hém dan!' Hayworth trilde, van angst of woede, of misschien wel allebei.

'Jij uitte de eerste dreiging,' zei Fortuna zacht. 'Jess is ook mijn gast.'

'Een vrouw...'

'Een *gast*.'

De twee staarden elkaar aan, kort in een impasse, voordat Hayworth onwelwillend zijn schouders ophaalde. 'Wat jij wilt.' Hij wierp Jess echter een schuine, bittere blik toe, en zij kreeg ineens het nare voorgevoel dat ze het voor de volgende vrouw die hij voor zijn bed zou kiezen, veel erger had gemaakt, zij het onbedoeld. Misschien was Camila nog wel de gelukkige geweest.

HOOFDSTUK TWAALF

DE DAG KABBELDE VOORBIJ in een vreemde mix van verveling en gestaag oplopende spanning. Hayworth was weggestampt, mompelend dat hij naar zijn villa ging. Fortuna wees naar Soraya en gebaarde dat ze hem moest volgen; het meisje zuchtte, stond op en vertrok.

'Hij heeft één van uw andere meisjes in elkaar geslagen,' zei Jess tegen Fortuna, duidelijk niet in staat haar mond te houden. 'Ik denk niet dat u ze genoeg betaalt om dat soort gedoe te slikken.'

Fortuna keek haar nadenkend aan. 'U bent een dappere jonge vrouw, Jess. Ik zal ter harte nemen wat u net zei.' Hij zwaaide waarschuwend met een vinger. 'Maar u moet wel leren wanneer u beter kunt zwijgen. In het werk van mij en Pascal... komt u een hoop mannen tegen met enorme ego's. Van wie sommigen niet zullen aarzelen hun dreigementen waar te maken.'

Ze knikte, alsof ze zorgvuldig overwoog wat hij gezegd had. 'Ik snap het.' Ze boog haar hoofd, alsof ze verlegen was, en voegde eraan toe: 'Ik word gewoon kwaad als ik mensen zonder reden wreed zie doen.'

'U bent erg jong.' Het klonk niet als een compliment. Fortuna knikte naar Pascal. 'Dat gaat wel over. Of niet.'

Hij wist wat de man bedoelde. Of Jess zou hard genoeg worden om te overleven als vriendin van een wapenhandelaar, of niet, en dan zou Pascal besluiten dat ze de moeite niet waard was.

Josef had muziek opgezet die via speakers aan de zijkant van de cabana bij het zwembad naar buiten klonk, en Jess was verstandig genoeg om niets over de afspeellijst te zeggen.

Rond lunchtijd brachten obers schalen eten en meer flessen champagne, en de meesten werden gestaag tipsy. Pascal en Jess dronken beide met beleid; hij zag hoe ze stiekem heel wat in de weelderige palmbladeren om hen heen goot, meestal met zijn brede rug als afscherming.

Dzhokharov werd bijzonder luidruchtig en uitgelaten, maar gelukkig negeerde hij Mariska ten gunste van Adelie, een andere van Fortuna's prachtige lokale meisjes, en nam haar uiteindelijk halverwege de middag mee naar zijn villa.

'We kunnen ook even wegsluipen. Valt niet op,' fluisterde Jess in Pascals oor, en hij knikte. Niemand lette toch op hen. Breukel lag te slapen op een ligstoel, duidelijk nog geveld door een jetlag, en Yoon en Fortuna speelden schaak; gebrek aan een gemeenschappelijke taal vormde geen enkele barrière in dat oeroude spel. Josef en twee andere mannen zaten aan een tafel niet ver weg, drinkend en pratend.

'Het koelt nu af. Laten we een stuk over het strand lopen voordat we gaan douchen en ons omkleden voor het diner,' stelde Pascal op normale toon voor, en Fortuna keek niet eens op, hij stak alleen een hand op als teken dat hij het gehoord had.

Ze zouden eindelijk kunnen praten zonder bang te hoeven zijn dat iemand hen zou afluisteren, en Pascal voelde de spanning al van hem afglijden zodra ze buiten gehoorsafstand van de groep rond het zwembad waren.

'Hoe houd jij dit maanden achter elkaar vol?' mompelde Jess, terwijl ze haar schouders rolde alsof ook zij de spanning voelde. 'Elk woord dat je zegt wegen?'

'Je went eraan. Je doet het uitstekend. Ik kan eerlijk gezegd niet meer zien wat echt jij bent en wat je rol is. Ze is erg geloofwaardig.'

'Nou.' Ze gaf hem een vermoeid, scheef glimlachje. 'Ze is behoorlijk sterk op mij gebaseerd. Een paar jaar jonger, een stuk meer beschermd opgegroeid, maar net zo geneigd om te zeggen wat ze denkt zonder stil te staan bij de consequenties.'

'Het is slim. In het begin dacht ik dat je jezelf te veel op Fortuna's radar zette, maar ik ben van gedachten veranderd... hij heeft je afgedaan als naïef en meer gedoe dan je waard bent.'

Jess grijnsde. 'Daar ging ik voor. Na gisteravond vond ik hem net iets te aandachtig. Dacht dat ik hem wel kon laten zien hoe irritant een meisje met een mening kan zijn. Het is een arrogante klootzak. Het laatste wat hij wil, is iemand die hem de hele tijd van repliek dient.'

'Je bent niet alleen maar hacker-slim, hè?' Ze liepen in het volle zicht van de ramen van enkele privévilla's, dus sloeg hij een arm om haar schouders en trok haar dicht tegen zich aan.

'Jij dacht dat ik een technerd was zonder enige levenservaring, hè?' Ze wapperde met haar wimpers naar hem. 'Je zit er niet helemaal naast, als ik eerlijk tegen je ben, en ik vind dat we eerlijk tegen elkaar moeten zijn. Ik verzin het ter plekke, maar ik heb altijd geloofd dat ik een goede intuïtie heb.'

'Die heb je.' Hij aarzelde even en gaf haar toen volledige eerlijkheid terug. 'Aan je technische vaardigheden heb ik nooit getwijfeld, maar dit deel?' Hij gebaarde met zijn vrije hand om zich heen, naar hun omgeving, het eiland, de hele situatie. 'Dat liet me toch even slikken. Maar ik ben onder de indruk. Als het niet overduidelijk was dat je het uitstekend doet als zelfstandige, zou ik heel hard mijn best doen om je te werven voor de Dienst.'

Ze gooide haar hoofd achterover en lachte, leunend tegen hem aan. 'Grappig. Ik zat aan hetzelfde te denken.'

'Wat?' Geschrokken bleef hij staan. 'Jij... wil mij proberen te werven?'

'We werken goed samen, vind je niet? Ik zou je veel beter kunnen betalen. En je zou niet undercover hoeven leven zoals je nu doet.'

Hij was zo verbijsterd dat hij niet wist wat hij moest zeggen, hoewel Drew Murphy precies hierover had gehint toen ze een paar dagen geleden bij Hestia's hoofdkantoor spraken. Uiteindelijk begon hij weer te lopen, en Jess paste haar pas aan, haar tred perfect in de zijne verankerend.

'Wat ik doe, is belangrijk,' zei hij uiteindelijk.

'Natuurlijk is het belangrijk. En als we dit voor elkaar krijgen – *wanneer* we dit voor elkaar krijgen, laten we positief blijven denken – zijn de geredde levens letterlijk niet te becijferen. Maar tegelijk, Pascal,' ze keek onderzoekend naar hem op. 'Wat denk je dat onze kansen zijn om dit te flikken zonder dat jouw dekmantel opbrandt?'

Weer wist ze hem met stomheid te slaan, want hij *had* er niet over nagedacht. Niet verder gedacht dan voorkomen dat die kernkoppen in verkeerde handen vielen.

Jess had echter gelijk. Als ze hier succes hadden, zouden alle kopers en Fortuna en zijn mannen naar de gevangenis gaan. Waarschijnlijk Guantanamo; dat was dichtbij, en de CIA zou vanaf daar beslissen wat ze met ieder van hen deden, maar Yoon en Dzhokharov zouden vermoedelijk vrij snel in een soort koehandel worden teruggewisseld naar hun respectieve landen. En dat betekende dat Pascal Montalban nooit meer kon opduiken, omdat beide mannen zouden weten dat hij zogenaamd opgesloten hoorde te zitten zonder uitzicht op vrijlating.

Aangenomen dat hij zijn dekmantel niet sowieso volledig moest opblazen om de missie te laten slagen.

'Shit,' mompelde hij binnensmonds, terwijl hij inzag hoe het zou uitspelen. Als ze slaagden, zou hij natuurlijk een held binnen de Dienst zijn, maar dan hadden ze geen andere keuze dan hem definitief uit het veld te halen. Dan werd hij gepromoveerd naar een kantoorbaan.

Maar... hij volgde die gedachtegang tot de logische conclusie. Hij kon nooit al te hoog opklimmen. Nooit tot een punt van publieke zichtbaarheid, omdat te veel onderwereldtypes zijn gezicht kenden. Yoon en Dzhokharov zouden hem op de dodenlijst van hun regeringen zetten als ze ooit wisten dat hij niet dood was of vastzat.

'Denk erover na,' zei Jess uiteindelijk, en doorbrak de stilte die tussen hen gevallen was terwijl hij nadacht. 'Het aanbod blijft staan, wanneer je maar wilt, hoe het ook uitpakt met jouw bazen als dit allemaal voorbij is. Je weet me te vinden. Ik overtroef elk aanbod dat de Dienst je doet... en ik beloof je: je wordt niet aan een bureau geketend.'

'Ik zal erover nadenken. *Als* we hier levend uit komen,' zei hij, zijn toon waarschuwend. 'We hebben nog een lange weg te gaan.'

'Daarover gesproken.' Haar ontembare grijns dook weer op, met kuiltjes die in haar wangen opdoken. 'Wat denk je ervan om mij toestemming te geven vanavond wat rond te sluipen? Ik wil uitvogelen hoe ik die serverruimte in kom. Je baas moet inmiddels gek worden, en Liane zal zich zorgen om me maken.'

'Heb je een plan?' Hij had zelf ook wat ideeën, maar hij wilde het hare horen. Ze was overduidelijk verdomd slim, met goede tactische intuïtie, en hij zou gek zijn om haar brein niet te gebruiken als de asset die het was.

'Een of andere afleiding. Fortuna zal waarschijnlijk vanavond weer een feestje aanmoedigen – hij is lui – wat de gasten wel bezighoudt, maar we willen ook iets dat zijn mannen interesseert.'

'Zeg me alsjeblieft niet dat je een stripshow gaat geven.'

Ze kneep in zijn arm. 'Niet erg handig als ík degene wil zijn die rondsluipt, toch? Ik zat te denken aan kaartspellen. Blackjack om te beginnen. Misschien daarna wat poker met hoge inzetten. Zelfs als de bewakers niet mogen meespelen, worden ze vanzelf meegezogen om te kijken.'

'Briljant,' mompelde hij. 'En jij...?'

'Ik speel het eerste deel van de avond mee. Deel wat blackjack, misschien een tikje opzichtig. Daarna zeg ik dat ik moe ben omdat jij me de hele middag hebt geneukt dat het een lieve lust is, en ga ik naar bed... behalve dat ik meteen weer naar buiten sluip.'

Hij hield er niet van. 'Als je gepakt wordt...'

'Dan doe je alsof je mij niet kent.' Haar blik was helder, kalm. 'Zeg dat je slachtoffer bent geworden van een honeytrap-agent. Doe wat je moet doen.'

'Hij zal willen dat ik je dood. Dat kan ik niet, Jess. Je begrijpt niet hoe diep we hierin zitten.'

Ze aarzelde, haalde toen haar schouders op, haar kaak koppig gezet. 'Dan moet ik maar niet gepakt worden.'

'Jess...'

'Heb jij een beter plan?'

Dat had hij niet, en hij vond het niets. Fortuna's mannen zouden de kopers in de gaten houden, *hem* in de gaten houden, veel scherper dan Jess. Ongetraind in spionagetechnieken als ze was, moest zij dit alsnog doen, want zodra ze de serverruimte vonden, was zij degene die naar binnen moest. Twee keer gaan, één keer om hem de weg te laten vinden en één keer voor haar om naar binnen te gaan, verdubbelde het risico.

'Goed dan,' zei hij uiteindelijk zacht. 'We doen het op jouw manier. Maar neem geen onnodige risico's, en als je gepakt wordt... maak degene die je pakt af.'

Nu was Jess het die stokstijf bleef staan van schrik. 'Wat?'

'Jij of zij. Als ze je betrappen terwijl je rondsnuffelt en je voor Fortuna slepen, ben je dood. Ik kan me niet voorstellen dat je op meer dan één of twee wachters stuit. Overval ze en je kunt het.'

'Waarmee *dan*?'

'Laat het eruitzien alsof ze ruzie kregen en elkaar hebben afgemaakt, als het er twee zijn.' Hij knipperde bij de blik die ze hem toewierp. 'Wat?'

'Hoeveel mensen heb jij al gedood, dat je er zo laconiek over praat?'

Het was een vraag die hij niet wilde beantwoorden. Niet eens wist hoe te beantwoorden. 'Ik was Ranger voordat ik me ooit bij de Dienst aansloot,' zei hij uiteindelijk. 'Wij doden. Daar zijn we goed in.'

Hij hoefde niet te vragen of ze ooit in haar NSA-tijd in woede een wapen had afgevuurd. Ze had haar tijd daar achter het veilige scherm van een computer doorgebracht, dat was duidelijk. Maar hij ging haar niet beledigen door te vragen of ze het kon. Ze begreep nu wat er op het spel stond.

'Kom.' Ze pakte zijn hand. 'We moeten terug en nog een audioshow opvoeren van luidruchtige, enthousiaste seks, en ons dan klaar gaan maken voor het diner. Wacht maar tot je de jurk ziet die ik ga dragen. Ik heb het de andere meisjes ook verteld, en ik zag een competitieve glinstering in meer dan één paar ogen oplichten, dus zij zullen ook alles uit de kast trekken.'

'Zodat alle bewakers zo afgeleid mogelijk zijn,' mompelde Pascal, zijn hoofd schuddend. 'Je schakelt verdomd snel, Jess.'

'Dat hoop ik.' Ze grijnsde.

'Je gaat het fantastisch doen.' Hij probeerde zelfvertrouwen uit te stralen dat hij niet helemaal voelde. Het zou hem van binnen opvreten, gedwongen om aan een tafel te zitten en poker te spelen terwijl zij in het donker rondkroop om het werkelijk belangrijke werk van de missie te doen, maar dit was het deel dat alleen zij kon doen, en dat wist hij maar al te goed.

De jurk die ze aantrok was simpelweg ongelofelijk; een aqua-groen, glinsterend lapje zijde zonder rug en met een diep weglopende hals aan de voorkant. Hij keek vol pure verbazing toe hoe ze dubbelzijdig tape gebruikte om hem aan de zijkanten van haar borsten vast te plakken, terwijl ze hem over haar schouder toegrijnsde.

'Wat, heb je nog nooit gezien hoe een vrouw zichzelf in haar jurk tape, zodat ze niet per ongeluk iedereen flasht?'

'Een totaal nieuwe ervaring voor me,' gaf Pascal toe, terwijl hij languit op het bed lag en met onverholen fascinatie toekeek.

Ze lachte en pakte een lippotlood. 'Blijf bij mij, maat. Ik open je ogen voor een hele wereld aan nieuwe ervaringen.'

'Dat doe je al. Dit had ik voor geen goud willen missen. Nooit eerder zo'n goed uitzicht gehad.'

Jess draaide zich om, lippotlood in de hand, en trok een elegante wenkbrauw naar hem op. 'Je zegt soms echt lieve dingen, schat. Doet me eraan denken waarom ik überhaupt met je ben gegaan.'

'Alleen de dingen die ik *zeg*?' Hij kwam van het bed overeind en liep naar haar toe.

'Oh. Nog een paar andere dingen ook. De sieraden zijn fijn.' Ze streek met haar vingers langs de diamant die aan een gouden kettinkje in haar hals hing... eentje waarvan hij vurig hoopte dat die niet met zijn creditcard was gekocht, maar er fonkelde een lachje in haar ogen.

'Deugniet,' fluisterde hij.

'Dat weet je.' Ze grinnikte en draaide zich terug naar de spiegel, boog zich dichterbij om haar lippen te omlijnen. 'Je staat me op z'n minst oorbellen schuldig die hierbij passen als we thuiskomen, na me te hebben laten lijden zonder mijn telefoon zolang we hier vastzitten. Die tennisarmband ook.'

'Die heb je dan dubbel en dwars verdiend.' Hij meende elk woord, en hij zou ze zelf voor haar kopen.

Als ze thuiskwamen.

HOOFDSTUK DERTIEN

IEDERE BLIK DRAAIDE NAAR Jess toen ze de grote lounge binnenliepen, precies zoals ze had gepland. Dzhokharov, duidelijk nog dronkener dan eerder die middag, floot schor.

'Adembenemend, Jess.' Fortuna kwam op haar af, streek haar hand omhoog en kuste die overladen. 'Ik waardeer het dat je zo je best doet, voor zo'n klein publiek... je kunt het niet eens op je Instagram zetten!'

'Nou, als je m'n Insta zou checken, weet je dat ik eigenlijk niet veel foto's van mezelf post,' zei Jess pittig.

'Jammer, want je bent zó fotogeniek.' Fortuna schonk zijn gemoedelijke glimlach, die zijn ogen nooit helemaal bereikte.

'Dus wat is het plan vanavond?' vroeg ze vrolijk, terwijl ze naar Breukel glimlachte. 'Iets leuks, hoop ik!'

Eén gefluisterd woordje *kaarten*, zorgvuldig ingemasseerd terwijl Fortuna met Yoon en diens tolk praatte, en Dzhokharov hapte toe. Al snel eiste de Tsjetsjeen zo ongeveer dat ze gingen spelen, en als iemand het hem achteraf vroeg, was hij er vast van overtuigd dat het allemaal zijn eigen idee was geweest.

'Ik kan blackjack delen,' zei Jess opgewekt, 'willen jullie dat? Heb je ergens een paar kaartspellen liggen, Baz?'

'We kunnen vast wel wat opduikelen.' Fortuna knipte met zijn vingers naar Josef, die een paar minuten verdween en uiteindelijk terugkwam met drie tamelijk beduimelde kaartspellen. Vermaak voor de bewakers, gokte Jess, terwijl ze de stapels van Josef aanpakte.

'We blijven hier spelen, ja?' Behendig begon ze de kaarten samen te schudden. 'Geen fatsoenlijke tafel in de lounge.' En met de deur dicht kon niemand door het raam aan de overkant van de steeg kijken en haar zien sluipen naar de serverruimte.

'Niet van onderaf delen, hè.' Fortuna liet zich neer in de stoel recht tegenover haar en grijnsde. 'Ik hou je in de gaten.'

'Dat zou ik niet durven,' zei ze braaf.

'Maar waar spelen we om? Ik heb geen contant geld bij me, en zonder telefoons kunnen we geen assets overboeken,' zei Yoons tolk, die aan de schouder van haar baas stond terwijl hij ging zitten.

'Fiches. We spreken vooraf af wat ze waard zijn. Josef.' Fortuna knipte weer met zijn vingers. 'Zoek wat. We spelen een paar oefenrondes terwijl je bezig bent. Dan kan ik zien hoe Jess deelt.'

De langlijdende assistent rolde daadwerkelijk met zijn ogen achter de rug van zijn baas, maar vertrok weer. Hij kwam uiteindelijk terug met duidelijk haastig geprinte en gesneden papieren fiches, met 100 erop gedrukt.

'Dat is goed. Voor nu.' Fortuna nam de stapel, keek Josef aan. 'Meer.'

'Meneer.'

Jess wou dat ze hem kon volgen, naar waar duidelijk een computer en printer stonden, maar het enige wat ze kon doen was daar zitten en kaarten trekken. Beter toch even wachten, suste ze zichzelf. Ze kon moeilijk inbreken in de serverruimte terwijl Josef daar binnen zat om gokfiches te printen!

Het was interessant om te zien welke verschillende strategieën de mannen toepasten bij blackjack. Pascal, Fortuna en Breukel speelden alle drie volgens een vergelijkbaar patroon, nogal conventioneel van stijl. Yoon was extreem voorzichtig, al was hij beter met het spel vertrouwd dan ze had verwacht. Hayworth was ronduit roekeloos, en Dzhokharov, ondanks zijn dronkenschap, was eigenlijk een heel goede speler. De Tsjetsjeen verzamelde al gauw een aardig stapeltje fiches voor zich.

Hayworth raakte, geheel volgens verwachting, al snel geïrriteerd door zijn slechte spel en begon binnensmonds te mompelen dat Jess vast op de een of andere manier valsspeelde.

'Dat doet ze niet,' zei Fortuna kort. 'Geloof me, dat zou ik merken. Ze let er heel goed op dat ze alleen van bovenaf schuift, en verdomd als er in dat outfit ergens kaarten te verbergen zijn.'

Er klonk gelach rond de tafel. Jess schoof een kaart voor Hayworth.

'Niet onbeleefd bedoeld, meneer Hayworth, maar hebt u dit spel veel gespeeld?'

Hij aarzelde een tel, toen schudde hij zijn hoofd. 'Ik kan me in het openbaar niet met dit soort dingen laten zien, snap je.'

'Natuurlijk,' zei ze begrijpend. 'Je kent de basisregels heus wel, maar er zijn een paar simpele strategieën die je óók echt moet snappen. Kijk hier... je hebt zeventien. Wat denk je dat je moet doen?'

'Nou, hij heeft achttien, dus ik moet een kaart nemen.' Hayworth wees naar Breukels kaarten.

Breukel snoof, en zei toen in rap Frans: 'Wat een ontzettende idioot.'

Pascal, Fortuna en, een beetje verrassend, ook Dzhokharov lachten, het met wisselend succes verbergend, wat in Dzhokharovs geval neerkwam op helemaal niet. Jess probeerde ze te negeren.

'Je speelt niet tegen *hen*, meneer Hayworth. De enige kaart waar je je zorgen om moet maken is die van de deler. Dat is een zes, zie je? Dus je staat eigenlijk prima. Ik moet trekken tot ik minstens zeventien heb, wat betekent dat de kans groot is dat deze hand doodvalt.'

'Oh.' Hij staarde naar de zes voor haar, en vervolgens naar de handen van de andere mannen. 'Dus ik hoef me niet druk te maken om wat zij hebben?'

'Niet bij blackjack. Je speelt alleen tegen de bank. Als ze later poker gaan spelen, kun je meer problemen krijgen.' Ze schonk hem een milde glimlach. Draaide nog een kaart om en trok een gezicht. 'O jee. Een vrouw. Dan kom ik op zestien uit... weinig opties voor mij om dit van je te winnen.'

Hayworth keek ineens behoorlijk gretig. Jess glimlachte naar hem en draaide nog een zes om. 'Dood.'

'Yes!' Hayworth maakte een zegegebaar met zijn vuist terwijl Jess fiches zijn kant opschoof.

'Laat mij je helpen. Ik kan dit spel goed.' Soraya, de schoonheid die eerder met Hayworth was vertrokken en zonder blauwe plekken was teruggekeerd, gleed achter hem en hij trok haar op zijn schoot.

'Precies. Ik heb een geluksbrenger nodig.'

Fortuna ving Jess' blik, kantelde zijn hoofd richting Hayworth en vormde met zijn lippen woorden die ze niet helemaal begreep. Ze fronste, verbaasd.

'Geef hem goede kaarten.'

Nu kon ze de woorden wel lezen. Ze keek naar haar handen en dacht razendsnel. Keek toen weer naar Fortuna en trok een hulpeloos gezicht. 'Dat kan ik niet,' gebaarde ze.

Toegeven dat ze kon valsspelen kon zijn argwaan jegens haar weer aanwakkeren, en ze wilde graag dat hij haar bleef zien als een brutaal, naïef type met weinig echte levenservaring.

Fortuna gaf haar een welwillend glimlachje en knikte, nam het antwoord aan. Hij wenkte Josef voor meer fiches.

Ze speelden nog een uur door, en toen begon Jess wat te stuntelen, gaapte een paar keer achter haar hand. Toen ze de helft van de kaarten liet vallen bij het schudden en die onhandig moest bij elkaar rapen, zei Pascal: 'Ben je moe, Jess?'

'Ik ben bang van wel.' Ze glimlachte naar hem en liet haar wimpers een tikkeltje verlegen zakken. 'Ik denk dat je me hebt uitgeput.'

Er klonk wat plomp gelach rond de tafel, en ze liet een blos opkomen, terwijl ze haar blik nederig neerhield.

'Ga slapen, engel,' zei Pascal. 'Ik maak je wakker als ik terug ben.'

'Goed. Misschien kan een van de andere meiden voor jullie delen. Soraya?'

'Ik kan het wel,' zei de Venezolaanse schoonheid luchtig. 'Saul snapt het nu beter, denk ik.'

'Red me prima.' Hij had net zo voorzichtig gespeeld als Yoon, wat zowel zijn winsten als verliezen klein hield.

Soraya nam Jess' plek in, en zij bleef bij Pascals stoel staan om zich naar hem toe te buigen en hem te kussen. Hij gaf haar een klap op haar kont.

'Doe wat schoonheidsslaap. Niet dat je het nodig hebt.'

'Ah, schat. Daar verdien je nog een kus voor.'

'Neem een kamer,' zei Breukel goedschiks.

'We hébben er een! Maar Pascal heeft het te gezellig met jullie jongens om met me mee te gaan!' Ze trok een pruillipje, en liep toen weg, met opzet extra zwier in haar heupen leggend en over haar schouder kijkend om zeker te weten dat Pascal keek.

Ze keken allemaal, wat ze had verwacht. Ze liep door, zacht lachend.

Tien minuten later sloop ze weer de verduisterde gang in die ze de vorige nacht had verkend, gekleed in haar zwarte sluipoutfit, luisterend naar het gelach dat uit de eetkamer niet ver daarvandaan klonk. Uit de gesprekken die ze opving, vermoedde ze dat ze op poker waren overgestapt, wat ze beslist een tijdlang bezig en afgeleid zou houden, en waarschijnlijk ook de bewakers geboeid liet meekijken. Pascal moest ze een zetje hebben gegeven om van spel te wisselen, om ervoor te zorgen dat ieders aandacht goed en wel gevangen was.

De keuken was stil en donker, het personeel was al lang klaar en naar bed. Ze gleed voorbij, een schaduw in het donker, en vond verderop in de steeg nog een deur. Ze testte hem.

'Verdomme.' Nou ja, ze kwam voorbereid. Josef had gelukkig niet al te goed naar haar manicurekit gekeken, anders had hij ontdekt dat de tools erin er net even anders uitzagen dan in welk setje uit de winkel dan ook.

'Dank je, grote zus,' mompelde ze toen het slot na een paar seconden zorgvuldig peuteren klikte. Liane had uren besteed aan het coachen van Jess met de lockpicks, met de woorden dat je nooit wist wanneer die vaardigheid van pas kon komen.

Ze opende de deur een miniscuul kiertje en wachtte; de kamer aan de andere kant was donker, en na een paar momenten van stilte duwde ze de deur iets verder open, net genoeg om haar lichaam erdoor te laten glijden.

Een boogdoorgang aan de andere kant van de kamer waar ze in was beland, leidde naar een andere lounge, een die ze nog niet had gezien. Die was ingericht als surveillancestation, een zestal monitors op bureaus in U-vorm, twee kerels in het midden. Met hun rug naar haar, voorovergebogen naar een van de schermen, waar het pokerspel te zien was... en de camera ingezoomd op Soraya's spectaculaire boezem.

Jess grijnsde in zichzelf, en keek naar de deur links van haar, de deur die wel naar de serverruimte móést leiden, gezien de locatie van het raam buiten in de steeg. Er zat een deurklink op met een slot vergelijkbaar met het vorige, maar ze hoopte dat hij niet op slot was. De surveillanceruimte was behoorlijk donker, alleen verlicht door de monitors, maar ook stil, en elk geluid dat ze maakte kon de twee bewakers doen omkijken.

Ze liet haar blik op de grote bank tussen haar en de bewakers vallen, hurkte en sloop erachterlangs richting de serverdeur. Ze stak voorzichtig haar hand uit, legde haar vingers op de klink en probeerde die heel langzaam, heel zachtjes om te draaien.

'Shit,' vormde ze met haar lippen, voor ze haar lockpicks weer tevoorschijn haalde.

Een van de bewakers zei iets grofs in het Spaans en ze barstten allebei hard in lachen uit, wat Jess in elk geval de kans gaf een pick in het slot te schuiven en haastig te draaien.

Het gaf niet mee, en ze vloekte geluidloos, wachtend op een nieuwe kans. *Rustig aan, dan breekt het lijntje niet.* Lianes instructies echoden in haar hoofd.

Ja, maar ik wed dat zij nog nooit een slot heeft moeten kraken letterlijk onder de neus van twee dronken bewakers. Er stond een rij lege bierflesjes op de tafels tussen de monitors. Ze kon nog steeds geen enkel risico nemen met geluid. Ze wilde ze niet hoeven doden.

Bij de vierde luidruchtige lachbui klikte het slot, en Jess liet een geluidloze, opgeluchte adem ontsnappen. Ze wachtte nog een lachsalvo af voor ze snel door de deur gleed en die geruisloos achter zich sloot.

'Dát bedoel ik,' fluisterde ze, terwijl ze rondkeek. Het haalde niet haar eigen standaard, natuurlijk, maar de computers waren modern, en ze zag een rij groene lampjes op het satellietmodem. 'Kom maar bij mama.'

Met haar vingers diep in haar top en omlaag tussen haar borsten, haalde Jess nog een gadget uit haar trukendoos. De riskantste van allemaal: een usb-stick. Hij was het eiland binnengekomen vastgeschroefd in de metalen hakken van een paar designerschoenen, en ze had vurig gehoopt dat hij Josefs tests zou doorstaan, ook al had ze hem zelf gebouwd en ontworpen om onzichtbaar te zijn voor elke scan die naar elektronica zocht.

Ze had dit ook zonder de hackingworms op die stick kunnen doen. Maar met was het zó, zó veel sneller, wat de tijd verkortte die ze hier binnen moest doorbrengen.

De server was met een wachtwoord beveiligd, maar binnen zestig seconden zat ze erin, en drie minuten later was Isla Fortuna Continental stilletjes, onzichtbaar elk stukje data dat het bezat aan het uploaden naar Hestia Global Security. En het zou *door* blijven uploaden, elke nieuwe data-invoer, totdat Jess het stopte.

Ze nam dertig seconden extra om razendsnel een bericht aan Liane te typen, met de namen van de kopers en wat Pascal haar had verteld over de officieel dode CIA-agent Sebastian Maroney die zichzelf had heruitgevonden als Baz Fortuna. Jess kon zich levendig voorstellen welke schokgolven *dat* binnen de Agency zou veroorzaken; zelfs de onverstoorbare adjunct-directeur Spires zou waarschijnlijk haar koelbloedigheid verliezen over die informatie.

Nog geen vijf minuten nadat ze de serverruimte binnen was gegaan, stopte Jess de usb-stick terug in haar bh en sloop terug naar de deur. Ze legde haar oor erop en wachtte, en na een paar minuten trok ze in stilte een grauw. De verdomde deur was te geluiddicht. Ze hoorde niets. Ze zou hem héél voorzichtig op een kiertje moeten zetten en door de spleet kijken.

Misselijkheid draaide in de put van haar maag, en ze wierp een blik op het raam, twijfelend of ze die weg moest nemen, maar ze kon het niet achter zich dichtdoen, en dan liepen ze hier mogelijk door dat open raam te zien dat er iemand binnen was geweest. Jess had er alle vertrouwen in dat ze nooit zouden achterhalen wat ze had gedaan – ze was te goed om een spoor na te laten – maar ze wilde ze niet alsnog op scherp zetten.

Nee, ze moest via de deur. En eraan denken hem achter zich op slot te draaien, net als de buitendeur waar ze door naar binnen was gekomen.

Diep ademhalend draaide ze de klink infinitesimaal langzaam om, opende de deur net genoeg om door de kier te kijken.

En ontmoette de geschrokken blik van Mariska, die net via een andere deur aan de overkant de kamer was binnengekomen.

Jess verstijfde van paniek. Een paar seconden staarden zij en Mariska elkaar alleen maar aan, en toen stond een van de bewakers bij het surveillancedesk op.

'Wat doe jij hier, vrouw?' vroeg hij in zwaar aangezet Engels.

'Generaal Dzhokharov, hij stuur mij meer wodka halen. De bar in andere kamer, daar niets meer. Meneer Fortuna zeg, meer flessen hier. Daar?' Mariska wees naar een andere bar.

'Ja, daar staat wat.' De bewaker ontspande, ging weer zitten. 'Neem maar.'

'Dank u.' Mariska keek geen moment Jess' kant op, liep naar de bar en begon daar luidruchtig met flessen te rammelen.

Wat Jess precies de dekking gaf die ze nodig had om stilletjes de serverruimte uit te glippen en de deur te sluiten, die achter zich op slot te draaien, en weer omlaag te duiken achter de bank. Ze bleef daar wachten tot Mariska weg was, bang dat ze anders gezien zou worden als ze door de boogdoorgang sloop terwijl de bewakers hun hoofd draaiden om Mariska via de andere deur te zien vertrekken.

'Mooi meisje,' merkte een van de bewakers op; het simpele Spaanse zinnetje kon Jess gemakkelijk volgen.

'Te jong,' bromde de andere. 'Geen borsten. Maar die blonde Amerikaanse? Dát noem ik een vrouw.'

Jess kromp ineen en kroop geluidloos terug door de boog naar de verduisterde voorkamer. Ze wilde niet horen wat ze verder nog over haar konden zeggen. En al helemaal niet nadenken over wat ze zouden doen als ze haar grepen.

Zou Mariska iets zeggen? Had ze Jess herkend, door die kleine kier? Alles wat ze had kunnen zien was één oog en een stukje van Jess' gezicht, ook nog in de schaduw, maar Jess had een lichtere huid dan welke andere vrouw op het eiland dan ook, behalve Mariska zelf. Er was niet veel voor nodig om één en één bij elkaar op te tellen.

Er was absoluut niets wat ze eraan kon doen, zelfs al was Mariska linea recta terug naar de eetkamer gelopen om Fortuna te vertellen dat ze Jess had zien rondsluipen waar ze niet hoorde te zijn. Het enige wat Jess kon doen was zo snel en stil mogelijk terugrennen naar de villa, in bed kruipen en doen alsof ze daar al die tijd al lag als de bewakers binnenstormden om haar te grijpen.

Ze lag meer dan een uur in bed, rillend van adrenaline en angst, voor ze eindelijk concludeerde dat Mariska niets had gezegd. Slapen lukte nog steeds niet, en ze lag nog wakker naar het donkere plafond te staren toen Pascal rond drie uur 's ochtends binnenkwam.

'Hé,' zei ze zacht toen hij naast haar in bed schoof. Nu ze de surveillanceruimte had gezien, was ze er vrij zeker van dat er in elk geval niet in real time werd meegeluisterd, al konden er best opnames zijn.

'Sorry dat ik je wakker maak,' mompelde hij.

'Ik heb nog niet geslapen.' Ze woog haar volgende woorden zorgvuldig af. 'Ik kwam Mariska eerder tegen tijdens m'n omzwervingen. Heeft ze daar niets over gezegd?'

Pascal verstijfde naast haar. 'Nee,' zei hij. 'Ik heb haar de hele avond niet meer dan een paar woorden horen zeggen. Ik denk dat ze probeert onder de radar van de generaal te blijven, het arme schaap. Hij vermaakt zich met Fortuna's vrouwen en geeft Mariska alleen loopjongenklusjes. Daar zal ze wel dankbaar voor zijn. Attent van je dat je naar haar omkijkt.'

Jess hoopte dat hij gelijk had, dat haar vriendelijkheid jegens Mariska betekende dat het Tsjetsjeense meisje niets zou zeggen. Pascal raakte haar arm zacht aan en ze rolde op haar zij, kroop tegen hem aan, nog steeds met die kilte tot in haar botten van de angst die haar eerder had gegrepen.

'Het is goed met je,' murmelde hij zacht, terwijl hij met zijn grote handen in kalme banen over haar rug streek. 'Je doet het geweldig, Jess. Zo goed. Alles oké?'

'Alles is perfect,' fluisterde ze. 'Kon niet beter.'

'Ja?'

'Ja.' Ze knikte tegen zijn schouder. 'Perfectie.'

'Mooi.' Hij kuste haar voorhoofd. 'Ga nu slapen. Morgen begint het echte werk.'

HOOFDSTUK VEERTIEN

HET WAS NET NA zonsopgang toen een geluid Pascal uit een diepe slaap wekte; iets wat niet paste bij het zachte tjirpen van de cicaden en het kabbelen van de golven op het strand. Jess lag vredig in zijn armen te slapen, haar lange gouden haar als een zijden waaier over het kussen uitgespreid, en hij bleef een paar momenten gewoon naar haar kijken, tegen beter weten in. Sinds hij bij de Agency zat, had hij heel wat mooie vrouwen ontmoet, sommigen slim, scherp en berekenend, maar hij dacht niet dat hij er ooit één had ontmoet met die verbijsterende combinatie van schoonheid, brains en compassie die Jess bezat.

'Geen wonder dat Fortuna een oogje op je heeft, engel,' fluisterde hij, terwijl hij zachtjes een kus op haar voorhoofd drukte. 'Zelfs als je hem niet laat zien wie je werkelijk bent, is het duidelijk dat jij way buiten mijn bereik bent.'

Het geluid dat hem had gewekt klonk opnieuw, en hij hief zijn hoofd, de ogen tot spleetjes samengetrokken. Dat was een bootmotor, en niet van een luxe motorjacht zoals het exemplaar dat hen in Puerto Rico had opgepikt. Het klonk meer als een tramp-stoomschip, een kleine vracht-vaarder.

Behendig gleed hij uit bed en liep op stille voeten naar het raam, trok de gordijnen een stukje opzij. De villa's waren richting het strand gebouwd, maar aan de rand van het uitzicht kon hij net de enige steiger van het eiland zien. En de vier mannen die erop stonden met een grote platte trolley.

Toen kwam er een boot het zicht in gedobberd, een ver-roeste bak, het soort kleine, anonieme trampvrachtschip dat nergens in de Cariben een tweede blik zou trekken als het aan een willekeurige pier aanlegde om wat proviand af te leveren.

Pascal was alleen geïnteresseerd vanwege Fortuna's op-merking over wachten tot de stukjes op hun plek lagen. De wapenhandelaar had zich hoorbaar geërgerd dat hij nog een dag moest wachten voor hij zaken kon doen.

De mannen op de steiger vingen de lijnen op die vanaf het vrachtbootje werden toegeworpen en legden ze vast, maar de motoren werden niet afgezet. Er ging een luik open, er werd een loopplank neergelegd zodat die gelijk lag met de pier, en de trolley werd de boot opgeduwd.

Een minuut later kwam hij er weer af, met daarop vast-gesnoerd een grote houten kist, die over de steiger werd weggerold tot uit het zicht.

Pascal had maar wat graag gezien waar ze hem heen brachten, maar hij durfde de openslaande deuren niet te openen voor het geval iemand uitkeek naar pottenkijkers. Als hij gelijk had, zou Fortuna het later toch wel komen showen.

De loopplank werd teruggetrokken, de lijnen losge-maakt, en het trampvrachtschip tufte weer weg, een sliert zwarte rook bleef nog een paar minuten in de heldere ocht-endlucht hangen voor die oploste.

'Hm.' Was die kist groot genoeg voor de drie koffer-bommen? Dat dacht hij niet. En hij dacht al helemaal niet dat Fortuna al zijn eieren in één mand zou leggen; die man vertrouwde niemand zo ver. Nee, hij vermoedde dat er op dat schip slechts één van de wapens was binnenge-bracht, en dat de andere twee waarschijnlijk ver hier van-daan waren, ver uit elkaar en streng bewaakt, in afwachting van leveringsinstructies. De beelden in de introductiefilm waarop de drie wapens bij elkaar stonden, konden maan-den geleden zijn opgenomen.

Zo zou Pascal het in elk geval hebben gedaan. En hoe misselijk het hem ook maakte om eraan te denken, hij en Fortuna hadden dezelfde Agency-training doorlopen. Hij wilde dat hij meer wist over Sebastian Maroney; wat was Fortuna's pad naar de Agency geweest? Wat was zijn achtergrond? Zijn specialismen? Waar had hij aan gewerkt terwijl hij voor de Agency actief was?

Het niet-weten maakte hem zenuwachtig. Hij was nog nooit een situatie ingegaan zonder een volledige analyse te hebben kunnen doen van de mensen die hij zou ont-moeten, maar Fortuna was een onbeschreven blad; het weinige dat Pascal over zijn achtergrond had opgediept tij-dens zijn research was overduidelijk nep, nu hij wist dat Baz Fortuna in werkelijkheid Sebastian Maroney was. Over Yoon wist Pascal meer, ondanks de extreme geheimzucht van de Noord-Koreaanse overheid, dan over Fortuna, en hij vond het niks dat hij geen manier had om meer infor-matie te krijgen.

Jess had hem verteld wat ze van plan was met de server als ze erbij kon, en hij keurde het volledig goed omdat het hun mogelijke blootstelling minimaliseerde, maar het zorgde er ook voor dat ze geen enkele manier hadden om communicatie van hun bondgenoten buiten te ontvangen. Zelfs een simpele Google-zoekopdracht was onmogelijk, los van het feit dat hij Sebastian Maroney's naam überhaupt niet in een zoekmachine zou hebben gezet. Fortuna zou vast en zeker een track-en-trace hebben ingesteld voor iedereen die dom genoeg was zoiets te doen.

Met een zucht kroop Pascal weer in bed. Er viel beneden aan de steiger niets meer te zien, en hij had nog niet genoeg geslapen. Hij moest scherp zijn als het bieden vandaag zou beginnen.

Jess kroelde tegen hem aan en mompelde slaperig: 'Wat is er?'

'Lijkt erop dat er net een speciale levering is binnengekomen.'

Hij voelde haar verstijven, en haar ogen vlogen open. 'Ja?'

'Ja. Waarschijnlijk gewoon meer eten of wodka voor Dzhokharov of zo.' Hij grinnikte, maar hij schudde zijn hoofd terwijl hij in Jess' ogen keek. 'Slechts één kist.'

'Hm.' Ze liet haar stem slaperig klinken, maar hij kon zien dat haar gedachten op volle toeren draaiden. 'Dan kan het niks groots zijn.'

'Ga maar weer slapen. We kunnen toch niks doen.'

Toch bleef ze gespannen. Hij streek zijn hand opnieuw over haar ruggengraat, in de lange, kalmerende strelingen die hij de avond ervoor had gebruikt, en voelde Jess bijna meteen reageren, haar lichaam zacht tegen het zijne krullen.

Zijn lichaam reageerde voorspelbaar.

'Sorry,' ademde hij tegen haar voorhoofd.

'Ik niet.' Ze kantelde haar hoofd en drukte haar mond tegen de zijne.

'Jess,' mompelde hij tegen haar lippen, 'waarom...'

'Alsjeblieft.' Haar vingers sloten zich om de zijne en ze trok zijn hand tegen haar borst. 'Dit wil ik, Pascal. Ik moet—ik moet mijn gedachten verzetten. Wil jij...?'

'O, verdomme ja.' Wat haar redenen ook waren, hij wílde. En hoe.

Zij ook; de gretigheid waarmee ze hem vastgreep, bijna zijn shorts van hem af rukte en haar vingers om zijn pik krulde, die al fier voor haar in de houding stond, viel niet te faken. Intussen beantwoordde ze zijn kussen vol overgave, hijgend in zijn mond, kreunend toen zijn streelende vingers haar zijden pyjama opzij schoven en strakke, getuite tepels vonden.

Een lang been haakte over zijn heup, en Jess wreef zich tegen hem aan, waardoor hij sterretjes zag terwijl de zijdeachtige stof van haar pyjamabroek over bonzende, gevoelige huid schoof.

Condooms. Er lagen er een paar in zijn toilettas in de badkamer; hij schoof uit bed en sprintte om ze te halen, tot ongenoegen van Jess die verontwaardigd piepte, al lachte ze toen ze hem terug zag komen met het pakje in zijn hand.

'Goed bedacht.'

'Iemand moet het doen. Ik weet niet of dit een van jouw briljantere ideeën is, maar ach.' Hij haalde zijn schouders op. 'Ik zou gek zijn om je af te wijzen.'

Voorzichtig kroop hij weer naast Jess in bed. Hij pauzeerde even, gewoon om naar haar te kijken en in zich op te nemen hoe prachtig ze was, daar liggend met haar borsten bloot en haar gouden haar om haar heen gespreid. Hij reikte uit en wond een lok om zijn vinger.

'Dit is prachtig. Maar weet je... ik denk dat ik het blauwer leuker vond.'

'Vond je?' Haar ogen lichtten op. 'Ik ga het weer kleuren als we thuis zijn.'

'Het past bij je. Net zo uniek als jij. Dit is meer... conventioneel mooi.'

'Ik vond dat het bij de situatie paste.'

'Dat doet het ook.' Met haar blauwe zeemeerminnenhaar zou ze nog meer in het oog springen, maar dat zou niet hebben gepast bij het beeld van het soort vrouw dat aan de arm van Pascal Montalban verwacht werd.

Ze was echter precies het soort vrouw dat Pascal *Montoya* aan zijn arm wilde. Blond of blauw.

Hij probeerde de opdringerige gedachten weg te duwen. Hij en Jess waren geen echt stel, en als deze missie voorbij was, was het zeer waarschijnlijk dat ze elkaar niet meer zouden zien.

Tenzij hij haar baanaanbod aannam, wat weer een heel ander ding was waar hij nu niet aan mocht denken.

Nu draaide alles om de prachtige vrouw in zijn armen, en zijn uitermate dringende behoefte om de liefde met haar te bedrijven.

Jess liet haar handen over Pascals schouders en biceps glijden, kneep zachtjes, testte de stevige spieren. 'Je hebt jezelf bepaald niet laten gaan, hè?' murmelde ze.

'Minstens vier keer per week de sportschool,' zei Pascal, 'tenminste, als ik niet vastzit op een privé-eiland dat er blijkbaar geen heeft. En ook niet genoeg ruimte om te gaan hardlopen.'

'Ik vraag me af hoe Fortuna in vorm blijft? Of misschien heeft hij wel een privé-gym in die villa van hem boven op het eiland. Groot genoeg is-ie.'

'Kunnen we het nu even niet over hem hebben?' smeekte Pascal, en Jess lachte.

'Mijn hoofd schiet alle kanten op. Sorry.'

'Eens kijken of ik je gefocust kan houden.' Hij schoof omlaag op het bed en keek haar even aan of het oké was. Ze knikte en liet haar vingers door zijn haar glijden terwijl hij zijn hoofd naar haar borst boog, de tepel subtiel likte, haar opwerkte tot een strak, pijnlijk knopje voor hij zijn lippen erom sloot en zoog.

Jess kreunde, haar rug boog, haar vingers klemden zich in zijn haar, haar benen kwamen omhoog om zich met de zijne te verstrengelen. Pascal slaakte zelf ook een kreun, maar bleef bij zijn zelfopgelegde taak, vastbesloten niet egoïstisch zijn eigen genot na te jagen zonder eerst dat van Jessikah zeker te stellen.

Ze liet hem weten wat ze fijn vond, wat ze wilde—natuurlijk deed ze dat. Passiviteit lag niet in haar aard. Ze stuurde hem naar de andere borst, en na een paar minuten legde ze haar hand op zijn kruin en duwde hem zachtjes omlaag.

Hij nam haar aanwijzing maar wat graag aan, gleed verder omlaag op het bed om tussen haar dijen te liggen en zijn gezicht in haar poesje te nestelen, proefde haar eerst licht, cirkelde met de top van zijn vinger rond haar clitoris, en ontdekte dat ze al nat was. Haar heupen rolden, moedigden hem aan, dus sloeg hij zijn armen onder haar dijen en begroef zijn gezicht in haar.

Pascal wist precies wat hij deed, en het kostte maar een paar seconden van zijn begaafde tong en vingers om Jess' ogen te doen wegdraaien terwijl ze de lakens onder zich vastgreep, haar lichaam als een boog spande en ze woordeloos uitschreeuwde.

Hij stopte niet, hield de druk precies op de juiste hoogte om het orgasme zo lang mogelijk te rekken, totdat ze gewoon té gevoelig werd en hem in een hoge, hijgerige stem smeekte op te houden, haar heupen naar beneden en van hem wegschuivend.

'Even pauze?' Hij kuste de binnenkant van haar dij, werkte richting haar knie. 'Ik geef je vijf minuten, en dan doe ik die condoom om en neuk ik je tot je mijn naam schreeuwt.'

'Ik geloof dat ik je naam al heb geschreeuwd,' mompelde ze, loom, dronken van genot, maar ze voelde haar lichaam nu al weer met interesse reageren op zijn belofte.

'Ik wil dat je hem harder schreeuwt.'

Het lage, hete grommen van zijn stem tegen haar huid deed haar beven terwijl de behoefte opnieuw als een schok door haar heen joeg.

'Ik wil geen vijf minuten wachten.' Ze jammerde het, greep zijn schouders en probeerde hem over zich heen te trekken.

'Ongeduldige vrouw.' Hij lachte zacht, op de tast naar het condoompje. 'Weet je het zeker?'

Hun blikken kruisten elkaar, en ze knikte. 'Ik weet het zeker.'

Ze wist niet wat er daarna zou gebeuren—of het ongemakkelijk tussen hen zou worden—maar op dit moment was er niets in de wereld dat ze liever wilde dan de liefde bedrijven met Pascal. Ze deinsde mentaal terug voor die woordkeuze, maar ze wist het—voor haar was dit in elk geval meer dan zomaar seks. Meer dan alleen een jeuk krabben, meer zelfs dan enkel onvermijdelijke seksuele spanning die, door nabijheid en stress, aan de kook raakte.

Zijn handen waren zacht terwijl hij haar dijen verder spreidde en tussen haar knielde. Ze dacht dat het bewondering was wat in zijn ogen lag toen hij naar haar keek, en ze vermoedde dat er in de hare waarschijnlijk ontzag te lezen stond, want hij was een schitterend gezicht: pure kracht die onder bruine huid golfde terwijl hij naar haar reikte.

'Jessikah.' Hij ademde haar naam tegen haar lippen terwijl hij zijn hoofd boog om haar te kussen. 'Jij bent *ongelofelijk*.'

'Oh, mijn... ohhhh.' Haar adem stoof in een zucht uit haar toen hij de top van zijn pik in haar gleed, zacht duwend. 'Waaauwww. Oh.'

'Oké?' checkte hij nog een keer.

'Meer dan oké, waag het niet nu te stoppen!' Ze zette haar nagels in zijn schouders, probeerde hem dieper te trekken.

'Niet zo'n haast,' berispte hij haar, maar ze hoorde de spanning in zijn stem, zag de fijne trilling in zijn biceps terwijl hij zich boven haar staande hield.

'Kom op, ga met me mee!' Ze sloeg haar benen om zijn heupen, tilde zich van het bed en trok hem in één beweging tot op de hilt in zich.

Pascal liet een geluid horen dat bijna een brul was, zijn vuisten balden zich in het kussen aan weerszijden van Jess' hoofd. Een moment bleef hij stil liggen, diep in haar, zijn gouden ogen donker terwijl hij in de hare keek. En toen bracht hij één hand omlaag, legde die onder haar kont om haar heupen precies zo te kantelen als hij wilde, en *stootte*.

Het was precies, exact wat Jess wilde. De wrijving, de druk, en het genot bouwden zich razendsnel op totdat ze inderdaad zijn naam schreeuwde, zich wanhopig aan hem vastklampte, smekend om nog een climax.

'Neem het,' perste Pascal uit, en plotseling draaide hij hen om, rolde op zijn rug en duwde haar omhoog om hem te bestijgen. 'Rijd me en pak wat je wilt.' Zijn duim schoof tussen hen, vond haar clitoris en wreef cirkels over het natte, glibberige knopje. 'Ik wil je op me voelen komen.'

Die wens ging hij krijgen, en verrekte snel ook. Jess' heupen rolden, haar dijen spanden, en ze reed hem in een koortsachtig galopje, haar tweede orgasme in razend tempo achterna.

'Dat is het. Oh, fuck, dat voelt zo goed!' Pascals stem was een schorre schreeuw toen Jess over de rand gleed en haar inwendige spieren fladderden en zich om zijn pik samentrokken. 'Ahhh... *Jess*!' Hij schreeuwde haar naam, zijn handen klemden hard om haar heupen om haar dicht bij zich te houden terwijl hij zich tegen haar opboog, zijn ogen vastgenageld op haar gezicht. Hij keek naar haar met felle intensiteit.

'O mijn god, Pascal.' Ze zakte op zijn borst neer, ademde snel, hoorde zijn hart onder haar oor denderen, al kalmeerde het rap weer tot een langzaam, steady bonzen. Ze zweetten allebei, plakten aan elkaar, maar dat kon haar niets schelen. Ze wilde alleen maar knuffelen, in de euforische nasmaak van twee spectaculaire orgasmes, en het weldadige gezoem door haar hele lichaam voelen.

'Inderdaad.' Zijn warme hand streek op en neer over haar ruggengraat, in die langzame, sussende beweging die hij graag gebruikte; Jess merkte tot haar schrik dat ze er snel aan gewend raakte, dat ze het echt fijn begon te vinden om zo door Pascal aangeraakt te worden.

Ze dommelde daar ter plekke weg, moe en volkomen bevredigd, toen ze Pascal onder zich voelde bewegen.

'Moet even van het condoom af,' mompelde hij tegen haar haar, voor hij haar van zich af en terug op het matras liet glijden. Ze voelde een kus op haar wang, en hem van het bed af gaan... maar tegen de tijd dat hij terugkwam, sliep ze al vast.

Hoofdstuk Vijftien

Opgerold met Jess in zijn armen, warm, voldaan en naakt, beleefde Pascal een van de stilste, meest heerlijke momenten van zijn leven. Hij kon zich niet herinneren zich ooit zó tevreden te hebben gevoeld.

Het was een gevaarlijk gevoel. Zeker gezien wat hij nog geen uur eerder bij de kade had gezien, en wat er later vandaag mogelijk zou gaan gebeuren, want Fortuna zou niet lang wachten voordat hij met de veilingen begon.

Hij moest uitrusten zolang het kon, maar ondanks het genot dat door zijn aderen zoemde, lag hij wakker te luisteren naar Jess' zachte ademhaling, tot er op de buitendeur van de villa werd geklopt en Josef zijn naam riep.

Pascal schoof behoedzaam uit bed, omdat hij Jess niet wilde wekken, en trok zijn short aan voordat hij naar de deur ging.

'Rustig aan,' zei hij terwijl hij de deur openstootte, midden in Josefs volgende klop. 'Jess slaapt nog, en ze is humeurig als ze wakker wordt gemaakt voordat ze daar aan toe is.'

Josef keek hem alleen maar aan. 'Meneer Fortuna verzoekt u naar de eetzaal te komen,' was alles wat hij zei.

'Nu?'

'Over dertig minuten.'

Pascal nam de ander op. Josef was niet meer dan een adjudant, dat was duidelijk, maar toch... hier viel nuttige informatie te halen, als Pascal de juiste vragen stelde. 'Eindelijk zaken doen, ja?' vroeg hij, achteloos tegen het deurkozijn leunend. 'Werd tijd. Leuke plek en zo, maar ik ben niet echt in vakantiestemming.'

'Voorlopig alleen informatie,' zei Josef. 'En meneer Montalban? Laat uw vrouw slapen.'

Pascal kneep zijn ogen samen. 'Wedden dat Yoon dat niet is verteld,' zei hij uitdagend.

'De tolk van meneer Yoon is vereist.' Josef wierp hem een vermoeide blik toe. 'De bijdehante mond van uw vrouw niet.'

Dat was een mening die Josef niet had durven uitspreken als hij er niet heel zeker van was dat zijn werkgever die deelde, wat betekende dat Fortuna in privé al zijn afkeur had laten blijken over Jess' uitgesproken houding. Wat eigenlijk lichtelijk geruststellend was; Pascal dacht niet dat Fortuna nog op Jess zou blijven azen nu hij doorhad dat ze geen knap, kirrend ornament was.

Dat wilde natuurlijk niet zeggen dat Jess niet nog steeds gevaar liep. Fortuna was bij lange na niet de enige man op het eiland die haar aantrekkelijk vond, en stuk voor stuk waren het amorele klootzakken die haar zonder meer zouden verkrachten als ze dachten ermee weg te komen. Pascal hoopte dat ze allemaal te beducht voor hem waren om het te durven, maar niets was zeker als je te maken had met mannen die ver buiten de wet leefden – of überhaupt geen enkele wettelijke autoriteit erkenden.

'Ik ben er,' zei hij, en hij smeet Josef de deur in het gezicht dicht.

'Wie was dat?' Jess zat rechtop in bed, haar haar golvend om haar heen, en hij pauzeerde een tel om te bewonderen hoe verdomd sexy ze eruitzag, nog slaperig in de war, met het witte laken dat haar borsten maar net bedekte.

'Josef. Het lijkt erop dat er eindelijk wat gaat gebeuren. Ik moet Fortuna ontmoeten in de eetzaal.'

'Oh?'

Ze kookte duidelijk van vragen die ze niet kon stellen. Hij grijnsde naar haar terwijl hij naar de badkamer liep, maar hield zijn stem vlak en beheerst.

'Ik vrees dat je niet bent uitgenodigd. Dit is het zakelijke deel van de trip, Jess. *Mijn* zaken. Jij gaat lekker bij het zwembad liggen met de andere meisjes. Of blijf hier en ik stuur iemand met wat te eten, als je honger hebt.'

'Als jullie in de eetzaal vergaderen, zal er bij het zwembad vast ook wat te eten zijn. Ik *heb* honger,' zei ze, alsof ze hardop nadacht.

Hij snapte het. In haar eentje in de villa zitten wachten tot hij terugkwam, zou voor haar een marteling zijn, zoals het dat ook voor hem zou zijn als hun rollen omgedraaid waren.

'Ga jij maar. Geniet ervan. Je hebt gisteren wat vriendinnen gemaakt, hè?'

'Schat.' Ze legde spot in haar stem, al paste haar uitdrukking duidelijk niet bij wat ze zei, en hij wist dat ze speelde voor ongeziene oren. 'Verwacht je dat ik met die meisjes vriendschap sluit? Het zijn sekswerkers. Behalve Mariska, die letterlijk een minderjarig slachtoffer van mensenhandel is. Ik heb medelijden met haar – met hen allemaal, eerlijk gezegd – maar ik denk niet dat we ooit *vriendinnen* worden.'

'Wees niet kattig. Dat staat je niet.' Hij knipoogde naar haar om te laten zien dat hij wist dat dit niet haar echte gevoelens waren.

'Je hebt me nog niet gezien in mijn leren Catwoman-outfit. Ik ben *fantastisch*.' Ze grijnsde terug.

'Ik… kan me dat maar al te goed voorstellen, eigenlijk!' Hij moest onder de douche en de villa uit voordat hij zich weer liet afleiden. Hij deed de badkamerdeur dicht en zette de douche aan, terwijl hij de impuls om Jess te vragen erbij te komen onder de hete straal resoluut neersloeg.

'Wat fijn dat u zich bij ons voegt,' zei Fortuna licht spottend toen Pascal de eetzaal binnenkwam.

Pascal keek met opgetrokken wenkbrauwen rond. 'Ben ik te laat? Ik zie meneer Hayworth niet. Komt hij niet?'

'Ik ben er,' snauwde de evangelist, die achter Pascal de ruimte binnenstapte, al weerstond hij net de drang om Pascal opzij te duwen. 'Wat is er zo godsgruwelijk belangrijk dat je me uit bed moest jagen? Ik was *bezig*.'

'Ik hoop dat u dat slechte humeur niet weer op een van mijn meisjes hebt afgereageerd, meneer Hayworth.' Fortuna gaf hem een blik van onverholen afkeer. 'Ik zie ze niet graag bont en blauw.'

'Het zijn maar hoeren.' Hayworth haalde zijn schouders op. 'Betaal ze meer.'

'U weet toch dat prostituees die je laten slaan dat meestal vooraf duidelijk maken en er dienovereenkomstig voor rekenen?' zei Pascal, vol afkeer. '*U* bepaalt niet of het op het menu staat of niet.'

Hayworth wierp hem een woedende blik toe.

Volkomen onbevreesd keek Pascal terug. 'Moet je weer even laten zien wat voor grote vent je bent door vrouwen in elkaar te slaan, hè?' zei hij smalend.

'Rustig, Montalban.' Dzokharov legde een hand op zijn arm, maar behoedzaam, vanaf de zijkant benaderend. 'We hoeven elkaar niet in de haren te vliegen.'

'Hij hoort niet bij ons, en ik heb er een hekel aan dat hij hier is.' Pascal bracht vastberaden het punt ter sprake dat hij gisteren tijdens het ontbijt met Fortuna en Breukel had opgeworpen. Hij had lang gewerkt aan de reputatie van zijn personage; voor Pascal Montalban was vertrouwen alles. Hij deed het liefst rechtstreeks zaken met mensen met bewezen staat van dienst in eerlijk handelen, en het paste volledig bij zijn karakter om antagonistisch te worden tegenover iemand als Saul Hayworth, een totale buitenstaander in de wapenhandel en dan ook nog een onbeschofte.

'Nou, er is een mogelijkheid voor u om vandaag te vertrekken,' zei Fortuna opgewekt.

'Ik dacht dat we hier zouden blijven voor de duur van de verkoop?' Pascal draaide zich als een wolf naar hem om. 'Zodat er geen risico bestond dat iemand zou vertrekken en verklappen wat hier gaande is?'

'Rustig.' Fortuna maakte een sussend gebaar. 'U bent allen erg geduldig geweest,' zei hij tegen zijn wachtende publiek, 'en alle puzzelstukjes liggen nu op hun plek, dus het is tijd dat ik de voorwaarden van de veilingen uiteenzet. Als u met mij wilt meekomen?'

Ze volgden hem, terug de lobby in, door een deur achter wat vroeger de receptie was, een grote kantoortuin in, helemaal leeg op twee mannen na die aan weerszijden van een zware deur stonden. Het waren de eerste zichtbaar bewapende bewakers die Pascal op het eiland had gezien; al was hij er vrij zeker van dat Fortuna gewapend was, en waarschijnlijk Josef en zijn andere adjudanten ook, zij droegen hun wapens verborgen. Deze bewakers daarentegen hielden AR-15's vast.

Fortuna haalde een sleutel aan een ketting van zijn nek en gebruikte die om de deur te openen, waarbij hij toonde wat vermoedelijk ooit de beveiligingskluis van het hotel was geweest.

Nu stond er maar één ding in: de kist die Pascal eerder op de kleine kustvaardersboot had zien lossen, met het deksel eraf gewrikt zodat de inhoud zichtbaar was.

Een van de harde koffers met de kernwapens.

'Slechts één?' zei de tolk, nadat meneer Yoon snel in het Koreaans had gesproken. 'Waar zijn de andere twee?'

'Helemaal veilig, dat verzeker ik u. Voorzorgsmaatregelen, begrijpt u; ik had hefboomwerking nodig voor het geval een van u toch een infiltrant bleek en we allemaal door de Amerikaanse regering werden opgepakt.' Fortuna glimlachte trots naar de kernkop. 'Ik zou ze hebben geruild voor mijn vrijheid.'

'En ons allemaal hebben laten wegrotten,' mompelde Breukel, met een zijwaartse blik op Pascal en een wrange trek om zijn mond.

'Niets persoonlijks, gewoon zaken, mijn vriend. Gewoon zaken.' Fortuna gebaarde groots naar de koffer.

'Dus. Als iemand de waar wil inspecteren? Ik heb hier een geigerteller, en voor zover ik begrepen heb, heeft dr. Choe een doctoraat in de kernfysica.'

Pascal voelde zijn ogen zich van verbazing verwijden, en hij was niet de enige die zich omdraaide om de piepkleine Noord-Koreaanse tolk een scherpe blik toe te werpen.

'*Zij* is de koper?' zei Hayworth ongelovig.

'Nee, meneer Yoon is de koper. U kreeg ieder de kans om een metgezel mee te nemen, herinnert u zich. Ik heb niet gespecificeerd welke kwalificaties wel of niet zouden uitsluiten.' Fortuna grijnsde, en het was beslist aan Hayworth gericht. 'Als u dr. Choe onderschat hebt vanwege haar geslacht, ligt dat volledig aan u.'

'Ik neem haar woord er graag voor,' zei Breukel, en Pascal knikte instemmend.

'Ik ook. Als het apparaat niet deugt, ga ik ervan uit dat u meneer Yoon aanraadt niet te bieden?' Hij richtte zich rechtstreeks tot de tengere tolk, en zij knikte.

'Correct, meneer Montalban.'

'Maar ik wil het graag van dichtbij bekijken, als u het niet erg vindt,' voegde Pascal eraan toe.

'Zoals u wilt.'

'Doe jij wat je wilt. Ik blijf hier. Ik ben in Tsjernobyl geweest,' gromde Dzokharov. 'Ik hoef niet nog meer straling in mijn botten.'

Ook Hayworth aarzelde en bleef buiten de kamer, samen met de Tsjetsjeen, Yoon en Fortuna's mannen. Fortuna zelf ging naar binnen met Pascal, Breukel en dr. Choe.

'De code?' vroeg dr. Choe, en Fortuna peuterde een kaartje uit zijn zak en reikte het haar aan.

Pascal keek toe terwijl dr. Choe de koffer opende en het apparaat erin begon te inspecteren. Ze leek een mentale checklist te volgen, terwijl ze methodisch haar weg baande langs de ingewikkelde schakeling van delicate elektronica.

Pascal wist genoeg om er vrij zeker van te zijn dat hij naar een echte kofferbom stond te kijken. Er ontbraken een paar onderdelen – een ontsteker, om te beginnen; er leek geen manier te zijn om hem tot detonatie te brengen, wat op dit moment beslist geruststellend was.

'De ontsteker?' vroeg Choe toen, waarmee ze Pascals conclusie bevestigde.

'Niet meegeleverd. We willen geen ongelukkige detonaties, nietwaar? Ik ben er zeker van dat iemand met uw expertise zonder moeite er zelf een in elkaar zet, maar indien gewenst kan ik ze leveren. Tegen een kleine meerprijs, uiteraard.'

'Uiteraard,' echode Pascal droog.

Dr. Choe rondde haar inspectie af en deed een stap achteruit met een knik. 'Een indrukwekkend staaltje techniek.' Er brandde een gretig licht in haar ogen, en Pascal kon zien dat ze het apparaat dolgraag verder uit elkaar zou halen, elk klein onderdeel dat het liet werken wilde doorgronden. Uitvogelen hoe het te dupliceren viel.

En dát was iets wat hij absoluut niet kon toestaan.

Yoon riep iets van buiten de kamer, en Choe antwoordde in haar eigen taal, voordat ze weer in het Engels sprak. 'Ja. Het apparaat is goed. Ik adviseer aankoop.'

'Dank u.' Pascal boog haar beleefd toe, en met nog één laatste, verlangende blik op het apparaat, verliet Choe de kamer om verder met haar baas te spreken.

'Dus wanneer beginnen we met veilen?' vroeg Breukel toen Fortuna de koffer weer dichtdeed.

'Vanmiddag. De eerste veiling, althans.' Fortuna gebaarde dat ze hem voor moesten gaan de kluis uit, sloot de deur achter hen en deed hem weer op slot. Toen hij zich omdraaide naar de groep kopers, zei hij: 'En dit is het moment waarop ik u de rest van de voorwaarden van deze verkoop vertel.'

Ze keken hem zwijgend aan, afwachtend. Fortuna had het duidelijk naar zijn zin; hij stond te pronken voor zijn gewapende bewakers, paraderend op en neer en zelfgenoegzaam grijnzend.

'Ik zal drie veilingen houden. Bij elke veiling krijgt u ieder een elektronische tablet en de gelegenheid om een bod uit te brengen. Zodra alle biedingen binnen zijn, krijgt u een nummer, van 1 tot en met 5, dat aangeeft op welke plek u staat. U krijgt nog twee extra biedrondes. Degene die aan het eind van de veiling op de eerste plaats staat, wordt uitgeroepen tot winnaar en zal, zodra de overschrijving is voltooid, het eiland onmiddellijk verlaten. Uw aankoop wordt binnen 72 uur geleverd op de locatie die u opgeeft, waar dan ook ter wereld.'

'Wacht.' Het was Breukel die sprak. 'Zegt u dat de winnaar van de eerste veiling direct daarna moet vertrekken? En niet blijft voor de tweede en derde?'

'Dat klopt.'

'Maar mijn cliënt wil alle drie de apparaten kopen!'

Fortuna glimlachte zijn haaienglimlach, zijn ogen waakzaam. 'Ik vind het niet eerlijk om één koper alle apparaten te laten inpikken. U bent met vijf. Er zijn slechts drie apparaten. Zo grijpen er maar twee naast... en ik heb liever dat er maar twee boos op me zijn dan vier.'

'Dit had u ons moeten vertellen voordat we kwamen,' zei Breukel boos.

'Is het voor uw cliënt alles of niets, dan? In de pitchvideo heb ik duidelijk gezegd dat u drie kansen zou krijgen om op *één* van de apparaten te bieden. Het is niet mijn probleem als uw cliënt aannames heeft gedaan. Trekt u zich dan volledig terug uit de verkoop? Ik heb een reservekoper die wil instappen als iemand afhaakt, maar dan moet ik de eerste veiling uitstellen tot die hier is... en uiteraard, om al genoemde redenen, zou u niet kunnen vertrekken tot alle drie de veilingen zijn afgerond, meneer Breukel.'

Breukel keek geërgerd, maar haalde uiteindelijk zijn schouders op. 'Ik had de opdracht om, indien mogelijk, alle drie de wapens te kopen, maar ik ben er zeker van dat mijn cliënt zal instemmen dat één beter is dan geen. Nee, ik blijf.'

'Uitstekend. Blijft de rest ook?' Fortuna keek ieder van hen na, en een voor een knikten ze. 'Dan beginnen we vanmiddag. De lunch staat nu klaar; we komen om twee uur weer bijeen en starten de eerste veiling.'

'Wanneer vinden de tweede en derde plaats?' vroeg Pascal, toen de anderen al naar de deur begonnen te drijven.

'Om de 48 uur, denk ik. Dat geeft me tijd om na elke veiling alle leveringsafspraken te regelen. U kunt intussen van mijn gastvrijheid genieten... en misschien uw budgetten heroverwegen, als u niet in de buurt van het winnende bod zit. Niet dat ik de winnende bedragen ga bekendmaken, natuurlijk.' Hij grijnsde.

'Ik overleg graag met mijn cliënt,' zei Breukel toen ze allemaal terugkeerden naar de eetzaal, waar een groot buffet werd klaargezet.

'Nee,' was Fortuna's enige antwoord. 'Ik heb duidelijk gemaakt dat er geen communicatie met de buitenwereld is totdat de verkopen zijn afgerond, met uitzondering van het regelen van betalingsoverdrachten zodra de prijs is overeengekomen. Ik kan geen uitzonderingen maken, Dieter. U begrijpt het. Het spijt me, u zult uw professionele oordeel moeten gebruiken.'

Breukel keek uitermate gepikeerd, en Pascal wist precies hoe hij zich voelde. De veilingen zo uitsmeren gooide een enorme spaak in het wiel. Hij moest ervoor zorgen dat hij niet per ongeluk te hoog bood en een van de eerste twee wapens kocht, want hij moest weten wie ze allemaal kocht. Maar hij moest er ook op vertrouwen dat Jess' worm in de computers zijn werk deed en genoeg informatie onderschepte en doorzond om de CIA in staat te stellen de eerste twee te onderscheppen voordat ze bij de kopers werden afgeleverd. Want anders zouden ze het eiland niet afkomen om op tijd door te geven wat ze wisten aan de dienst, vóór in elk geval het eerste apparaat geleverd werd.

Jess kwam toen naar binnen gewalsd met de andere meisjes in haar kielzog, duidelijk door een van Fortuna's loopjongens opgetrommeld om te komen lunchen.

'Hé, schat, ik sterf van de honger, er was niks te eten bij het zwembad.' Ze sprong op hem af en gaf hem een kus. 'Zaken gedaan?'

'Het eerste deel. Het serieuze werk begint vanmiddag, en we zijn hier misschien vanavond al weg.'

'Oh?' Ze trok haar wenkbrauwen op naar hem.

'De eerste van drie veilingen is vandaag. De winnaar vertrekt meteen daarna.'

'Oh.' Ze knipperde. 'Ik dacht dat je alle drie wilde kopen?'

'Ja, blijkbaar was ik niet de enige met die plannen. Breukel wil ze ook alle drie, maar Fortuna heeft de regels vastgesteld. Niet meer dan één per koper.'

Ze praatten zacht, maar deden geen enkele moeite te verbergen dat ze het over zaken hadden. Niemand schonk hen ook maar een tweede blik; iedereen was erop gebrand iets te eten te pakken en te gaan zitten.

'Wanneer zijn de andere veilingen?' vroeg Jess, terwijl ze wat salade op haar bord schepte.

'Om de dag.' Pascal wierp een blik op het Noord-Koreaanse duo, dat aan de andere kant van de tafel in hun eigen taal zat te praten. 'Blijkt dat Yoons tolk niet zomaar een tolk is. Ze is kernfysicus. *Dokter* Choe.'

'Wauw. Dat hebben ze goed stilgehouden.' Jess schudde haar hoofd. 'Niet dat ze haar mond opendoet, behalve om te vertalen. Ze noemde Soraya gisteren praktisch een hoer. Wil duidelijk niet met ons meisjes omgaan.'

'Kwam wel van pas. Ze kon de waar beoordelen, beter dan ik waarschijnlijk had gekund.'

'En is het wat je hoopte?'

'Het lijkt er sterk op. Nu maar hopen dat het budget van mijn cliënt toereikend is.'

'Dat gaan we zo ontdekken.'

Hoofdstuk Zestien

Jess had er volledig op gerekend dat ze samen met de andere meisjes naar buiten zou worden gestuurd zodra de veiling begon, maar Fortuna leek een groter publiek te willen. Paradeerend heen en weer maakte hij er een heel nummer van dat hij vijf tablets uitdeelde; Jess' vingers jeukten om er eentje te pakken, maar ze dwong zichzelf stil te blijven zitten en nam genoegen met gluren op Pascals scherm. Hij was attent genoeg om het heel nonchalant zó te houden dat zij gemakkelijk mee kon kijken.

Er leek maar één app geïnstalleerd, een eenvoudige, op maat gemaakte, die bij het openen niets meer bood dan een numeriek toetsenblok, een Delete-toets en een Enter-toets.

'U hebt twee minuten om uw openingsbod in te voeren en op Enter te drukken,' kondigde Fortuna aan. 'Alle biedingen dienen in US dollars te worden gedaan, al krijgt u natuurlijk de kans om af te rekenen in een stabiele valuta of cryptovaluta naar keuze, mocht u de hoogste bieder zijn. Aan het einde van de twee minuten wordt uw positie in de veiling weergegeven en krijgt u nog twee keer de gelegenheid om te bieden.'

'Krijgen we te weten wat het hoogste bod is?' vroeg Dzhokharov.

'Niet, tenzij de hoogste bieder ervoor kiest het u te vertellen.' Fortuna grijnsde. 'Aan het typen, heren. Uw twee minuten gaan nu in.' Hij tilde zijn eigen tablet op en deed luidruchtig alsof hij driftig op het scherm tikte.

Onmiddellijk verscheen er onderaan Pascals scherm een timer die begon af te tellen.

Jess verspilde geen tijd aan kijken wat Pascal intypte. Hij had zijn eigen strategie, daar was ze zeker van, vermoedelijk ingegeven door de CIA, al bezorgde het hem vast wat hoofdbrekens dat hij de eerste twee veilingen opzettelijk moest verliezen. Hij zou ter plekke moeten herberekenen hoeveel precies het juiste bedrag was om te bieden en toch te verliezen, maar dan niet met al te grote marge.

In plaats daarvan lette Jess op de andere bieders. Yoon en Doctor Choe zaten met de hoofden bij elkaar; Choe wees haar baas aan welke cijfers hij moest invoeren voor hun bod. Breukel oogde gejaagd, typte en verwijderde, en keek schichtig naar de andere kopers. Hayworth keek verveeld. Die had zijn bod kennelijk al geplaatst en zat nu te loeren naar de meisjes die zich bij de bar hadden verzameld. Dzhokharov typte met één vinger, bracht zijn bod zwoegend in, en maakte zichtbaar minstens één of twee fouten, want hij klikte met zijn tong en porrelde opnieuw op het scherm.

Een zacht belsignaal klonk tegelijk uit alle tablets toen de timer op nul sprong; de schermen werden even zwart en kwamen vervolgens terug met één grote rode cijferweergave.

Jess kon alleen Pascals scherm zien. En het cijfer 4 erop.

Pascal tuitte zijn lippen, maar zei niets. Jess keek weer weg en checkte de rest. Niemand leek tevreden, behalve Fortuna, die vermoedelijk alle biedingen op zijn tablet kon zien en zichtbaar moeite deed zijn genoegzame grijns te verbergen.

Minstens één van de biedingen was hem dus naar de zin. Jess probeerde te raden van wie, maar iedereen trok zijn beste pokersmoel.

Behalve Hayworth, die geen pokersmoel had, en er nog steeds verveeld uitzag... maar nu met een vleugje zelfgenoegzaamheid.

'Tweede ronde,' zei Fortuna. 'Breng uw bod uit.'

Deze keer veranderde Pascals cijfer in een 3. Hayworth zag er nog zelfvoldaner uit, en Breukel, dacht Jess, begon scheurtjes te vertonen. Hij was wat bleek geworden en zijn lippen stonden strak.

'Als dit het beste is wat uw cliënt in huis heeft, Dieter, dan vraag ik me af hoe hij dacht alle drie de apparaten te kunnen kopen,' haalde Fortuna niet al te subtiel uit.

'Dit is een ongekende situatie, nietwaar? Je kunt moeilijk even online zoeken op *wat betaal je voor een koffer-kernbom*,' snauwde Breukel terug.

'Ik bedoel, het *zou* kunnen,' mompelde Jess. 'Je moet er alleen op voorbereid zijn dat de NSA vanaf dat moment elke toetsaanslag van je in de gaten houdt.'

Zij kon het weten. Ze had aan een deel van de software geschreven die ervoor zorgde dat niemand zelfs maar op het Dark Web naar dat soort dingen kon zoeken zonder dat de NSA het wist.

Fortuna riep de laatste biedingsronde uit. Pascal voerde snel zijn bod in en voegde zich toen bij Jess in het rondkijken, de ruimte taxerend.

'Ik denk dat Hayworth deze pakt,' fluisterde Jess heel zacht, alleen voor Pascals oren. 'Ik denk dat hij jullie vanaf het begin compleet van de kaart heeft geveegd.'

Het belsignaal klonk voor de laatste keer en Hayworth sprong overeind, zijn vuist triomfantelijk de lucht in. 'Ja!'

'Gefeliciteerd, meneer Hayworth.' Fortuna leek tevreden met de uitslag terwijl hij naar voren stapte om de hand van de evangelist te schudden. 'Het lijkt erop dat de rest van u een tandje moeten bijzetten, heren,' merkte hij op. 'Als u hierheen wilt komen, meneer Hayworth? Dan regelen we de overboekingen en kunt u op weg.'

Het viel even stil in de ruimte, en toen stoof Dzokharov met een krachtterm in zijn eigen taal overeind. Hij liep richting deur, maar werd onderschept door Josef.

'De tablet, alstublieft.' Josef stak zijn hand uit.

Dzokharov aarzelde even, maar duwde de tablet toen in Josefs hand en beende weg. Een seconde of tien later kwam hij weer terugstormen. 'Mariska!' brulde hij.

Het Tsjetsjeense meisje schoot overeind vanwaar ze in stilte had gezeten en rende bijna naar Dzokharov toe, haar gezicht lijkbleek van schrik.

'Shit,' mompelde Jess tussen haar tanden. Dzokharov was woedend, hij zou het op Mariska afreageren, en Jess en Pascal konden er absoluut niets aan doen. Ze wisselde een bezorgde blik met Pascal.

Josef kwam langs om de tablets in te zamelen; Jess gunde zichzelf één korte, weemoedige blik toen Pascal de zijne afgaf. Het besturingssysteem leek geroot, maar ze wist zeker dat zij er wel iets uit had kunnen peuteren. Ze moest er maar op vertrouwen dat de worm die ze had geïnstalleerd zijn werk deed, en dat Fortuna de computers zou gebruiken om instructies uit te sturen om een van de andere apparaten naar de locatie te vervoeren die Hayworth had opgegeven. Om nog maar te zwijgen van welke methode Hayworth gebruikte om te betalen; op zichzelf al een intrigerend spoor om te volgen.

'Wat was je laatste bod?' vroeg Jess gedempt terwijl zij en Pascal langzaam terug slenterden naar hun villa.

'Zestien komma twee miljoen, en ik eindigde als derde,' mompelde hij zacht terug.

'Hier is iets wat ik niet snap. Waarom is Dzokharov hier en biedt hij mee? Ik dacht dat de Tsjetsjenen toegang hadden tot het Russische kernarsenaal, en dat ze kofferbommen hadden?'

'Ja en nee. De Tsjetsjenen hebben toegang. Maar de Russen hadden nooit iets dat door één man te dragen was zoals deze. Voor die van hen heb je een SUV nodig. Dit ding zit letterlijk in een koffer op wieltjes.'

'Waar heeft Fortuna ze dan vandaan?' Jess kon daar met haar hoofd niet bij. 'Zijn ze Amerikaans?'

'Nee.' Pascal aarzelde even. 'Ik ben er vrij zeker van dat ze Israëlisch zijn.'

Hij wist meer, maar hij kon het haar nu niet vertellen, dat was duidelijk. Jess kon een aardige gok doen; Pascal had bij haar op kantoor in Anaheim al gezegd dat hij deze apparaten al een tijd op het spoor was, dus hadden de Israëli's waarschijnlijk de VS om hulp gevraagd toen ze beseften dat ze drie van hun wapens uit het oog waren verloren. Maar ze herinnerde zich ook dat zowel Pascal als zijn baas DDO Spires zichtbaar verrast waren toen Fortuna onthulde dat hij drie van de apparaten had, en niet één, dus heel misschien waren de Israëli's niet helemaal eerlijk geweest over de omvang van hun probleem.

Wat Jess ook niet verbaasde, maar haar wel zorgen baarde, want wat als er meer dan deze drie apparaten op de zwarte markt rondzwierven? Wat als Fortuna niet de enige was die ze in handen had gekregen?

Ze kon niet wachten om hier weg te komen, zodat ze terug kon naar haar computers en diep de Dark Web in kon duiken om de antwoorden op die vragen te proberen te achterhalen.

Maar op dit moment moest ze haar rol blijven spelen, zeker nu ze net hun villa binnenliepen en waarschijnlijk weer binnen het bereik van afluisterapparatuur kwamen.

'Ik vraag me af wat Hayworth betaald heeft,' peinsde ze hardop. 'En of en waar hij van plan is het ding tot ontploffing te brengen!'

'Ik had nog nooit van hem gehoord, maar jij weet duidelijk wie het is. Vertel me over hem,' nodigde Pascal haar uit, terwijl hij op het bed ging liggen en haar tegen zich aan trok om naast hem te liggen.

Dit was een volkomen legitiem gesprek voor hen om te voeren; Jess moest wel nadenken over haar antwoorden, want ze wist een paar dingen over de Hayworths die mogelijk niet algemeen bekend waren, waaronder dat de oude heer Hayworth lid van de Ku Klux Klan was geweest voordat hij mainstream ging en zijn kerk stichtte. De Hayworths waren er heel zorgvuldig in dat stil te houden.

'Nou,' begon ze behoedzaam, 'zijn papa is de echte ster. Hij begon zijn eigen kerk ergens in... ik denk Tennessee, maar het kan ook ergens in de Carolinas zijn geweest, in de jaren tachtig. Hij bouwde een enorme aanhang op. Hij is zo'n prediker van wie je hoort dat hij zijn gemeente vertelt dat hij een privéjet nodig heeft om Gods Woord te brengen aan die goddeloze heidenen in Las Vegas, en zij kopen het voor hem.'

'En is Hayworth senior nog steeds de baas van die kerk?'

'Oh ja. Hij heeft zichzelf neergezet als een soort profeet van de moderne tijd. Ik heb fragmenten van hem gezien terwijl hij preekte, en het is een duivels goede spreker, charisma te over. Maar het is allemaal zonde en hel en verdoemenis, je kent het type.'

'Niet echt,' zei Pascal, 'evangelisatie is in Europa niet zo groot. Het lijkt me iets typisch Amerikaans, althans de christelijke variant. Die denkwijze is voor mij net zo vreemd als islamitisch extremisme.'

'Voor mij ook, eerlijk gezegd!' Jess beet op haar onderlip. 'Ik maak me echt zorgen, Pascal. Gaan de Hayworths dat wapen echt gebruiken? Ik heb dingen gehoord die Joshua Hayworth zegt over de overheid. Wat als hij besluit een kernbom bij het Capitool of zo af te laten gaan?'

Er lag openlijke angst in beider blikken toen ze elkaar aankeken, maar Pascals stem klonk kalm en onverschillig. 'Oorlog en onrust zijn goed voor de zaken, engel. Het is niet alsof een van ons in DC woont. Jij brengt tegenwoordig toch het grootste deel van je tijd in Europa bij mij door.'

'Je bent zó gevoelloos!' Ze trok een pruillip. 'En Mam en Pap dan?'

'Die wonen ook niet in DC. En je vader is rijk genoeg dat, zelfs als Amerika naar de klote gaat, hij hen daaruit kan halen.'

Zijn blik verontschuldigde zich; ze knikte om te laten zien dat ze begreep dat hij gewoon de vereiste rol speelde.

Dat hij zich werkelijk net zo veel zorgen maakte over wat Hayworth van plan kon zijn als zij.

Ze moesten er maar op hopen dat Jess' worm de nodige informatie doorgaf en dat Hestia en de CIA samen erop konden acteren en het wapen vóór aflevering konden onderscheppen, want waarschijnlijk zouden Pascal en Jess tegen die tijd nog steeds geïsoleerd vastzitten op Isla Fortuna.

'*Hayworth*?' Plaatsvervangend directeur Spires staarde naar haar computerscherm en naar het beeld van Liane Hagerty dat haar aankeek. 'Zoals in *Joshua* Hayworth? De televangelist?'

'Zijn zoon Saul, zo lijkt het. We hebben het bekeken zodra de informatie binnenkwam dat Saul bij de veiling was, en de kerkboekhouding van de laatste maanden is bijzonder interessant leesvoer. Veel geld dat in cryptovaluta wordt belegd, en de blockchain-ledgers laten ineens grote transacties zien van de wallets van de kerk naar wallets die door een onbekende partij worden beheerd – Fortuna, nemen we aan.'

'Dus Hayworth heeft de veiling gewonnen,' mompelde Spires. 'Hoeveel?'

'Beste schatting, afgaande op de transacties die we zien? Honderd miljoen.'

'Heilige Moeder Gods.'

'Ik denk niet dat er veel heiligs is aan wat de Hayworths van plan zijn,' zei Liane somber.

'Wat hebt u verder voor me?'

'Een locatie. Het is een ranch in West Virginia; eigendom van een brievenbusfirma die we nog niet naar de Hayworths of de kerk hebben kunnen herleiden, maar ik zou er niet tegen willen wedden. Fortuna heeft instructies uitgestuurd om een van de apparaten daarheen te laten bezorgen.'

'*Eén* van de apparaten?' Spires verstijfde. 'Hayworth heeft niet alle drie gekocht?'

'Als hij dat al gedaan heeft, lijken de instructies alleen te zijn om er één naar de ranch te sturen.'

'Goed.' Spires tikte met een gelakte nagel op haar onderlip. 'Als hij zóveel voor *één* heeft betaald. Allemachtig.'

'Wat laten de satellietgegevens zien?' vroeg Liane toen. Zodra de data de vorige avond via Jess' worm was binnengekomen, hadden Hestia's techneuten het eiland gelokaliseerd en Liane had die informatie onmiddellijk aan Spires doorgespeeld. Spires had iets gemompeld over het heroriënteren van een satelliet, en Liane ging ervan uit dat ze dat had gedaan.

'Er is ongeveer twee uur geleden een helikopter van het eiland vertrokken richting Caracas. Ik durf te wedden dat het privévliegtuig van de Hayworths daar "toevallig" ook staat.' Spires schudde haar hoofd. 'Eerlijk gezegd ben ik hier echt door overrompeld. Ik weet wie de Hayworths zijn, maar ik had geen flauw vermoeden... houdt Homeland Security hen in de gaten?'

'Dat zou ik niet weten,' zei Liane vlak. Natuurlijk had ze alles wat ze wist al aan Homeland Security doorgegeven. Hestia was tenslotte vernoemd naar de godin van haard en huis. Minstens tachtig procent van hun werkbudget kwam uit het zwarte operatiesbudget van Homeland Security. En gezien de reactie van haar contactpersoon toen ze de naam Hayworth doorgaf, twijfelde ze er niet aan dat men daar koortsachtig probeerde uit te zoeken hoe geradicaliseerd die kerk was geraakt en wat de Hayworths precies van plan konden zijn met een koffer-kernbom.

Spires beëindigde de videogesprek na nog een paar vragen, en Liane slaakte een zucht en wreef in haar ogen terwijl ze achteroverleunde in haar bureaustoel. Ze sliep al slecht sinds Jessikah op missie was vertrokken, bezorgd om de veiligheid van haar kleine zusje.

'Ik ben zó verdomd blij dat jij niet undercover hoefde in te gaan bij die missie.' Drew Murphy had stil in een hoek van haar kantoor gewacht, buiten beeld van de webcam. Nu kwam hij naar voren, leunde over de rugleuning van haar stoel en boog zich om een kus op haar voorhoofd te drukken.

'Ik niet, want nu zit Jess daarbinnen!' Liane leunde tegen hem aan, dankbaar voor zijn warme, solide aanwezigheid. 'Ik wil daarbuiten *iets doen*. Niet precies weten wat er gebeurt, maakt me gek. Ik vraag me af of we in de satellietfeed van de CIA kunnen hacken, live meekijken?'

'Misschien zouden een paar van onze techgenieën het kunnen, maar is dat echt de beste inzet van onze middelen? En wat zie je dan? Met wat geluk een paar stokpoppetjes die tussen gebouwen door lopen. Daar krijg je geen echt beeld van. Geloof me, ik heb vaak genoeg realtimesatellietintel gehad op missies, en meestal was het frustrerender dan nuttig.'

'Je hebt gelijk.' Ze draaide haar gezicht tegen zijn zij en mompelde in de stof van zijn T-shirt. 'Ik wéét dat je gelijk hebt. En ik weet dat jij en ik hier nodig zijn om de operatie van deze kant te draaien, maar een deel van mij wil nog steeds het veld in.'

'Hé.' Drew streek haar haar van haar voorhoofd en grijnsde naar haar. 'Ik snap het. Ik wil dat eiland best met een team Rangers en mijn sluipschuttersgeweer bestormen.'

'Misschien kunnen we mee met de inval op het terrein van de Hayworths,' mijmerde Liane, en ze voelde Drew verstijven. Zijn blik, toen ze opkeek, was gretig.

'Denk je dat ze ons laten meegaan?'

Hij miste het veldwerk ook, dacht ze. Geen van beiden was er al echt aan gewend dat ze nu in het management zaten, met bureaus als hun slagvelden.

'We kunnen het altijd vragen. Of gewoon op komen dagen wanneer ze klaarstaan voor de operatie.' Ze grijnsde ondeugend naar hem.

'Het hoeft niet zo ver te komen,' waarschuwde Drew. 'Misschien wordt het al bij de grens onderschept. Fortuna is misschien niet zo sluw als hij denkt.'

'Afgaand op wat DDO Spires zei toen ik haar vertelde dat Fortuna eigenlijk Sebastian Maroney is, denk ik dat hij verdomd sluw is. Hij wist zijn eigen dood in scène te zetten, het te verbergen voor de *CIA*, en uit te groeien tot een van 's werelds grootste wapenhandelaren. Denk je echt dat hij geen koffer-kernbom onopgemerkt de VS binnen krijgt?'

'Touché,' gaf Drew toe.

'Ik denk niet dat we zullen weten waar het is tot de datum en tijd van de afgesproken levering aan de Hayworths. Dus daar móét het worden onderschept.'

Ze staarden elkaar aan, en Liane wist dat ze het allebei voelden. De bubbel van opkomende verwachting bij de wetenschap dat er actie aankwam.

'Wij gaan mee bij die inval,' zei Drew.

'Ja. Ja, dat doen we.'

Jess noch Pascal had ook maar enigszins zin om hetzij écht de liefde te bedrijven, hetzij het te faken voor de audiobewaking. In plaats daarvan kropen ze tegen elkaar aan en lagen gewoon stil, zonder te praten. Hun ademhaling in rustige cadans; wie meeluisterde, zou waarschijnlijk denken dat ze een dutje deden, maar allebei waren ze diep in gedachten verzonken, bezig de gevolgen van die middag te overdenken.

Uiteindelijk kuste Pascal Jess op haar voorhoofd en mompelde: 'We moeten ons klaarmaken voor het diner.'

'Ik veronderstel van wel.' Ze reikte op en kuste hem op de lippen, en zelfs terwijl ze zich terugtrok, dacht ze dat het volkomen vanzelfsprekend had gevoeld. Vanmiddag een paar uur in Pascals armen liggen was een van de meest comfortabele, vredige momenten die ze zich in lange tijd kon herinneren. Ooit, als ze helemaal eerlijk was. Ja, aanvankelijk had haar hoofd geflikkerd van mogelijkheden, van opties die misschien voor hen openlagen, van alle manieren waarop het mis kon gaan... maar zelfs dat was uiteindelijk weggeëbd en Jess had haar hoofd leeg gevonden van alles behalve de geruststellende, gelijkmatige dreun van Pascals hart dat onder haar oor sloeg. Ze was in een soort meditatieve roes toen hij sprak, waardoor ze opschrok.

Pascals hand krulde in haar haar, trok haar zachtjes weer dicht tegen zich aan zodat hij de kus kon beantwoorden, maar dan veel heter en langer. Jess hapte naar adem toen hij haar losliet en heroverwoog ineens hun keuze van tijdsbesteding voor de afgelopen paar uur. Hij moest de spijt op haar gezicht hebben gelezen, want hij grijnsde en tikte speels tegen haar kin.

'Bewaar die gedachte voor later. Ik heb honger.'

'Ik ook... maar niet naar eten.' Ze keek hem hongerig na toen hij opstond en zich uitrekte, dikke spieren die onder zijn gladde, bruine huid rolden.

'Stop je tong maar weer in je mond.' Hij haalde zijn handen door zijn haar, donkere krullen onhandelbaar en een tikje te lang, en knipoogde naar haar voordat hij naar de badkamer liep.

Ik zou mijn libido geen vrij spel moeten geven. Dit kan niet goed aflopen. Jess liet zich gefrustreerd achterover in de kussens vallen.

Toch kon ze er geen spijt van hebben met Pascal naar bed te zijn geweest. Het was geweldig geweest, maar ze kende zichzelf goed genoeg om te weten dat ze elke kans zou grijpen die zich voordeed om het te herhalen. Het zou zó gemakkelijk zijn verslaafd te raken aan hoe ze zich voelde als ze bij hem was, en dan bedoelde ze niet alleen in bed.

'Dus, met welke fabelachtige jurk ga je ons vanavond omverblazen?' vroeg Pascal, terwijl hij de badkamer uitkwam en zijn haar droog wreef.

Ze grijnsde. 'Je zult even moeten wachten.'

'Hopelijk niet te lang,' zei hij met een veelbetekenende blik op zijn horloge, en Jess zuchtte en duwde zichzelf overeind om uit bed te komen.

'Ik ben zo klaar.'

Lang niet zo snel als wanneer ze de façade van een Instagrammodel niet had hoeven volhouden, maar ze was toch in iets meer dan een half uur klaar, haar gezicht opgemaakt en gekleed in een prachtige, zachtlila zijden wikkeljurk die haar lange benen liet zien en toch geld en klasse uitstraalde. Zoals het hoorde, gezien wat ze ervoor had betaald.

'Je ziet er fantastisch uit,' mompelde Pascal, die achter haar kwam staan terwijl ze zichzelf in de spiegel nog eens naliep en er een paar grove zilveren armbanden en oorbellen met fijne bungelende kettinkjes aan toevoegde die haar schouders streelden. Hij wreef zacht met zijn neus langs de bovenkant van haar oor, zijn armen gleden om haar taille, en in de spiegel zag Jess dat hij even zijn ogen sloot, een glimlach om zijn lippen terwijl hij haar geur inademde.

Hij voelt ook iets. Hij hoeft dit niet te doen. Hier hangen geen camera's.

Ze deed haar best de opvliegende vlinders in haar buik de kop in te drukken. Het was belachelijk om zich als een opgewonden tiener te voelen bij het kleinste teken dat Pascal misschien meer voor haar voelde dan de façade die ze moesten ophouden.

'Laten we gaan. Ik heb honger.' Met een stralende glimlach dwong ze zichzelf zich om te draaien en haar arm door de zijne te haken. 'Denk je dat jullie jongens vanavond weer willen kaarten?'

'Misschien.' Pascal haalde zijn schouders op. 'Wil je weer voor ons delen?'

'Tuurlijk. Zonder Hayworth die me ervan beschuldigt van de bodem te delen en me elke keer dat ik nog maar glimlach zit aan te staren, zou het zelfs leuk kunnen zijn!'

'Wil je niet meedoen en zelf spelen?'

'Nee,' zei ze. 'Ik ben verschrikkelijk in kaarten.'

Pascal wierp haar een sceptische blik toe, en Jess grijnsde. Dat was een enorme leugen geweest. Ze was heel, heel goed in de meeste kaartspellen; haar fotografisch geheugen en wiskundeknobbel gaven haar een voorsprong die weinigen konden evenaren. Hoewel ze haar studie op een volledige beurs had gedaan, had ze haar inkomsten aangevuld met onlinepoker, plus een paar live spelletjes waarbij anderen, net als in haar werk, haar onderschatten vanwege haar uiterlijk.

'Herinner me er even aan nooit tegen jou te pokeren,' mompelde hij terwijl ze de villa verlieten en terugliepen naar het hoofdgebouw van het resort.

'Ik wist al dat je een slimme vent bent. Loop een beetje langzamer, wil je? Op deze hakken lopen is de hel.'

Pascal paste onmiddellijk zijn pas aan. 'Sorry. Ik lette niet op.'

'Geeft niet. Normaal houd ik je prima bij.' Jess trok een grimas. De hakken waren eigenlijk het moeilijkste onderdeel van deze hele operatie; haar enkels deden constant pijn en alleen al de gedachte dat ze erin zou moeten rennen, maakte haar zenuwachtig. Aan de andere kant, ze waren scherp genoeg om in noodgevallen als wapens te dienen, hield ze zichzelf voor. Misschien moest ze eens een paar ontwerpen met afneembare hakken die echte wapens waren... ze had de USB-stick die ze in een hak had binnengesmokkeld moeten wegdoen, uit angst voor een doorzoeking waarbij die gevonden zou worden. Ze had hem zo diep mogelijk onder het zand onder het achterterras van de villa gestoken.

Ze naderden het hoofdgebouw toen een vreemd geluid aan een kant van het pad Jess deed stilhouden.

'Wat?' vroeg Pascal, die met haar inhield.

'Ik hoor iets... Ik denk dat iemand huilt.' Ze haakte haar hand los uit Pascals arm en stapte van het pad, en negeerde zijn gesiste berisping om te wachten.

'Jess, laat mij.' Hij greep haar arm. 'Je gaat... ja hoor, daar ga je.'

'Verdorie,' mompelde ze binnensmonds toen haar hakken in het zachte gras wegzakten. 'Ugh. Trek me eruit.'

'Ik heb je.' Hij trok haar los, zachtjes lachend. 'Blijf jij maar op het pad staan en laat mij even kijken.'

'Niet nodig, ik kom eruit,' zei een verstikte, kleine stem, en een smalle schaduw kwam los van een van de nabijgelegen palmen.

'Mariska,' zei Jess zacht. 'Och, lieverd. Wat heeft hij je aangedaan?'

Zelfs in het zwakke licht van de fakkels die het pad verlichtten, konden ze de zwart wordende blauwe plekken zien op de blanke huid van het Tsjetsjeense meisje.

'Hij was boos.' Mariska's mond trilde. 'Veiling verliezen.'

'En hij heeft het op jou afgereageerd.' Jess stapte naar voren en sloeg voorzichtig een arm om Mariska's middel. 'Arme schat.'

'Hij schopt mij weg.' Mariska zakte tegen Jess aan. 'Ik weet niet wat doen...'

'Je komt met ons mee naar onze villa, dan kijk ik je na en kun je uitrusten.' Jess nam een snelle beslissing. 'Pascal—kun jij iets te eten voor haar halen, schat? Ze wil daar binnen niet iedereen onder ogen komen.' Ze knikte naar het hoofdgebouw, en Pascal zuchtte, duidelijk omdat hij de vastberaden blik op haar gezicht zag.

'Goed. Ik moet het Fortuna wel zeggen. Als Dzhokharov naar Mariska zoekt, hoeven wij er niet tussen te gaan zitten. Ik kan verkopen dat jij voor haar zorgt... voor nu.'

Er klonk een waarschuwende ondertoon in zijn stem, en Jess wist dat ze Mariska zouden moeten afstaan als Dzhokharov haar terugeiste, of anders een ramp riskeerden die ze zich niet konden veroorloven. Hun missie moest voorrang hebben, al kookte haar bloed van woede om de wreedheid van de Tsjetsjeense generaal.

'Kom. Je gaat met mij mee.' Zachtjes moedigde Jess Mariska aan mee te lopen, terwijl ze het lichte gewicht van het meisje ondersteunde. 'Kun je lopen, of zal ik Pascal vragen je te dragen?'

'Nee, ik loop.' Mariska zette dapper een stap, en nog een, en Jess knikte naar Pascal, die het sein begreep en richting het hoofdgebouw liep.

'Je zei dat je me zou helpen weg te komen,' fluisterde Mariska terwijl ze langzaam en pijnlijk terug schoven naar de villa. 'Meende je het?'

'Natuurlijk. Maar begrijp wel... ik kan je niet van hier weghalen. Ik kan *ons* niet eens van hier weghalen. Geen telefoons.'

'Ja. Ik begrijp.'

Ze schoten niet op. Mariska had duidelijk veel pijn; Jess dacht dat ze misschien gekneusde ribben had, aan de manier waarop ze ademde en bij elke stap ineenkromp.

Uiteindelijk bereikten ze de villa en leidde Jess Mariska voorzichtig naar binnen en spoorde haar aan op bed te gaan liggen, zodat ze haar eindelijk in goed licht kon bekijken—en ze vloekte een eind weg onder haar adem.

Een huiveringwekkende bloeduitstorting kleurde de hele zijkant van Mariska's gezicht paars, snel zwellend en haar linkeroog bijna dichtdrukkend. Dik bloed welde op uit de hoek van haar lip, en toen ze dat zag, haastte Jess zich om wat ijs te pakken en het in een doek te wikkelen.

'Hier. Houd dit tegen je gezicht. Ik heb hier ergens ibuprofen.' Ze rommelde tussen de make-up die ze over de kaptafel had uitgespreid. 'Meer kunnen we niet doen, tenzij Pascal Fortuna zo ver krijgt iets sterkers los te peuteren.'

'Niet willen sterker.' Mariska schudde haar hoofd en trok van pijn bij de onbewaakte beweging. 'Sterker... niet goed.'

Verbaasd fronste Jess naar haar.

'Sterker betekent heroïne,' zei Mariska zacht. 'Niet willen. Gezien andere meisjes.'

'Oh.' Jess had zichzelf wel kunnen schoppen. Natuurlijk. 'Ik laat ze je geen heroïne geven. Beloofd. Maar je kunt deze nemen. Het is gewoon Advil. Ibuprofen.' Ze legde twee tabletten in Mariska's hand en pakte een fles water uit de koelkast. 'Zo. Vertel me waar het nog meer pijn doet.'

Mariska legde een hand op haar buik, trok een pijnlijk gezicht en schoof langzaam haar top omhoog om een donkerrode plek op haar buik te laten zien.

'O jee, dat ziet er vreselijk uit.' Jess trok mee een gezicht. 'Heeft hij je geslagen?'

'Slaan mij hier.' Mariska gebaarde naar haar gezicht. 'Als ik val, hij schopt mij, hier.' Ze wees naar haar buik.

Heel even zag Jess rood. Ze overwoog naar Dzhokharov te stormen en hem te laten proeven van eigen medicijn. Ze dwong zichzelf langzaam en diep te ademen, en stak haar hand naar Mariska uit. 'Vind je het goed als ik je hier aanraak? Ik wil proberen te voelen of je gebroken ribben hebt, want als dat zo is, heb je een ziekenhuis nodig. Eigenlijk heb je dat waarschijnlijk toch nodig, maar...'

'Niet toegestaan.' Mariska haalde gelaten haar schouders op. 'Meneer Fortuna, hij laat niemand weg tot verkoop voorbij. Hij maakt niet uit of ik sterf. Ik ben niet een van de kopers.'

'We laten je niet sterven.' Jess wachtte op Mariska's knikje voordat ze voorzichtig rond de ribbenkast van het jongere meisje voelde. Ze slaakte een stille zucht van verlichting toen Mariska niet bijzonder ineenkromp; hoewel de trap in haar buik duidelijk pijnlijk was en nu alle tinten zwart en paars aannam, dacht Jess niet dat het een ernstige verwonding was.

'Ga maar liggen,' zei ze zacht, en ze trok een sprei over Mariska op het moment dat ze voetstappen hoorde naderen, en toen kwam Pascal de villa binnen met een afgedekte schaal in zijn handen. Josef liep achter hem.

'Hoe ernstig is het meisje gewond?' vroeg Josef kortaf. Hij fronste bij het zien van Mariska's gehavende gezicht en liep naderbij, boog zich om beter te kijken. Ze deinsde voor hem terug.

'Ik heb haar ibuprofen en een ijspak gegeven,' zei Jess. 'Meer kan ik niet doen.'

'We zouden waarschijnlijk iets sterkers kunnen vinden,' zei Josef peinzend.

'Niet willen,' viel Mariska snel in. 'Geen heroïne.'

'Hier zal het eerder cocaïne zijn,' zei hij met een halve glimlach. 'Of marihuana.'

'Dank u. Niet willen.'

'Zoals u wilt.' Josef haalde zijn schouders op; duidelijk kon het hem weinig schelen. 'Meneer Fortuna waardeert het dat u naar haar omziet,' hij richtte zich tot Pascal, 'maar ze kan hier uiteraard niet blijven. Ik laat haar verplaatsen terwijl u en de andere gasten dineren.'

'Waarheen? Niet terug naar Dzhokharovs villa?' vroeg Pascal.

'Ik zet haar voorlopig bij de andere meisjes. Die zullen voor haar zorgen.'

Jess was er vrij zeker van dat het Josef niets uitmaakte, maar Fortuna had hem kennelijk opgedragen het probleem af te handelen. Waarschijnlijk zou Dzhokharov morgenochtend eisen dat Mariska aan hem werd teruggegeven.

'Gaat u alstublieft dineren. Bedankt voor uw bekommernis, maar ik neem het vanaf hier over.'

Jess wilde Josef liever niet met Mariska in hun villa achterlaten, maar Pascal kneep zacht in haar arm en ze besefte dat ze weinig keuze hadden. Ze knikte, boog zich naar Mariska en keek haar in de ogen.

'Wanneer we hier wegkomen,' beloofde ze zacht. 'Zo *snel* als we hier wegkomen.'

'Dank je,' fluisterde Mariska terug, terwijl ze haar hand pakte en kneep, en het vertrouwen in haar ene goede oog brak Jess' hart, omdat ze niet wist of ze die belofte kon houden. Ze wist niet of iemand van hen levend van Isla Fortuna af zou komen, en of ze Mariska ooit nog zou kunnen vinden als dat al lukte.

Ze had geen andere keus dan Pascals arm te nemen en de villa weer te verlaten, in de wanhopige hoop dat Josef Mariska niet verder kwaad zou doen.

'Dat arme kind,' mompelde Pascal. 'Ik wil Dzhokharov zó graag doodmaken dat ik het kan *proeven*.'

'Sluit maar achteraan,' zei Jess woest. 'Hij heeft Mariska in haar buik *geschopt*!'

'Klootzak.' Pascals vuisten waren gebald, zijn schouders strak, en Jess voelde zich gesterkt door zijn duidelijke woede, ook al had hij Josef een masker van onverschilligheid getoond.

'Als we de kans krijgen,' zei ze heel zacht, 'laten we er dan voor zorgen dat hij Gitmo niet haalt.'

Pascal keek haar van opzij aan. 'Je bent van toon veranderd.'

Ze wist wat hij bedoelde... maar als iemand de dood verdiende, dan was het de Tsjetsjeen die een tienermeisje van haar familie had gekocht om onuitsprekelijke lusten te bevredigen en haar nu als zijn persoonlijke boksbal behandelde.

Nog los van het feit dat Dzhokharov letterlijk op het eiland was om een kernwapen te kopen dat de dood van duizenden, zo niet miljoenen, mensen kon veroorzaken, maar wat hij Mariska had aangedaan was anders. Het was van dichtbij en persoonlijk, geen abstract begrip.

Jess twijfelde niet langer aan haar eigen vermogen om de trekker over te halen. Als iemand haar op dat moment een wapen in de hand had gedrukt en Dzhokharov voor haar had gezet, had ze geen seconde geaarzeld. Ze wist eerlijk gezegd niet hoe ze in dezelfde ruimte als die Tsjetsjeen moest gaan zitten eten zonder haar zelfbeheersing te verliezen.

Alsof hij haar gedachten las, kneep Pascal in haar hand. 'Kijk gewoon niet naar hem,' raadde hij zacht aan. 'Doe alsof hij er niet is. Ik heb door de jaren heen met werkelijk afschuwelijke types aan tafel moeten zitten; je moet leren het even opzij te zetten.'

Ze haalde diep adem van de warme, naar hibiscus en zout geurende avondlucht, en knikte. 'Ik zal het proberen.'

'Herinner je gewoon waarom we hier zijn.' Hij kneep nog eens in haar hand. 'Je kunt dit.'

De woorden waren met zo'n rustige overtuiging gezegd dat Jess zich meteen stabieler voelde. Pascals vertrouwen in haar deed haar goed, zeker omdat hij haar pas een paar dagen kende. 'Ik zal je niet teleurstellen,' zei ze zacht toen ze het hoofdgebouw binnenliepen, op weg naar de eetzaal.

'Vindt er troost in dat ik hem net zo graag wil afmaken als jij!'

Pascals gemompelde opmerking deed haar giechelen, en allebei kregen ze een glimlach op hun gezicht toen ze zich bij de rest van het gezelschap voegden.

HOOFDSTUK ACHTTIEN

PASCAL WAS TROTS OP hoe Jess zich wist te gedragen tijdens het diner, vooral met Dzhokharov die luidruchtig en irritant dronken aan de overkant van de tafel zat. De Tsjetsjeen was duidelijk nog steeds chagrijnig na zijn verlies bij de veiling eerder die dag, en hij zat diep in de vodka – zo diep dat hij onbesuisd toegaf dat zijn hoogste bod slechts goed was geweest voor de vierde plek.

Wat betekende, vermoedde Pascal na Fortuna's sneren naar Breukel eerder, dat de Nederlander het laagste bod had uitgebracht. En aangezien Pascals bod als derde was geëindigd, waren de Noord-Koreanen de nummer twee.

Yoon zat met zijn hoofd dicht bij dat van doctor Choe; het tweetal negeerde de rest van het gezelschap terwijl ze zacht met elkaar praatten, ondanks dat een van Fortuna's meisjes op Yoons schoot zat. Op de een of andere manier dacht Pascal niet dat de Koreanen gingen delen hoe hoog hun bod was geweest, maar het was heel goed mogelijk dat Dzhokharov dat wel zou doen, zeker als hij nog meer vodka achterover sloeg. En dat kon heel nuttige informatie zijn.

'Geef onze vriend hier nog een drankje,' zei hij tegen Jess terwijl Dzhokharov met een grimas zijn lege glas op tafel smakte. 'Zin in nog een potje poker vanavond, generaal?'

'*Da!*' Dzhokharov lachte luidruchtig en reikte uit om Jess' bil te betasten terwijl ze naast zijn stoel stond om meer vodka in zijn glas te schenken. 'Jij goed meisje,' zei hij. 'Niet zoals mijn domme kleine vrouw.'

Jess had zich bewonderenswaardig stil weten te houden en niet gereageerd op de betasting, maar verstijfde nu. 'Je *vrouw*?' zei ze, ijzig van toon.

'*Da*, Mariska. Dwaas kind. Ervan doorgelopen vanmiddag. Niet dat ze ver komt, op een eiland, eh?' Dzhokharov bulderde een diepe buiklach en stootte Fortuna aan. 'Ze komt terug. Misschien morgenochtend. Een diner overslaan zal haar geen kwaad doen.'

Pascal zag Jess naar de fles in haar hand kijken en wist gewoon dat ze overwoog de Tsjetsjeen ermee neer te meppen. Hij ving haar blik en schudde onmerkbaar zijn hoofd.

Jess zuchtte en zette de fles neer. 'Kan ik verder nog iemand iets brengen?' vroeg ze zoet.

Breukel vroeg om nog een biertje, maar de rest bedankte en Jess keerde even later terug naar haar stoel naast Pascal. In plaats van haar te laten zitten, sloeg hij een arm om haar middel en trok haar op zijn schoot, wreef met zijn gezicht langs haar hals. Ze was gespannen tegen hem aan, duidelijk haar woede wegslikkend, maar ontspande langzaam toen hij met zijn hand langs haar ruggengraat streek. Uiteindelijk voelde hij haar zacht zuchten en haar gezicht tegen zijn wang draaien.

'Ik ben oké,' fluisterde ze, onder het mom van zijn oorlelletje knabbelen.

'Ik weet het. Jij kan dit. Blijf je kalm houden.' Hij kuste haar lippen vluchtig, gaf haar een veelzeggende blik en reikte naar een schaal met met chocolade omhulde aardbeien op tafel, waarbij hij er één naar haar lippen bracht.

Jess beet in de aardbei en gaf Pascal een opzettelijk zwoele blik, en hij glimlachte, voelend hoe zijn lichaam reageerde. Zij merkte het duidelijk ook, want ze wiebelde tegen hem aan en gaf een zacht lachje.

'Gedraag je, deugniet.' Hij kneep licht in haar nekwelving en zei toen op overleggende toon: 'Ga de kaarten halen, Jess. Eens kijken of we vanavond een fatsoenlijk spel kunnen hebben zonder die amateur Hayworth, die geen flauw idee heeft wanneer hij een fatsoenlijke hand heeft.'

Iedereen lachte daarom, en Jessikah stond gehoorzaam op. Josef was er snel bij om de kaarten en de stapels geprinte briefjes tevoorschijn te halen die ze opnieuw in plaats van echt geld gebruikten, en Jess schudde behendig.

'Je hebt nooit gezegd welke variant van poker jullie speelden,' merkte ze op. 'Texas Hold'Em?'

'Ja, dat speelden we gisteravond,' antwoordde Breukel. 'Het was de enige soort poker die Hayworth ooit had gezien – wat op tv. Ik heb liever seven card stud. Iemand anders?'

'Prima wat mij betreft,' zei Fortuna met een schouderophalen. Hij leek vanavond afgeleid, keek af en toe op zijn telefoon. Pascal vermoedde dat Fortuna druk bezig was het vervoer van Hayworth' atoombom te regelen; hij betwijfelde dat een van de wapens op Amerikaans grondgebied was, en het binnenkrijgen zou logistiek niet eenvoudig zijn. Hij brandde om een blik op die telefoon te werpen, maar tenzij hij elke man in de kamer omlegde en de telefoon van Fortuna's lijk aftrok, zag hij niet echt hoe dat moest.

'Weet je hoe je seven-card stud moet delen, engel?' vroeg Pascal aan Jess, die de kaarten behendig schudde.

'Zeker. papa speelt het graag met zijn vrienden in Val d'Isère.' Haar handen flitsten terwijl ze elk van de mannen twee kaarten gesloten en één open gaf. 'Het lijkt erop dat u de laagste kaart hebt, meneer Yoon.'

De Noord-Koreaan schoof al een enkel briefje naar het midden van de tafel; Breukel, naast hem gezeten, kon niet checken en moest ook inzetten. Pascal tikte met zijn duim zijn kaarten omhoog om ze te bekijken, trok een vies gezicht en besloot te passen. Kansloos. De acht die open lag was de beste kaart die hij had, en geen van de kaarten had zelfs maar dezelfde kleur. Ach, er kwam altijd een volgende ronde. En nog een paar dozijn daarna, als de vorige avond een richtsnoer was.

Fortuna was een zeer goede pokerspeler, en Yoon ook, zij het wat voorzichtig. Pascal vermoedde dat Breukel zijn vaardigheden kleiner voordeed, zoals Pascal zelf, omdat hij geen slapende honden wakker wilde maken. Dzhokharov daarentegen was roekeloos en verloor veel vaker dan hij won, omdat hij maar niet leek te kunnen passen, hoe slecht zijn kaarten ook waren.

Ongeveer een uur in het spel werden ze kort onderbroken toen een van de meisjes de kamer binnenkwam en zacht tegen Josef sprak, van wie het gezicht betrok. Hij gebaarde het meisje te blijven staan, liep toen achter Fortuna langs en boog om hem in het oor te fluisteren.

'Aan het einde van dit spel,' was alles wat Fortuna zei, zonder zelfs maar om te kijken, maar toen het spel eindigde, keek hij op en priemde Dzhokharov met een dodelijke blik. 'U zei dat uw vrouw ervan was doorgelopen, Ruslan. U zei niet dat u haar in elkaar had geslagen.'

'In elkaar geslagen.' De Tsjetsjeen haalde achteloos zijn schouders op. 'Is niets. Zij is mijn vrouw. Discipline is essentieel.'

'Ze plast bloed, volgens Camila.' Fortuna gebaarde naar het meisje dat binnengekomen was; Pascal herinnerde zich haar naam. Het meisje dat Hayworth op de eerste avond had mishandeld. Ze stond in de schaduw achter in de kamer, maar hij kon de blauwe plekken zien die één kant van haar gezicht donkerden, evenals de woede daarop terwijl ze naar Dzhokharov keek.

'Klootzak!' Jess verloor duidelijk haar geduld en kwam overeind. 'Ze is nog maar een kind...'

Dzhokharovs gezicht betrok, en hij stond ook op, zijn vuist geheven. 'Jij *waagt* het tegen mij te spreken, vrouw!'

'Dat is genoeg.' Fortuna schoof soepel tussen beiden in. 'Isla Fortuna Continental is een toevluchtsoord, weet u nog? Geweld tegen uw mede-gasten is niet toegestaan.'

'Blijkbaar strekt uw toevluchtsoord zich niet uit tot Mariska... of Camila,' zei Pascal droog, en Dzhokharov wierp hem een blik toe die kon doden. Het kon Pascal niets schelen; hij moest de aandacht van de Tsjetsjeen van Jess af halen. 'U praat stoer, Fortuna, maar tot nu toe lijkt niemand consequenties te ondervinden voor het schenden van uw regels.'

Fortuna verstilde volkomen en staarde Pascal aan, en heel even gleed zijn gemoedelijke masker van beleefdheid weg en zag Pascal de psychopaat eronder.

'U hebt gelijk,' zei Fortuna na een moment van absolute onbeweeglijkheid dat een eeuwigheid leek te duren. 'U hebt volkomen gelijk, Montalban. Het is helaas te laat om Hayworth te disciplineren, maar Ruslan... u hebt een uitgesproken gebrek aan respect getoond voor het toevluchtsoord van Isla Fortuna. Beschouw dit als uw enige waarschuwing.'

'En wat als ik uw dwaze regels nog eens overtreed?' Dzhokharov zette zijn borst op, zijn gezicht liep rood aan.

'Dan mag u niet meer meebieden bij de resterende veilingen,' zei Fortuna onbewogen.

'Is niet eerlijk – ik heb de buy-in betaald!' Dzhokharov begon te zeuren.

Pascal vroeg zich af wanneer iemand Dzhokharov voor het laatst negatieve consequenties voor zijn daden had voorgehouden. De Tsjetsjeen leek verbijsterd; ongelovig.

'Mariska is mijn *vrouw*!'

'Ze is veertien,' zei Pascal snel, toen hij Jess haar mond zag openen.

'Wacht. Veertien?' Zelfs Fortuna leek daar een beetje misselijk van te worden. 'U hebt een veertienjarig meisje naar mijn eiland gebracht...'

'Mijn *vrouw*!' riep Dzhokharov uit.

'Uw vrouw, die bloed plast omdat u haar in haar buik heeft geschopt,' beet Jess hem toe.

Dzhokharovs vuisten balden zich, en Pascal deed geen moeite om de instinctieve grom te onderdrukken die uit hem losbrak toen Dzhokharov zich weer naar Jess keerde.

'Heren.' Fortuna gebaarde, en Josef had ineens een pistool in zijn hand, gericht op Dzhokharov.

Josef bewoog veel sneller dan Pascal had verwacht, en hij had bijna héél verkeerd gereageerd. Vanuit zijn ooghoek zag hij Breukel zijn hand naar zijn riem schieten, duidelijk afbrekend toen hij besefte dat hij zijn wapen niet bij zich had.

'Ruslan. Ga alstublieft naar uw villa,' zei Fortuna in de gespannen stilte. 'Ik zal ervoor zorgen dat uw vrouw medische zorg krijgt voor de duur van uw verblijf op het eiland.'

Een moment dacht Pascal dat Dzhokharov in discussie zou gaan, maar de Tsjetsjeen keek naar het pistool in Josefs hand en liet een grommend geluid in zijn keel horen voordat hij zich omdraaide en de kamer uit beende. Josef volgde op een knik van Fortuna.

'Hebt u iemand met medische training in uw staf?' vroeg Jess.

Fortuna wendde zich tot haar met een scherpe blik. 'Niemand met meer dan een basisdiploma EHBO. En nee, ik ga niet iemand rekruteren en invliegen speciaal voor dat meisje. Het spijt me, maar ik kan het me niet permitteren om op dit late tijdstip een ongescreende buitenstaander binnen te halen – en ik kan haar ook niet toestaan het eiland te verlaten, tenzij haar leven acuut in gevaar is. Als u haar wilt nakijken, heb ik daar geen bezwaar tegen... zolang Ruslan u maar niet ziet. Ik denk niet dat hij daar blij mee zal zijn en ik heb liever dat u hem niet verder provoceert.'

Pascal ving Jess' blik en schudde subtiel, waarschuwend zijn hoofd.

Jess haalde zichtbaar adem, plakte een glimlach op en zei: 'Oh, dat is zo lief van u, meneer Fortuna, en ik zal dat doen, als u het echt niet erg vindt. Mariska is een lief ding en ze verdient het niet om zo behandeld te worden.'

'Camila brengt u naar haar toe.' Fortuna tikte met zijn hand in de richting van het andere meisje. 'Soraya. Neem jij het delen over? Ik zit in een geluksreeks. Geen reden om het spel stil te leggen omdat één speler eruit is.'

Jess wierp Pascal een blik toe, en hij gaf een kleine knik, ten teken dat ze weg moest gaan. Ze was boos en kon iets onverstandigs zeggen als ze bleef, wat Fortuna's argwaan opnieuw had kunnen wekken. Ze knikte en kwam om de tafel om hem een afscheidskus te geven.

'Ik zie je straks terug bij onze villa,' murmelde ze.

'Zorg dat je ligt te wachten als ik terugkom.' Hij gaf haar demonstratief een lui klapje op haar bil, en ze lachte zacht en vertrok, Camila achterna.

'Je vrouw is te zachtaardig voor dit leven,' zei Breukel onverwacht, terwijl hij naar Pascal keek. 'Ze heeft compassie. Zeldzaam, voor een trustfondstype.'

'Ze gaat veel erger zien dan Dzhokharov, als ze bij jou blijft,' mompelde Fortuna, terwijl hij zijn kaarten controleerde terwijl Soraya de nieuwe hand deelde. 'Ze moet leren haar emoties te verbergen – en te liegen alsof haar leven ervan afhangt. Ik kon zó zien dat ze me het liefst een klap had verkocht omdat ik geen medische hulp voor dat meisje regel, maar ze plakte die glimlach op en bedankte me zoet. Ze heeft geluk dat ik jullie allebei mag.' Hij keek op, ving Pascals blik en schonk hem een kille glimlach. 'En dat kinderbruiden een van de weinige grenzen zijn die ik niet overschrijd. Dzhokharov is een varken.'

'Dat is hij,' stemde Pascal toe. 'Ik heb eerder met hem te maken gehad en hij mist niet alleen elk moreel kompas – laten we eerlijk zijn, als wij morele kompassen hadden, zaten we hier niet – hij schept actief genoegen in wreedheid. Het is verspilling en onnodig.'

'Precies.' Fortuna wees naar hem, en betrok in zijn gebaar ook Breukel, dr. Choe en meneer Yoon. 'Wij zijn pragmatisten. Dzhokharov en Hayworth? Fanaten.'

Pascal knikte instemmend, gooide zijn hand dicht en leunde achterover in zijn stoel, terwijl hij nonchalance veinsde. 'Je hebt gelijk. We moeten met ze handelen, maar we hoeven ze niet aardig te vinden.'

'Alleen doen alsof,' zei Breukel droog.

'Dank u dat u begrijpt dat wij geen fanatici zijn,' zei dr. Choe, nadat Yoon snel tegen haar had gesproken. 'Wij werken in dienst van ons land. Er is geen hogere roeping. Persoonlijke wensen en verlangens mogen niet in de weg staan van wat we moeten doen.'

'Natuurlijk,' zei Fortuna, maar hij wierp Pascal opnieuw een blik toe, zijn mond schuin getrokken, en Pascal wist dat de wapenhandelaar er geen woord van meende. 'Kom op, Dieter. Doet u mee of niet?'

'Nee. Het is waardeloos.' Breukel gooide zijn hand open op tafel en liet de pot aan Fortuna. 'Nog een keer, Soraya, en probeer me dit keer iets te geven waar ik wat mee kan!'

Hoofdstuk Negentien

Jess volgde Camila het hoofdgebouw van het resort uit en een pad af dat niet zo goed verlicht was als dat naar haar en Pascals villa. Ze herinnerde zich dat een van de meisjes had gezegd dat ze een villa deelden wanneer ze niet hoefden te zorgen voor vermaak van de gasten, maar het gebouw waar Camila haar naartoe leidde leek meer op een slaapzaal. Jess vermoedde dat het precies dat geweest was voor het personeel toen het resort nog open was voor betalende klanten.

Mariska lag op een bed net binnen de deur, opgerold in de foetushouding. Ze was stil, maar toen Jess naast haar hurkte, zag ze tranen op de wangen van het jongere meisje.

'Heb je veel pijn?' vroeg Jess zacht.

Mariska leek een paar seconden over haar woorden na te denken, misschien worstelend om de juiste woorden te vinden. 'Ik heb erger gehad,' zei ze uiteindelijk.

'Camila zei dat er bloed in je urine zat. Toen je naar het toilet ging,' verduidelijkte Jess toen Mariska verward keek.

'Niet zo veel. Alleen een beetje roze. Camila maakt drukte.' Mariska haalde haar schouders op en trok meteen een gezicht; de beweging deed haar duidelijk pijn. 'Morgen beter.'

Camila had er zwijgend bijgestaan en toegekeken; bij Mariska's woorden slaakte ze een hoorbare zucht. 'Jij niet morgen beter. Kneuzingen zijn erger de dag erna.' Ze draaide zich om, liep naar een koelkast aan de andere kant van de kamer en kwam terug met wat ijs, in een doek gewikkeld. 'Hier. Leg dit op je oog. Dat kunnen we helpen.'

Mariska pakte de doek aan en drukte die op haar gezwollen oog, en Camila knikte en trok zich terug naar wat blijkbaar haar eigen bed was aan de andere kant van de kamer. Mariska keek vanuit haar goede oog naar Jess op, en gebaarde toen aarzelend naar de rand van het bed.

'Wil je gaan zitten?'

Jess ging zitten en reikte voorzichtig uit om Mariska's haar te strelen. Het Tsjetsjeense meisje leek troost te vinden in de zachte aanraking, kroop dichterbij en zuchtte zacht.

'Dzhokharov zei dat je zijn vrouw was,' zei Jess heel zacht.

Mariska verstijfde, en knikte toen. 'Da. Is waar.'

'Dat had je me eerder niet verteld.'

'Ik dacht... jij bood mij helpen. Maar is anders, voor vrouw van man. Ik dacht jij misschien niet, als jij wist.'

'Je had het mis. Ik help je.'

Mariska tuurde even naar haar, hief haar hoofd en keek de kamer door naar Camila, die een koptelefoon op had die was aangesloten op iets wat op een oude cassettespeler leek, en meebewoog, blijkbaar op muziek.

Heel zacht fluisterde Mariska: 'Jij CIA?'

Jess knipperde. 'Nee,' zei ze, zich meteen realiserend dat ze net iets te snel had geantwoord. 'Waarom denk je dat?'

'Rijk meisje niet geeft om wat gebeurt met meisjes zoals ik. En – ik zag jou. Met computers.'

Jess begreep wat Mariska bedoelde. Het Tsjetsjeense meisje had haar inderdaad in de serverruimte gezien, een plek waar Jess niet alleen niets te zoeken had, maar waar ze absoluut niet mocht komen.

'Ik ben geen CIA,' fluisterde ze, terwijl ze vooroverboog onder het mom van het nauwkeurig bekijken van Mariska's oog. 'Ik ben iets anders. Alsjeblieft, geloof me: Pascal en ik kunnen je helpen ontsnappen aan Dzhokharov. Hij zal je nooit vinden.'

'Ik help jou,' zei Mariska onverwacht. 'En dan jij helpt mij. Da?'

'Goed.' Jess bekeek Mariska nieuwsgierig. 'Hoe denk je dat jij mij kunt helpen?'

'Ik zeg jou wat Dzhokharov bood bij veiling. Hij wil niet uitgeven al het geld dat hij heeft gekregen om betalen, wil wat houden voor zichzelf, maar hij weet nu dat hij moet. Vierde bij veiling niet goed. Politici die hem sturen worden heel boos.'

'Ik vroeg me al af,' zei Jess behoedzaam, zich afvragend hoeveel ze durfde te zeggen. Zich afvragend of Fortuna de villa de moeite waard zou vinden om af te luisteren. Waarom zou hij? Hij dacht dat alleen de sekswerkers die hij had ingehuurd om zijn gasten te vermaken hier zouden komen. 'Waarom Tsjetsjenië überhaupt op dit wapen biedt?'

Mariska's glimlach was vermoeid. 'Is niet Tsjetsjenië – niet officieel. Niet president en zijn regering. Andere factie. Vindt dat Russen niet in Tsjetsjenië horen.'

'Oh,' zei Jess zacht, geschokt. 'Dus als ze het wapen krijgen...'

'Gebruiken in false-flagoperatie om oorlog te beginnen tussen Rusland en NAVO. Dan coup in Tsjetsjenië en vrij van Rusland.'

'Holy shit.' Achter in haar hoofd had Jess zich al afgevraagd of het zoiets zou zijn, maar om het zo bot te horen... de Tsjetsjeense separatisten waren van plan om Wereldoorlog III te beginnen om hun land terug te winnen, en Dzhokharov moest binnen de rangen van de would-be rebellen erg hoog geplaatst zijn. Het zette het gevaar van deze kernwapens in de verkeerde handen in fel licht, en het cruciale belang van hun missie hier.

Belangrijker dan één kindbruid, al haatte ze het om dat toe te geven. Toch leverde haar vriendelijkheid jegens Mariska echte, tastbare resultaten op, met de inlichtingen die het meisje verschafte.

'Dus,' murmelde Jess, terwijl ze teder door Mariska's haar streelde. 'Hoeveel?'

'Hij bood twaalf komma vijf. Budget is twintig,' fluisterde Mariska terug. 'Hij kan niet meer uitgeven dan dat. Zij hebben het niet, en Fortuna moet meteen betaald worden.'

'Ik begrijp het.'

Mariska vroeg niet wat Pascal had geboden, en dat overtuigde Jess ervan dat ze de waarheid sprak, dat ze niet probeerde om uit medelijden informatie bij Jess los te peuteren in ruil. Eerlijk gezegd dacht ze niet dat het meisje het in zich had om sluw te doen. Ze was jong, nauwelijks geschoold en uitermate verbitterd over haar situatie. Ze had alle reden om te proberen te ontsnappen aan haar gewelddadige oudere echtgenoot, en Jess was waarschijnlijk de eerste die haar zelfs maar een sprankje hoop had gegeven dat er een uitweg kon zijn.

'Dank je voor je hulp,' zei Jess zacht. 'Ik beloof dat ik alles in mijn macht zal doen om jou ook te helpen, wanneer het zover is.'

Mariska knikte, haar oogleden zwaar. Jess trok het sprei over haar heen.

'Slaap maar, kleintje. Ik kom morgenochtend even kijken hoe het met je is.'

Pascal kwam laat naar bed; Jess sliep al toen hij terugkwam in de villa, moe en gespannen van het voortdurend moeten wegen van elk woord en elk gebaar. Hij kroop naast haar onder de dekens en lag wakker, terwijl hij probeerde de spanning in zijn spieren te laten wegvloeien zodat hij in slaap kon vallen. Het lukte totaal niet... tot ze in haar slaap zuchtte en zich omdraaide, haar arm over zijn borst wierp en haar wang tegen zijn schouder legde.

Haar nabijheid, de zachte warmte van haar ontspannen, slapende lichaam naast hem, maakte dat er iets in hem ontknoopte en eindelijk doezelde hij weg.

Hij werd wakker in het vroege ochtendlicht, met het gevoel dat er iets niet klopte; het duurde een paar seconden voor hij zich realiseerde dat het de afwezigheid van Jess was die hem verstoorde. Een minuut later gleed ze weer in bed, mompelend verontschuldiging. 'Moest naar de wc. Slaap maar verder. Het is vroeg.'

Pascal was nu klaarwakker, en hij had het idee dat Jess dat ook was, te horen aan haar ondiepe ademhaling. Bijna gedachteloos reikte hij uit en legde zijn hand op haar schouder; ze rolde dichter tegen hem aan en legde haar wang op zijn biceps.

'Kun je niet slapen?' vroeg ze zacht.

'Nee. Ik denk aan de volgende veiling. Fortuna hintte dat hij die misschien naar vandaag zou trekken, in plaats van ons tot morgen te laten wachten. Hij ziet dat Dzhokharov ongeduldig is, en Breukel ook.'

'Mm.' Ze aarzelde even en zei toen voorzichtig: 'Ik begin te twijfelen voor wie Breukel zou kunnen werken. Als jouw theorie klopt... zou zijn budget dan niet in feite oneindig zijn?'

Net als het onze, was de onuitgesproken ondertoon. Pascal draaide zijn hoofd om haar aan te kijken en fronste. 'Dus voor wie denk jij dat hij werkt?' vroeg hij.

'Ik weet het niet. Hij is een onbeschreven blad, en dat stoort me.'

Hij had vanaf het begin gedacht dat Jess goede intuïtie had. Als zij vond dat Breukel een probleem kon zijn, dan moest Pascal de Nederlandse tussenpersoon beter in de gaten houden. Hij gaf toe dat hij Breukel te snel had afgeschreven omdat hij dacht dat hij de man kende, dacht te weten wat hij kon verwachten. Breukel en Yoon hadden minder van zijn aandacht gekregen, omdat Fortuna een gevaarlijke onbekende was en Hayworth en Dzhokharov losse kanonnen.

Het simpele feit was dat hij geen enkel van de vele ballen die tegelijk in de lucht hingen uit het oog kon verliezen. Hoewel hij niet zo ver was gegaan om aan te nemen dat Breukel werkelijk voor Interpol of een andere veiligheidsdienst werkte, had Pascal de Nederlander achterin zijn hoofd afgeschreven als serieuze dreiging, en dat was onverstandig. Jess' woorden waren een scherpe herinnering dat hij letterlijk niemand kon vertrouwen behalve de vrouw die naast hem lag.

'Hoe was Mariska?' Hij veranderde van onderwerp; hij wilde niet te lang blijven hangen bij zijn eigen slordigheid. *Misschien is het echt tijd dat ik uit het veld ga.*

'Pijnlijk, maar ik denk dat ze wel zal herstellen,' zei Jess, haar mondhoeken naar beneden trekkend. 'In een ziekenhuis zouden ze haar vast doorsturen voor allerlei scans en tests, maar ik denk niet dat ze heel veel voor haar zouden doen, behalve pijnstilling.'

'Arm kind,' mompelde Pascal.

'Ze liet een interessant brokje informatie vallen,' zei Jess, en Pascal merkte dat ze voorzichtig formuleerde. 'Iets wat je misschien nuttig vindt. Blijkt dat Dzhokharov hier niet is namens de Tsjetsjeense regering. Hij koopt namens een separatistische beweging.'

'Oh?' Dat was interessante informatie. Pascal had geen flauw vermoeden gehad dat Dzhokharov niet volledig gedekt was.

'Mm-hm. Ze zijn van plan het wapen te gebruiken in een false-flagoperatie om een oorlog te starten tussen Rusland en de NAVO, en dan onafhankelijkheid uit te roepen terwijl de Russen elders bezig zijn.'

Pascal floot zachtjes. 'Dat is... ambitieus.'

'*Knettergek* was het woord dat in me opkwam. Maar goed, als je iemand maar hard genoeg in een hoek drijft, lijkt de enige uitweg soms om het hele verdomde huis om te duwen.' Jess haalde haar schouders op. 'Hoe dan ook, ik denk niet dat ze het geld hebben. Mariska zei dat ze een absolute bovengrens van twintig miljoen hebben. Dzhokharov bood twaalf... zij denkt dat hij van plan was een flinke hap weg te sluizen voor zichzelf als het kon, maar nu beseft hij dat hij alles op tafel zal moeten leggen om mee te dingen.'

'Ja, dan ligt hij eruit. Ik heb meer te besteden dan dat, en ik ben er vrij zeker van dat Yoon dat ook heeft.'

'Dus, ervan uitgaande dat Dzhokharov en Breukel de lage biedingen zijn,' merkte Jess op, 'wat denk je dat ze doen nadat wij vertrekken? Denk je dat Fortuna nog iets anders voor ze heeft – een soort troostprijs?'

Hij hoopte van niet. Maar het zou typisch Fortuna zijn – de wapenhandelaar wilde geen geld op tafel laten liggen. Misschien had hij iets minder spectaculairs dan een koffer-kernbom maar potentieel net zo dodelijks. Een chemisch of bio-wapen, bijvoorbeeld.

'Ik zal proberen Fortuna te porren. Kijken of hij me iets wil zeggen,' mompelde Pascal.

'Anders is de enige manier waarop we erachter komen waarschijnlijk dat we de tweede en derde veiling verliezen.' Jess hield zijn blik vast en hij vertrok zijn gezicht, maar knikte, inziend dat ze een punt had. Ze had volkomen gelijk. Ze moesten na afloop van de laatste veiling op het eiland blijven om te achterhalen wat Fortuna nog meer in zijn schild voerde.

Het was riskant. Zeker omdat ze volledig moesten vertrouwen op de teams aan de buitenkant, die de wapens moesten onderscheppen – en hij blindelings moest vertrouwen dat Jess' worm de inlichtingen op tijd zou afleveren om dat mogelijk te maken. Bovendien, als Fortuna lucht kreeg van het onderscheppen vóór levering, zou hij kunnen gaan uitzoeken hoe de informatie lekte.

Pascal en Jess konden vast komen te zitten op het eiland met een laaiend boze Fortuna die een zondebok zocht.

'Daar maken we ons zorgen over als het zover is,' zei hij uiteindelijk.

Jess knikte. Ze kroop dichter tegen hem aan en streek met haar vingers lichtjes over zijn sleutelbeenderen, naar beneden over zijn borst. Over de tatoeage op zijn linker borstspier. 'Een raaf?' mompelde ze.

'Ik hou van ze. Slimme vogels.' Het had voor hem geen bijzondere betekenis, maar hij had hem laten zetten omdat een man in zijn vak zonder inkt zo zeldzaam zou zijn dat het op zou vallen.

'Ik hou ook van ze.'

Haar lichte aanraking wakkerde zijn lust aan; hij wierp haar een snelle verontschuldiging toe toen zijn groeiende harde pik tegen haar dij streek.

Ze grijnsde en reikte naar beneden. 'Nou, hallo daar.'

'Hallo zelf,' zei hij hees, en kreunde toen ze omlaag schoof in het bed en haar mond om hem sloot.

Jess' mond was heet en ervaren, haar vaardige handen omvatten zijn ballen en krulden om de basis van zijn lid, en binnen luttele seconden was hij keihard en snakte hij ernaar in haar te zijn. Vastbesloten het niet te laten overhaasten, schoof hij zijn handen in haar haar en trok er lichtjes aan, trok haar mond van zijn lul en bracht haar romp weer tegen de zijne.

'Ik wil je,' mompelde hij ruw tegen haar mond, en ze knikte, slingerde zich om hem heen en hijgde van genot toen zijn handen haar borsten omvatten.

'Ja,' stemde ze toe. *Ja.*

Ze was even hongerig als hij, dacht Pascal, terwijl ze zijn urgentie evenaarde, haar slanke lichaam zich tegen het zijne boog, kreten van genot over haar lippen rollend. Even wanhopig als hij om te ontsnappen aan de lastige, gevaarlijke situatie waarin ze zich bevonden, al was het maar een tijdelijke adempauze om zich te verliezen in lichamelijk genot. Het was nog steeds precies wat hij nodig had.

Toen ze daarna samen lagen, bezweet en verzadigd, en Jess gedachteloos de uitgespreide vleugels van de raaf op zijn borst natrok, overviel het Pascal dat hij Jess zou missen als deze missie voorbij was. Hij was de laatste dagen zo vertrouwd met haar geraakt, had haar volledig leren vertrouwen en rekende op haar oordeel wanneer hij het zijne in twijfel trok. Hij glimlachte lichtjes bij de gedachte aan hoe totaal hij zich in haar vergist had bij hun eerste ontmoeting. Hij durfde te wedden dat minstens een deel van de eclectische uitstraling die ze toen had neergezet bewust bedoeld was om mensen haar te laten onderschatten.

'Je bent helemaal niet zoals ik dacht toen we elkaar voor het eerst ontmoetten,' mompelde Jess, die zijn gedachten zo precies weerspiegelde dat hij hardop moest lachen.

'Grappig genoeg dacht ik net precies hetzelfde.' Hij pakte een lange lok goud haar tussen zijn vingers en liet het uiteinde over haar blote schouder dansen. 'Maar ik denk dat je toen bewust voor het shockeffect ging.'

'Misschien een beetje. En ik dacht dat jij gewoon weer zo'n vent in een pak zonder ook maar een greintje verbeelding was.' Ze steunde op één elleboog en schonk hem een duivels grijnsje. 'Ik ben blij dat ik ongelijk heb gekregen.'

HOOFDSTUK TWINTIG

PASCAL EN JESS LIEPEN een uur later of daaromtrent naar het hoofdgebouw op zoek naar ontbijt, en troffen het bijna verlaten aan, op een paar personeelsleden na. Iedereen anders leek vandaag uit te slapen. Halverwege hun maaltijd kwam Josef binnen en Jess vroeg of ze nog eens bij Mariska langs mocht, ervan uitgaande dat dit zo'n geval was waarin het beter was om toestemming te vragen dan achteraf om vergiffenis.

'Als u dat wilt.' Josef knikte kortaf. Hij leek met zijn gedachten ergens anders, en toen Jess was vertrokken, vroeg Pascal behoedzaam of Josef ergens mee zat.

Josef haalde zijn schouders op. 'Meneer Fortuna is niet tevreden,' zei hij uiteindelijk. 'Dzhokharov maakt een hoop stennis over het feit dat hij in zijn villa moet blijven, maar hij moet het begrijpen; hij heeft de regels van meneer Fortuna niet gerespecteerd.'

'Ah.' Fortuna wilde de Tsjetsjeen niet van het eiland trappen, concludeerde Pascal, omdat dat waarschijnlijk de biedingen voor de resterende kernkoppen zou drukken.

'Ik heb een vraag,' zei hij, 'waar u misschien geen antwoord op kunt geven, maar... ik vroeg me af of meneer Fortuna nog een soort troostprijs heeft voor de bieders die er niet in slagen een van de apparaten te kopen?'

'Wat brengt u ertoe dat te vragen?' zei Josef, te snel en te defensief.

Pascal haalde enkel zijn schouders op. 'Dat is wat ik zou doen.'

'Natuurlijk.' Josef wierp hem een taxerende blik toe. 'U bent ook een tussenpersoon, geen eindklant. Ik vergeet het weleens. Wie is uw cliënt ook alweer?'

Pascal lachte.

Josef grijnsde. 'U kunt een man niet kwalijk nemen dat hij het probeert. Net zoals ik u niet kwalijk neem dat u probeert mij uit te horen over de zaken van meneer Fortuna.'

'Best,' zei Pascal, en hij boog licht met zijn hoofd. 'Ik was gewoon nieuwsgierig. Zelfs als het me niet lukt deze transactie namens mijn cliënt rond te krijgen... dan nog had ik mijn tijd hier liever niet volledig verspild. Zeker niet omdat de aanbetaling niet terug te krijgen was, en uit mijn eigen zak kwam.'

'Ik denk niet dat u teleurgesteld zult vertrekken,' zei Josef, en Pascal begreep dat dit de sterkste hint was die hij zou krijgen: dat Fortuna inderdaad nog iets achter de hand had om de verliezende kopers aan te bieden zodra de veilingen voorbij waren.

Verdomme. Jess had gelijk.

Hoe dan ook, hij had nu de informatie die hij nodig had om te zorgen dat hij de derde veiling verloor, want hij wist dat Dzhokharov twintig miljoen te besteden had. Als

Pascal net iets lager bood, zou hij verliezen zonder dat het overduidelijk leek dat hij dat expres deed.

Aangenomen dat Yoon meer dan twintig miljoen had en de tweede veiling ging winnen, althans. Al die verschillende variabelen bezorgden Pascal hoofdpijn. Hij sloeg met een grimas de laatste slok van zijn koffie achterover, net toen Fortuna binnenkwam, Soraya aan zijn arm.

'Goedemorgen,' groette Pascal.

Fortuna beantwoordde hem met een knikje, en richtte zich vervolgens in ratelend Spaans tot Josef met de vraag of Dzhokharov al was afgekoeld.

Pascal schonk zichzelf nog wat koffie in en nipte er bedaard aan, zonder met een spier te vertrekken waaruit zou blijken dat hij elk woord van het gesprek volgde. Soraya ging naast hem zitten en boog zich dicht naar hem toe, duidelijk van plan zijn blik naar haar indrukwekkende boezem te lokken. Hij schonk haar een vlakke glimlach en bood aan haar een kop koffie in te schenken.

'Goed. Breng ze allemaal bij elkaar,' zei Fortuna tegen Josef, nog steeds in dat snelle, alledaagse Spaans. 'We doen het na het ontbijt. Ik ben het spuugzat om naar dat hele zootje te kijken. Ik had het allemaal online moeten doen.'

Josef vertrok, en Fortuna knipte met zijn vingers naar het bedienend personeel, dat haastig kwam opdagen om zijn bestelling op te nemen: gepocheerde eieren op zuurdesem met een side van maple bacon.

'Waar is Jessica?' Eindelijk wendde Fortuna zijn aandacht tot Pascal, met een lichte frons toen hij zag hoe toeschietelijk dicht Soraya bij hem zat. Soraya merkte het duidelijk ook en schoof haastig een stukje bij hem vandaan.

'Ze heeft Josef gevraagd of ze even bij Mariska mocht kijken. Ze heeft een zacht hart, is gesteld geraakt op het kind.' Pascal haalde zijn schouders op alsof het hem weinig kon schelen.

'Hm.' Fortuna tikte met zijn vingers op tafel.

'Heeft Hayworth zijn apparaat al ontvangen?' veranderde Pascal van onderwerp, op een nonchalante toon. 'Hij lijkt me niet het type dat geduldig afwacht.'

'Morgen.' Fortuna was inschikkelijk genoeg om dat snippertje informatie prijs te geven, met een zelfgenoegzame glimlach om zijn lippen. 'Ik wist met wat voor budget ze speelden—hij bood me een verbijsterende som geld om hem een apparaat te verkopen zonder naar de veiling te komen, dus heb ik er een in de VS vooruit geplaatst zodat ik het snel kon leveren. Een klant met zo'n budget, tja.' Hij haalde zijn schouders op.

'Je doet wat nodig is om ze tevreden te houden. Denkt u echt dat hij een terugkerende klant wordt? Ik kan me niet voorstellen dat hun sekte genoeg van de Amerikaanse overheid omver kan werpen om aan de gevolgen te ontsnappen.' Pascal was oprecht benieuwd of Fortuna nog enige loyaliteit voelde tegenover het land waar hij was geboren.

'Het kan me werkelijk niets schelen of hij terugkomt of niet. En als het hun lukt de destabilisatie die ze gepland hebben door te drukken, dan zullen er nog veel meer kopers zijn voor van alles en nog wat. Meer zaken voor ons beiden.' Fortuna hief zijn koffiekopje naar Pascal in een toost.

Pascal dwong zichzelf waarderend te glimlachen, terwijl hij zijn instinctieve afkeer wegmoffelde. 'Weet u toevallig iets over Hayworths tijdpad? We waren van plan om op weg naar huis via de VS terug naar Europa te vliegen, misschien een bezoek aan Jess' ouders, maar ik ben dat aan het heroverwegen. Misschien wijzigen we onze plannen.'

'Dat zou ik doen als ik u was.' Fortuna's blik was kil. Onblikkend. 'Misschien is het ook een goed moment voor Jess' ouders om eens een Europese vakantie te nemen.'

'Genoteerd,' mompelde Pascal, terwijl Fortuna's ontbijt werd geserveerd en de wapenhandelaar zijn aandacht op zijn bord richtte. 'Goed, ik denk dat ik Jess ga zoeken. Misschien even een duik nemen.'

'Ga nergens heen.' Fortuna wees met zijn vork naar Pascal. 'We houden de tweede veiling meteen nadat ik klaar ben met eten.'

'Oh. Een wijziging van plan? En de derde veiling?'

'Daar beslis ik later vandaag over. Misschien doen we die morgen. Hangt ervan af wie er vandaag wint en waar ik het tweede apparaat moet laten bezorgen.' Fortuna grijnsde. 'Ga je me vertellen waar jij het graag geleverd wilt hebben, als jij de hoogste bieder bent?'

'Daar zou ik mijn cliënt echt over moeten raadplegen,' zei Pascal soepel. 'Ik ben alleen gemachtigd om namens hen te bieden, ik ben niet op de hoogte van hun operationele plannen.'

'Hmph.' Fortuna richtte zijn aandacht weer op zijn eten, sneed zijn bacon bijna kwaad in stukjes; het bestek rammelde tegen het bord. 'Ik had jou en Breukel hier nooit binnen moeten laten,' mompelde hij. 'Ik weet graag met wie ik zaken doe.'

'Kom nou.' Pascal deed zijn best om zijn toon minzaam te houden. 'Het is gewoon zaken. In ons wereldje zijn tussenpersonen de norm. Kijk naar wie je hier problemen bezorgd hebben—Hayworth en **Dzhokhorov** —twee van je drie eindkopers, hè? Terwijl Dieter en ik professionals zijn, net als u.'

'Jij bent niets zoals ik,' zei Fortuna vlak.

Er viel een gespannen stilte. Soraya keek met grote ogen van de een naar de ander; Pascal voelde een fysieke rilling langs zijn ruggengraat trekken, al dwong hij zichzelf roerloos te blijven en hield hij Fortuna's blik vast.

De stilte werd doorbroken toen de deur openzwaaide en Breukel, Yoon en Dr. Choe binnenkwamen, van wie niemand erg blij leek zo gebiedend te zijn opgetrommeld, maar ze waren in elk geval opgewekter dan Dzhokharov. De Tsjetsjeen was paarsrood aangelopen, mompelde binnensmonds en stampte met zijn voeten toen hij een paar minuten later arriveerde.

'We houden de veiling nu.' Fortuna smoorde ieders protesten, gooide zijn servet neer en stond op. 'Josef. De tablets.'

Jess is er niet, dacht Pascal terwijl hij een tablet van Josef aannam, en waarschijnlijk zou ze er nu ook niet meer in mogen, met de deuren dicht en Josef die zich ervoor posteerde nadat hij de tablets had uitgedeeld. Het maakte eigenlijk niet veel uit. Pascal wist wat zijn strategie moest zijn. Als hij niet hoger bood dan de eerste keer, gaf dat aan Fortuna het signaal dat hij aan zijn limiet zat en dat al vanaf het begin, wat impliceerde dat hij open was over zijn totale budget. Zich presenteren als precies wat Fortuna verwachtte te zien.

Fortuna deed ditmaal geen moeite voor het theater. Vijf minuten later was de veiling voorbij en schudden Yoon en Fortuna elkaar de hand, beiden een en al glimlach. Dzhokharov keek voorzichtig tevreden; Pascal vermoedde dat de Tsjetsjeen eindelijk zijn echte hoogste bod had ingevoerd en tweede was geworden, aangezien Pascals scherm een nummer 3 toonde.

Wat betekende dat Breukel, die op dit moment met een gezicht als onweer de zaal uit beende, opnieuw de laagste bieder was geweest... en Pascal neigde er steeds meer toe Jess' conclusie te delen dat Breukel niet bij Interpol of een andere veiligheidsdienst zat.

Josef haalde de tablets weer op en Fortuna verliet de ruimte met Yoon en Dr. Choe; Dzhokharov liet zich aan tafel zakken en snauwde Soraya toe dat ze hem koffie moest inschenken. Zij schoot overeind om te gehoorzamen, en Pascal stond op om te vertrekken, ervan uitgaande dat zijn aanwezigheid de Tsjetsjeen alleen maar verder zou ergeren.

'Blijf je niet om koffie met mij te drinken?' bromde Dzhokharov.

'Ik heb al ontbeten, Ruslan.' Toch ging Pascal weer zitten, knikte naar Soraya en wees naar zijn kop. 'Verveel je je of zo?'

'Ha. Dit brood is niet goed. Waarom is brood in de Amerika's altijd zo slecht?' Dzhokharov porde met zijn vinger tegen het broodje op zijn bord. 'Had goed Tsjetsjeens brood mee moeten nemen.'

'Dat was nu toch oud geweest,' merkte Pascal op. 'Maar ik ben het met je eens over het brood. Ik denk dat het aan de bloem ligt. In Europa andere tarwerassen, of zoiets. Ik zou nu veel over hebben voor een fatsoenlijke baguette van mijn lokale bakker in Marseille.'

'Is dat waar je echt woont, ja?' Dzhokharov wierp hem een sluwe blik toe.

Pascal haalde achteloos zijn schouders op. 'Voor zover je kunt zeggen dat ik ergens woon. Ik bezit daar een appartement, maar eerlijk gezegd ben ik blij als ik er dertig nachten per jaar in mijn eigen bed slaap.' Het was natuurlijk een CIA-bezit; hij dacht dat hij er binnenkort weer eens langs moest gaan. Hij was er al zes maanden niet geweest, en wie hem in de gaten hield kon zich afvragen waarom. Pascal Montalban stond op allerlei internationale watchlists, al zorgde de CIA ervoor dat geen enkele veiligheidsdienst ooit toekwam aan actie op basis van wat men dacht over hem te weten.

'En ik dacht dat soldaat zijn me al vaak van huis hield.' De Tsjetsjeen snoof, terwijl hij roerei naar binnen werkte. 'Nu heb ik niet eens mijn vrouw om me gezelschap te houden.'

'Ze is een kind. Waarom zou je de moeite nemen, als je ook zo'n mooie vrouw als deze in je bed kunt hebben? Onze gastheer is zeer gul geweest.' Pascal knikte naar Soraya, die daar zichtbaar van glom.

'Dat is een punt. Wil je vandaag bij me komen zitten?' vroeg Dzhokharov aan Soraya. 'Misschien een van je vriendinnen meenemen.' Hij glimlachte geil. 'Houd me bezig.'

'Zou je dat lekker vinden?' kirde Soraya, terwijl ze vooroverboog om Dzhokharov een geweldig uitzicht op haar spectaculaire decolleté te bieden. 'Kijk je graag toe?'

'Da, heel graag. Waarom kom jij er niet bij, Pascal? Neem die mooie Jess met je mee.'

Dit was wat Dzhokharov werkelijk wilde, begreep Pascal meteen; de uitnodiging aan hem was bijzaak. Dzhokharov wilde Jess neuken, en hij dacht dat een orgie zijn beste kans was.

'Ik deel niet,' zei Pascal, en hij deed geen moeite de dreiging uit zijn stem te houden. 'Zaken zijn zaken, maar wat van mij is, is van mij, en daar valt Jess onder. Vraag het geen tweede keer. Ik zou er maar beter geen aanstoot aan hoeven nemen.'

Genoeg hebbend van de aanblik van de Tsjetsjeen, schoof hij zijn stoel naar achteren en stond op, de eetzaal verlatend zonder om te kijken. Hij moest zijn hoofd leegmaken, dus sloeg hij niet het pad naar de villa in, maar ging richting het strand.

Jess vond hem daar een halfuur later, al heen en weer lopend langs de waterlijn. Ze deed haar schoenen uit, voegde zich bij hem en liep een tijdje zwijgend met hem mee.

'Wat is er gebeurd?' vroeg ze uiteindelijk zacht.

'Tweede veiling. Yoon heeft gewonnen. Ik was derde, achter Dzhokharov.'

'Hm.' Jess knikte, duidelijk bezig te reconstrueren wat er was gebeurd. 'Dan zal die heli wel voor hem komen.' Ze knikte naar zee, en Pascal draaide zich om om te kijken. Zij had hem het eerst gezien, de stip in de verte van de naderende helikopter, en nu kon hij over de wind en de golven het *whoep-whoep* van de rotorbladen horen.

'Ik hoop maar dat jouw worm gewerkt heeft en dat onze mensen buiten krijgen wat ze nodig hebben,' zei hij onder zijn adem, terwijl hij naar de helikopter keek. 'Want zo niet, dan laten we kernkoppen de wereld ingaan zonder echt te weten waar ze precies terechtkomen.'

'Heb een beetje vertrouwen.' Jess schoof haar hand in de zijne en kneep zacht. 'Ik heb ervoor gezorgd dat de server die ik aan de andere kant heb opgezet, teruggaf dat hij klaarstond. Alles wat er op dat moment in de computers op het eiland stond, heeft zichzelf gekopieerd, en zelfs als ze het daarna zouden hebben uitgezet—wat ik me niet kan voorstellen, want dan had Fortuna al stampij gemaakt—hebben mijn mensen genoeg informatie over de kopers om hun financiën uit te kammen en het geld te gaan volgen.'

Hij zuchtte, bolde zijn wangen, en knikte. 'Hoe is het met Mariska?' vroeg hij nadat ze nog een minuut of wat zwijgend hadden gelopen.

'Iets beter na een goede nachtrust. Camila had haar ontbijt gebracht en ze zat te eten.'

'Mooi zo.' Hij keek naar de zee. 'Jess... Dzhokharov gaat de derde veiling winnen. Ik moet hem laten winnen, omdat we moeten weten welke andere kaarten Fortuna nog in handen heeft.'

'Ik weet het,' zei ze, haar wenkbrauwen fronsend toen hij haar veelbetekenend aankeek.

Pascal zag het moment waarop ze begreep waar hij op doelde. Haar wangen kleurden, haar kaak spande.

'Hij gaat vertrekken en Mariska meenemen, en we kunnen er niets aan doen,' zei hij zacht. 'Ze is waarschijnlijk terug in Tsjetsjenië met hem voordat wij dit eiland überhaupt af zijn.'

'En misschien kunnen we haar er niet uit krijgen.' Jess spuugde de woorden bijna, haar vingers klemden zich steviger om de zijne. 'Shit. Ik heb haar beloofd dat ik haar zou helpen als ik kon.'

'*Als* je kon,' zei Pascal, zacht maar genadeloos. 'Ze is lang niet de enige onschuldige die slachtoffer wordt als we dit hier niet voor elkaar krijgen.'

'Gewoon de enige die ik persoonlijk ken.' Jess zei een paar minuten niets meer, terwijl ze keek naar de golven die over hun blote voeten spoelden terwijl ze liepen. 'Ik ben hier echt niet voor in de wieg gelegd, dat veldwerk,' gaf ze toen toe, terwijl ze hem van opzij aankeek. 'Ik was daarnet bijna bereid alles te riskeren omwille van Mariska.'

'Het trolleyprobleem is in abstracto al afschuwelijk. Als het in de echte wereld gaat om de keuze tussen één persoon die je kent en weet ik hoeveel anonieme anderen, raken veel mensen verlamd. Je hebt goede instincten. Je had mij niet nodig om je te vertellen welke keuze we moeten maken. Ik kaartte het alleen aan om zeker te weten dat je het had overwogen en niet in het heetst van de strijd verkeerd zou reageren als het je te laat binnenschoot.' Hij liet haar hand los en sloeg zijn arm om haar schouders, boog zich om een kus tegen haar slaap te drukken. 'Je hebt ongelijk dat je niet geschikt zou zijn voor veldwerk. Je hebt hier amper een pas verkeerd gezet, en dit is wel degelijk in het diepe gegooid worden.'

'Dank je.' Ze leunde kort tegen hem aan. 'Hoe lang nog, denk je? Fortuna's geduld raakt duidelijk op. Denk je dat hij de derde veiling vandaag nog houdt?'

'Misschien. Hij zal het een en ander in gang moeten zetten om Yoons apparaat te bezorgen, dat kan hem de rest van de dag bezighouden. We zullen het moeten afwachten.'

PASCAL WAS DE REST van de dag gespannen, elk moment een oproep verwachtend om naar de derde en laatste veiling te gaan, maar die kwam niet. De helikopter steeg weer op terwijl hij en Jess terugliepen naar hun villa, laag genoeg over hen heen vliegend dat ze de twee Noord-Koreanen aan de zijramen in hun richting konden zien kijken.

'In theorie zou die het makkelijkst te onderscheppen moeten zijn. Waarschijnlijk ook degene met de langste aanloop,' zei Pascal zacht. 'Hij zal per schip geleverd moeten worden, en ik zie Fortuna niet letterlijk een containerschip met de lading voor de Koreaanse kust laten ronddobberen.'

'Laten we hopen dat de marine haar werk kan doen zonder een Chinese shitstorm te veroorzaken,' mompelde Jess, terwijl ze met haar hand haar ogen afschermde en de helikopter nakeek.

'Daarom hebben we clandestiene agenten en onderzeeërs, Jess. Als er geen andere optie is, krijgt het schip een fatale storing en eindigt het op de bodem van de oceaan.' Het zou niet de voorkeursuitkomst zijn — de Israëliërs wilden hun verdwenen apparaten vrijwel zeker terug in eigen handen — maar het was beter dan dat de Noord-Koreanen een kofferkernbom in handen kregen om te reverse-engineeren.

Ze werden op het gebruikelijke tijdstip voor het diner geroepen en merkten dat Fortuna zijn jovialiteit weer had hervonden en opnieuw charmant en gemoedelijk deed.

'Dus, wanneer is de laatste veiling?' vroeg Pascal rechtstreeks, toen er even een stilte in het gekeuvel viel. 'Vanavond? Dan kunnen we alles afronden en naar huis.'

'Waarom die haast?' vroeg Breukel, de ogen van de Nederlander sluw. 'Ik geniet van de vakantie.'

'Zeker... maar als uw cliënten ook maar een beetje lijken op de mijne, hoe sneller ik weer online ben met de antwoorden waar ze op zitten te wachten, hoe blijer ze zullen zijn.' Pascal haalde zijn schouders op. 'En vergeef me als ik het mis heb, natuurlijk.' Hij knikte naar Fortuna. 'Maar ik krijg toch sterk de indruk dat we ons welkom bij onze gast een beetje aan het overschrijden zijn.'

'Helemaal niet,' hield Fortuna vol, al klonk zijn toon anders. 'Ik ben... het lijkt erop dat ik dit soort gezelschap niet meer gewend ben.'

'Gok dat dat gebeurt als je naar een privé-eiland verhuist,' zei Jess een tikje luchtig. 'Een paar vrienden van papa deden dat, toen ze serieus rijk werden. Ze werden allemaal een beetje teruggetrokken en...' Ze viel stil, al was Pascal er zeker van dat ze haar woorden zorgvuldig had gekozen.

'En wat?' zei Fortuna agressief.

'Niet meer gewend om te socializen!' Ze glimlachte naar hem. 'U bent in alle opzichten een gracieuze gastheer geweest, meneer Fortuna, maar u kent ons amper. U bent duidelijk alleen echt op uw gemak bij de mensen die u het beste kent.'

Fortuna werd daarna heel stil, liet het gesprek zonder hem doorgaan, en Pascal kon bijna zien hoe de man zijn keuzes heroverwoog. Fortuna — toen hij nog Sebastian Maroney was, gedecoreerd CIA-agent — had exact dezelfde training gehad als Pascal. Dezelfde vaardigheden. Getraind om een kameleon te zijn, om op te gaan in de massa, onopgemerkt te blijven, de prettig vergetelijke onbekende te zijn die een ongetraind persoon zich na een paar dagen, laat staan weken of maanden, niet meer zou herinneren te hebben ontmoet.

Fortuna had er blijkbaar in stilte tegen geschuurd om die persoon te moeten zijn, had zijn meest flamboyante en irritante instincten de vrije teugel gelaten zodra hij niet langer aan de Agency of aan welk wettelijk principe dan ook gebonden was, maar was hij alles wat hij geleerd had dan vergeten, als hij zich niet eens een paar dagen kon handhaven in gezelschap van big-spending klanten zonder zijn geduld te verliezen?

'We houden de laatste veiling vanavond,' zei Fortuna abrupt, even later. 'Na het diner. De winnaar kan helaas pas morgen vertrekken, want ik kan de helikopter pas dan terug laten komen.'

'Prima voor mij,' zei Breukel opgewekt, terwijl hij in de taille kneep van het meisje dat op zijn schoot zat. 'Ik weet zeker dat Luisa mijn laatste avond onvergetelijk kan maken.'

Breukel leek wel erg vrolijk voor iemand die tot nu toe elke veiling als laatste had geëindigd. Misschien had hij het hele gebeuren inmiddels afgeschreven. Of misschien had hij al die tijd toneelgespeeld, Fortuna informatie ontfutseld als de rest er niet bij was, om uit te vogelen hoe hoog het laatste bod ongeveer zou moeten zijn, zodat hij op het laatste moment kon toeslaan en winnen.

Pascal wilde gewoon dat het voorbij was, en hij wist zeker dat Jess er hetzelfde over dacht. Hij zag hoe ze haar vingers tegen haar slapen drukte en vermoedde dat ze hetzelfde soort spanningshoofdpijn bestreed als hijzelf op dat moment. Nog veel langer op Isla Fortuna en ze zouden waarschijnlijk allebei ook nog maagzweren oplopen; het was maar goed dat ze snel zouden vertrekken.

Fortuna deed na het diner niet eens de moeite de meisjes weg te sturen; hij riep gewoon Josef binnen terwijl ze nog aan het dessert zaten en zei hem de tablets te brengen.

Pascal voerde opnieuw zorgvuldig zijn bod in en wachtte. Fortuna wierp hem één blik toe en knikte.

'Eenvoudig,' mompelde Fortuna. 'Wil je het niet misschien nog wat ophogen met een beetje van je eigen geld, kijken of je de koper niet kunt prikkelen om eroverheen te gaan? Of een andere koper zoeken?'

'Ik ben bang van niet,' antwoordde Pascal. 'Ik heb een exclusieve afspraak met de koper, en dit is hun hoogste bod. Het is niet iemand met wie ik het graag aan de stok krijg als ze ontdekken dat ik hen heb bedonderd. Ze zullen niet blij zijn als ze misgrijpen, maar zij hebben het budget bepaald en waren duidelijk over de harde limiet. Er zijn voor mij geen consequenties aan hun beslissingen verbonden.'

'Ik denk dat ik jouw kopers wel mag. Je moet me eens wat meer over hen vertellen.'

Pascal glimlachte alleen. 'Dan zouden het uw kopers worden, nietwaar? Ik dacht het niet.'

Fortuna grinnikte en kantelde zijn hoofd om het punt te erkennen, net toen de laatste bel klonk. 'Gefeliciteerd, generaal Dzhokhorov. U hebt een kernbom gekocht.'

Dzhokhorov lachte verrukt en sloeg op het been van Soraya, die naast hem zat. Zij trok met haar schouder en wierp hem een afkeurende blik toe, die hij gelukkig niet zag.

'Kom naar mijn kantoor,' nodigde Fortuna uit, 'dan beginnen we met het overdrachtsproces. Meneer Montalban, meneer Breukel... we spreken elkaar zo meteen, als u het niet erg vindt. Blijf hier, geniet van mijn gastvrijheid, ik kom bij u zodra de generaal en ik klaar zijn.'

'Natuurlijk,' zei Pascal minzaam, terwijl hij Breukel vanuit zijn ooghoek in de gaten hield, maar de andere wapenhandelaar knikte alleen en leek uitsluitend oog te hebben voor Luisa op zijn schoot.

Fortuna en Dzhokharov verlieten de kamer, en Pascal stak zijn hand uit om die van Jess te nemen, toen hij merkte dat ze strak naar de tafel keek. Naar de tablet voor hem, die Josef dit keer niet had opgehaald voordat hij achter Fortuna aan was gelopen.

'Niet,' zei Pascal heel zacht. Hij begreep de verleiding; het moest voelen alsof je een feestmaal voor een uitgehongerde man zette en hem opdroeg zich in te houden, maar het risico nemen zo laat in het spel zou dom zijn.

Jess' schouders schokten bij een zucht, en toen keek ze op en glimlachte naar hem. 'Het is gewoon...' Ze viel stil.

'Ik weet het. Maar niet doen.' Hij kneep in haar hand. 'We hebben gedaan waarvoor we kwamen.' Althans, dat hoopte hij.

'Ja, ik vermoed dat ik nu toch niets nuttigs meer kan doen.' Ze wierp nog één weemoedige blik op de tablet voordat ze vastberaden haar hoofd afwendde.

Achter hen sloeg een deur open en Pascal draaide zich snel om, net op tijd om een van de bewakers de kamer te zien binnenkomen.

'Waar is meneer Fortuna?' blafte de bewaker.

'Hij ging die kant op.' Jess wees naar de deur aan de andere kant van de kamer, en de bewaker rende ernaartoe en rukte die open zonder te kloppen.

'Wat is er aan de hand?' Breukel zette Luisa opzij en kwam overeind, maar niemand die nog in de eetkamer was, had een antwoord voor hem.

Het duurde echter maar seconden voordat Fortuna met de bewaker in zijn kielzog weer naar buiten kwam stappen. Breukel herhaalde zijn vraag, maar Fortuna negeerde hem en liep terug de foyer in.

'Verdomme, ik ga hem volgen,' zei Pascal. 'Ik hou er niet van om niet te weten wat er speelt.'

Breukel knikte, en Jess slofte achter hen aan. Pascal had gedacht dat de andere meisjes wel zouden blijven zitten, maar toen hij achterom keek, volgde Soraya op een afstandje, met een nieuwsgierige blik op haar gezicht.

Fortuna en de bewaker waren de kamer ingegaan aan de zijkant van de foyer waar Pascal de eerste avond was geweest, die met het raam met zicht op de zijgang richting de serverruimte. Een televisie was aangezet, afgestemd op een groot satellietnieuwsstation, en Fortuna stond ervoor te kijken, met gebalde vuisten langs zijn zij, woedend starend.

GROTE OPERATIE VAN HOMELAND SECURITY TREFT KERKLOCATIE, las de ondertitel, en Pascal voelde zijn spieren zich spannen.

'Een kerk?' zei hij hardop. 'Niet... de kerk van *Hayworth*?'

'Ja,' perste Fortuna woedend tussen zijn tanden door.

'Zou zijn wapen niet vanavond geleverd worden?'

Er ging een telefoon over, waardoor hij schrok. Fortuna viste het toestel uit zijn zak en hield het tegen zijn oor.

'Ja?' snauwde hij, en luisterde even. 'Ja, klootzak, dat zie ik, het staat op al het nieuws! Waar is het apparaat?'

Het nieuws moest slecht zijn, want zijn gezicht werd nog donkerder. 'Waar ben je?' vroeg hij uiteindelijk. 'Goed. Duik onder. En als ze je op de een of andere manier vinden... u weet wat er met u gebeurt als mijn naam ooit over uw lippen komt.' Hij hing op en richtte zijn aandacht weer op het scherm.

Er viel niet veel te zien: de beelden waren duidelijk geschoten met een telelens, zo dicht als de cameraman in kwestie maar bij de actie kon komen. Verscheidene grote gepantserde busjes stonden langs een landweg, maar het land liep aan één kant af en een groot ranchachtig huis was goed zichtbaar, met daarachter meerdere grote gebouwen die eerder op slaapzalen leken dan op paardenstallen zoals je bij andere soortgelijke eigendommen zou verwachten. Er stonden zo'n tweehonderd agenten omheen, de meesten tamelijk ontspannen met hun wapens opgeborgen of op de grond gericht, wat Pascal vertelde dat wat er ook gebeurd was, al lang voorbij was.

'Vanavond is er een grootschalige operatie uitgevoerd,' zei de nieuwslezer, 'en deze verslaggever zag enkele minuten geleden met eigen ogen hoe Joshua Hayworth in handboeien werd afgevoerd en in een voertuig werd geladen voor transport. Er is nog geen verklaring gegeven door de agenten ter plaatse.'

De beelden schakelden even over naar een totaalshot van een grijsharige man die in een gepantserde wagen werd gezet. Twee andere mannen in boeien volgden, elk omringd door agenten. En zelfs op die grote afstand was de laatste man onmiskenbaar Saul Hayworth.

Godver,' gromde Fortuna. 'Die verdomde idioot. Geen enkel benul van operationele veiligheid.'

Fortuna ging ervan uit dat het lek bij Hayworth moest zitten. Pascal ademde geruisloos uit, maar durfde Jess niet aan te kijken.

De camera ging terug naar wat volgens Pascal livebeelden waren, gefocust op de agenten die rond de gepantserde busjes rondliepen, allemaal in tactische kledij en de meesten met donkerblauwe windjacks eroverheen met HOMELAND SECURITY op de rug.

De dichtstbijzijnde agent draaide zich om en wees in de richting van de camera, terwijl ze iets tegen een collega zei. Het was een vrouw, zag Pascal toen de camera op haar gezicht inzoomde. Een knappe vrouw met een net-niet-natuurlijke tint donkerrood haar...

Jess verstijfde totaal naast hem, precies op het moment dat Pascal haar zus herkende.

Wat doet Liane daar?

Ze leek te veel op Jess. Ze leek *precies* op Jess, op de andere haarkleur na, en Pascal wist het exact op het moment dat Fortuna de gelijkenis zag, want de adem suisde tussen zijn tanden door nog voor hij zich omdraaide.

Dit viel niet weg te bluffen. Jess' gezichtsuitdrukking vertelde in één klap het hele verhaal, en Fortuna brulde woordeloos van woede terwijl zijn hand al naar zijn onderrug schoot, naar het pistool dat hij daar onder zijn hemd droeg.

Hoe snel Fortuna ook was, Pascal was nog sneller. Hij dook naar het enige andere wapen in de kamer, het pistool in het heupholster van de bewaker, die geen flauw idee had wat er gaande was en er geen moment op bedacht was dat hij besprongen zou worden.

'Ren!' bulderde hij naar Jess, biddend dat ze niet zou verstijven, en hij sprak een stille dankbede uit toen ze dat niet deed: ze draaide op haar hakken om en was weg nog voor Fortuna zijn hand op zijn pistool had.

Hij had geen tijd om zich om haar te bekommeren, want Fortuna had zijn pistool nu wel te pakken, en Pascal kreeg het pistool van de bewaker niet uit het holster, had alleen tijd om de man voor zich uit te rukken als menselijk schild... en Fortuna's eerste double tap trof zijn eigen man pal in de borst.

Breukel schreeuwde het uit van schrik en week met opgestoken handen naar de deur. Het leek erop dat Fortuna vriend en vijand niet meer van elkaar kon onderscheiden, want hij schoot Breukel twee keer tussen de ogen voordat hij weer naar Pascal draaide.

Pascal had het pistool van de bewaker nu in de hand, al hield hij het slappe lichaam nog omhoog als een soort schild. Hij hief het wapen, klikte de veiligheid eraf en haalde twee keer de trekker over.

Fortuna grijnsde. 'Au,' zei hij laconiek.

Godver! Losse flodders!

Fortuna vertrouwde zelfs zijn eigen mannen niet.

'Ik ga haar in hele kleine stukjes snijden,' zei Fortuna, bijna op gesprekstoon.

Als hij zijn tijd ging verpraten, was Pascal wel zo dat hij een gegeven paard niet in de bek keek. Een paar kostbare seconden waarin Fortuna hem niet door zijn kop schoot, kwamen uitstekend van pas.

Hij wierp zich achterover door het raam naar buiten.

Hoofdstuk Tweeëntwintig

Jess rende zo hard als ze kon, langs een verbijsterde Soraya, terug de eetkamer in en door naar het kantoor daarachter, waar ze Josef tegen het lijf liep die juist de andere kant op kwam, duidelijk de schoten gehoord, pistool al in de hand.

'Het is Breukel!' riep ze, razendsnel denkend. 'Hij heeft meneer Fortuna neergeschoten...'

'Uit de weg,' gromde Josef, terwijl hij zijn arm uitstak om haar opzij te duwen, en ze joeg het steakmes dat ze op de eerste avond tijdens het diner had gejat en sindsdien bij zich droeg, met al haar kracht recht in zijn linkeroog.

Josef maakte niet eens een geluid, hij stortte gewoon in elkaar. Jess had zijn pistool al in haar hand voordat hij de grond raakte, draaide zich om en stoof de andere kant weer op. Er klonk een enorm kabaal van brekend glas, er ging nog een schot af, en tegen de tijd dat ze terug in de lounge was, waren zowel Pascal als Fortuna verdwenen en restte alleen de bries die door het verbrijzelde raam naar binnen waaide en twee dode lichamen op de vloer.

'Wat is er aan de hand?' schreeuwde Soraya, terwijl ze Jess bij haar arm greep.

Jess schudde haar af. 'Haal de andere meiden en verstop je, als je wilt blijven leven,' zei ze kort.

Soraya wierp één blik op haar gezicht, greep Luisa, die om de hoek van de eetkamer gluurde, en ratelde tegen haar in snel Spaans. De andere meisjes hadden al onder het meubilair een heenkomen gezocht, maar Soraya riep hen en vertelde hen duidelijk dat ze tevoorschijn moesten komen, en ze zetten het allemaal op een lopen richting de deur naar de keukens, waarschijnlijk om de andere staf te halen.

Dzhokharov, dacht Jess. Pascal kon voor zichzelf zorgen, en hij en Fortuna waren duidelijk met elkaar in gevecht. Ze vertrok haar gezicht toen ze in de verte weer een schot hoorde, haar instincten schreeuwden dat ze achter Pascal aan moest om te helpen. Maar Jess kon de Tsjetsjeen niet achter zich laten. Ze keek naar het pistool in haar hand. Een gedrongen Sig Sauer P320; ze had er nog nooit een gehanteerd, maar herkende het wel, wist hoe ze ermee om moest gaan. Ze klapte de handmatige veiligheidspal om en legde haar vinger op de trekkerbeugel, terwijl ze voorzichtig de deur naar Fortuna's kantoor naderde.

Het kantoor was leeg, en een deur aan de andere kant stond open. Dzhokharov was weg.

'Shit,' siste Jess, terwijl ze naar de openstaande laptop op het bureau keek. Ze maakte snel een rekensommetje in haar hoofd.

Nee. Als het hier misgaat, moeten ze weten dat het losgebarsten is. Tijd om de cavalerie in te roepen.

Ze hurkte achter het bureau en trok de laptop omlaag naar de vloer, legde het pistool er pal naast. Als iemand door één van beide deuren naar binnen keek, zagen ze haar misschien niet meteen. En hopelijk had ze maar een paar minuten nodig.

Jess geloofde haar ogen niet toen ze naar het scherm keek. Dzhokharov had het open laten staan op een crypto-walletapp. Al ingelogd.

Heb ik daar tijd voor?

Dan máák ik tijd.

Haar vingers dansten over het toetsenbord: ze waarschuwde haar eigen mensen dat het aan het escaleren was op Isla Fortuna – ze zouden dankzij haar oorspronkelijke hack allang precies weten waar het was – en dat het tijd was om elke beschikbare cavalerie te sturen. *Eén van de doelapparaten is op dit moment nog hier,* voegde ze toe, en klikte toen terug naar de crypto-wallet. Met een grijns begon ze razendsnel zeker te stellen dat Dzhokhorov niet eens genoeg geld zou hebben om een vliegticket terug naar Tsjetsjenië te kopen.

Ze hoorde geschreeuw in de verte, maar verrassend genoeg niet veel schoten. Zij en Pascal hadden tien bewakers en twee andere assistenten op Josefs niveau geteld die allemaal bewapend waren, los van Fortuna zelf. Gezien de chaos die zij en Pascal net hadden ontketend, had ze veel meer vuurgeweld verwacht.

Ze klapte de laptop dicht, klemde hem onder haar arm en glipte stilletjes naar de deur die Dzhokharov gebruikt moest hebben, en ontdekte dat die naar buiten leidde, een uitgang aan de zijkant van het hoofdgebouw van het resort. Ze luisterde, hoorde Fortuna bevelen brullen, iemand die hem in het Spaans terug uitschold. Ze fronste.

Zei die kerel nou wat ik denk dat hij zei? Beschuldigde hij Fortuna er net van dat hij ze kloteknarren had gegeven?

Ze keek naar het pistool in haar hand. Het was van Josef, en Fortuna had Josef duidelijk veel toevertrouwd. Was Fortuna echt zo paranoïde dat hij zijn eigen mensen dummykogels gaf?

In een oogwenk had ze het magazijn eruit en keek ze naar de bovenste zichtbare patroon. Die zag er voor Jess uit als een echte, maar de andere bewakers zouden toch allang gemerkt hebben als de kogels die ze hadden gekregen op losse flodders leken? Ze liet de patroon uit het magazijn glijden, woog hem in haar hand. Hij voelde niet anders dan elke andere echte patroon die ze ooit had vastgehouden, en hoewel ze nooit een veldagent was geweest, had ze bij de NSA wel een behoorlijk niveau moeten halen en houden.

Er is maar één manier om erachter te komen.

Ze had al besloten wat ze ging doen. Ze zou met Fortuna afrekenen als ze hem tegenkwam, maar haar plan was om Mariska te vinden en haar in veiligheid te brengen, haar te beschermen totdat welke Amerikaanse eenheden er ook maar onderweg waren, zouden arriveren om de boel veilig te stellen.

Alle lichten op het eiland gingen uit terwijl Jess over het pad naar de meisjesslaapzaal rende, en ze struikelde even voor ze haar evenwicht hervond. *Pascal*, dacht ze met een kleine grijns. Geen sprake van dat Fortuna zijn eigen lichten uitdeed. Pascal leefde nog en zorgde daarbuiten voor chaos.

De deur van de slaapzaal stond open en de plek leek leeg toen ze aankwam. Jess waagde het de laptop heel even open te klappen, lang genoeg om het scherm tot leven te wekken en haar een beetje licht te geven.

'Mariska?' siste ze. 'Ben je hier? Ik ben het, Jess! Ik kom je helpen.'

Iets kouders raakte de zijkant van haar hals. 'En waarmee denk jij precies te kunnen helpen?'

Het was de stem van een vrouw. Met accent. Spaans. Jess bewoog haar hoofd niet.

'Hoor je die schoten niet? Ik wilde Mariska halen zodat we ons kunnen verstoppen,' zei ze.

'Daarom heb je een pistool, zeker? En een computer? Waar heb je die in godsnaam vandaan?'

Wat ze ook tegen mijn nek drukt, het is geen pistool. Jess nam een berekend risico, dook snel naar voren en draaide bliksemsnel om, het pistool omhoog brengend.

'Camila?' zei ze, overrompeld.

In het zwakke licht van het laptopscherm zag het andere meisje er heel anders uit. Haar in een no-nonsense paardenstaart, kalm en vastberaden. En hoewel ze geen pistool vast had, kon het zware broodmes met gekarteld lemmet serieuze schade aanrichten... en als dat echt bloed was dat van het blad droop, had het dat al gedaan.

Camila keek haar een moment gewoon aan en liet toen haar mes zakken. 'CIA?' vroeg ze.

Oh mijn God. Zij is ook een undercoveragent.

'Homeland Security,' zei Jess. Het lag dicht genoeg bij de waarheid, en het zou te lang duren om het anders uit te leggen.

'Guàlizeaanse Geheime Politie,' zei Camila, waardoor Jess' mond openviel. 'Ik heb Mariska al verstopt. Kom mee. Heeft die laptop nog internetverbinding nu de stroom uit is?'

'Waarschijnlijk niet, maar laten we ons ergens verscholen houden en kijken.' Nog altijd verbijsterd volgde Jess Camila, die haar achter de slaapzaal langs leidde naar een groep palmbomen, en toen over wat rotsen klauterde. Het was lastig met de laptop en het pistool, maar Jess was heus niet van plan iets neer te zetten. Camila hield uiteindelijk halt na door wat struiken te zijn gekropen, en Jess volgde haar een kleine open plek op. Een plek waar Camila duidelijk druk in de weer was geweest met het inrichten van een soort vluchtplekje... waar Mariska op een deken zat, het gezicht bleek in het maanlicht.

'Jess!' barstte Mariska uit, terwijl ze probeerde overeind te komen.

'Sst, blijf zitten.' Jess hurkte, zette de laptop even neer om Mariska een snelle knuffel te geven. 'Gaat het?'

'Ja. Wat gebeurt er? Is meneer Montalban...'

'Hij is degene die de lichten uitdeed.' *Hoop ik.* 'Hij komt ons zoeken. Hulp is onderweg.' *Dat mag ik hopen...*

'Mag ik de laptop zien?' vroeg Camila, en Jess knikte en gaf hem aan haar.

'Waarom is de Guàlizeaanse Geheime Politie hier?' vroeg ze zacht, terwijl ze toekeek hoe Camila op het toetsenbord tikte. 'Is dit niet Venezolaans grondgebied?'

'Technisch gezien wel, maar hij heeft veel te veel handen in de Guàlizeaanse pap. We houden hem al maanden in de gaten, maar we kregen niemand binnen tot ik me aanbood om naar Caracas te gaan en in het kringetje van high-end sekswerkers te komen dat hij af en toe invliegt. Ik ben drie keer op en van dit eiland geweest, maar ik heb nooit toegang tot een van zijn computers kunnen krijgen, tot nu.' Camila trok een gezicht en klapte de laptop dicht. 'Internetverbinding ligt eruit nu de stroom weg is. Ik moet deze meenemen.'

'Uh, nee, ik neem hem *mee*,' zei Jess beslist.

'Jij hebt de boel al gehackt. Gun mij ook een kruimel.' Camila's tanden blonken wit in het maanlicht toen ze grijnsde. 'Ik zag je, die tweede nacht. Ik wilde zelf in dat serverlokaal inbreken. Jij was er al.'

Jess kon het niet bevatten. Ze schopte zichzelf mentaal; ze had precies dezelfde fout gemaakt waarop ze had gerekend dat Fortuna en de anderen bij haar zouden maken. Ze had de andere meisjes op het eiland afgedaan als onbelangrijke pionnen zonder echt over hen na te denken. Camila had ongetwijfeld de mishandeling door Hayworth aangedikt, misschien hem zelfs uitgelokt, zodat men haar met rust zou laten en negeren, wat haar vrij spel gaf om rond te sluipen en streken uit te halen.

Ze opende haar mond om iets te zeggen, maar Mariska greep haar arm.

'Sst! Iemand komt!' fluisterde het Tsjetsjeense meisje, ogen wijd opengesperd van paniek.

Ze bleven met z'n drieën stokstijf en muisstil. Mannenstemmen klonken dichtbij.

'Breng mij dat Tsjetsjeense meisje.' Het was Fortuna's stem. 'De vrouw van Montalban komt wel voor haar. Ik zag het; ze was te soft voor dat kind.'

'Ja, baas.' Een zaklamp flakkerde; iemand ging de slaapzaal van de vrouwen in. 'Niemand hier, baas,' riep de bewaker even later terug, en Fortuna vloekte.

'Vind ze! Ze kunnen niet ver zijn. Het meisje was gewond, kon amper lopen. Tenzij Dzhokharov haar heeft gehaald.' Hij leek hardop bij zichzelf te mijmeren. 'Waar is die klootzak trouwens? Ik kan niet geloven dat hij met de Amerikanen zou samenwerken.'

De bewaker wachtte geduldig op verdere instructies; Fortuna draaide zich plotseling naar hem om en zwaaide met zijn pistool. 'Waarom sta je hier te niksen? Zoek dat verdomde meisje en breng haar naar mij!'

'Waar bent u dan, baas?' vroeg de bewaker, bijna bedaard van toon. Hij leek wel gewend aan Fortuna's plotselinge woede-uitbarstingen. Kennelijk deed de ex-CIA-overloper geen moeite zijn humeur tegenover zijn personeel te bedwingen.

'Bij de kluis, waar ik het apparaat heb.' Fortuna leek te kalmeren. 'Dat is mijn hefboom. Montalban zal het veilig willen stellen. Fuck, Dzhokharov zal er ook achteraan zitten. Ze komen wel naar mij. Breng mij het meisje, en vind de rest.'

'Ja, baas.'

Voetstappen klonken en verwijderden zich, maar de zaklamp bleef bewegen. De bewaker begon rond te lopen, scheen in de struiken, mompelde in zichzelf. 'Meisje! Verstop je je?' riep hij. 'Je kunt nu wel tevoorschijn komen, geen gedonder meer!'

Camila raakte heel even Jess' pols aan. Toen Jess naar haar keek, gebaarde de Guàlizeaanse agente naar het pistool in Jess' hand, maar ze schudde meteen haar hoofd en legde haar vinger op haar lippen.

Niet schieten, te luid, vertaalde Jess in haar hoofd, en ze knikte. Camila hield haar mes omhoog en wees naar zichzelf, en daarna naar de dansende lichtvlek van de zaklamp van de bewaker.

Oh mijn God. Camila was er zo laconiek over! Ja, Jess had Josef gedood, maar dat was in het heetst van de strijd geweest en ze wist dat ze er later nog serieus mee zou worstelen.

Camila wachtte niet eens op Jess' reactie; alsof Jess ook maar het begin van een idee had wat ze moest doen, behalve haar proberen tegen te houden. Camila gleed gewoon geruisloos uit hun beschutte kuiltje en verdween in de nacht.

Zestig seconden later klonk er een gedempte, abrupt afgeknepen kreet, en daarna het geluid van iets zwaars dat op de grond viel.

'Heeft zij hem ook doodgemaakt?' fluisterde Mariska, en Jess besloot dat ze zéker niet ging vragen hoeveel mannen Camila al had uitgeschakeld voor Jess hen vond.

'Ja,' antwoordde ze zacht, terwijl Camila beneden in zicht kwam en wenkte. 'Ik moet gaan, Mariska, maar ik denk dat jij hier moet blijven, waar het veilig is. Hulp is onderweg; kom niet tevoorschijn tot het eiland is veiliggesteld. Als... als er iets gebeurt en je kunt mij niet vinden? Onthoud deze naam en blijf die zeggen tot iemand naar je luistert. Liane Hagerty, Hestia Global Security. Heb je die?'

'Ik heb hem. Maar ik ga met jou mee.' Mariska duwde zichzelf met een kleine pijnscheut overeind, maar ze leek vastbesloten. 'Ik draag dat. Jij en Camila vinden het allebei belangrijk. Ik let er voor je op.' Ze wees naar de laptop, en Jess aarzelde maar een moment voor ze hem overhandigde.

'Het is niet belangrijker dan jij. Als je hem moet gebruiken om een kogel te stoppen, twijfel dan niet.' Ze probeerde luchtig plagend te klinken. Ze zag Mariska's gespannen schouders een fractie ontspannen terwijl ze de laptop aannam en hem stevig tegen zich aandrukte.

'Het pistool is misschien waardeloos,' fluisterde Jess, toen ze zich weer bij Camila voegden, die de zakken van de gevelde bewaker aan het doorzoeken was. 'Ik denk dat Fortuna zijn bewakers niet vertrouwde. Een van hen stond te schreeuwen dat zijn kogels losse flodders waren.'

Camila vloekte een paar keer in het Spaans, maar ze raapte ook het bebloede broodmes op dat ze naast het lichaam van de bewaker had neergelegd, en hield het in haar linkerhand terwijl ze zich stilletjes terugbewogen richting het hoofdgebouw van het resort.

Jess wenste dat ze nu het mes uit Josef had teruggetrokken, maar ze gokte dat de Sig Sauer in het nauw ook een behoorlijk effectief knuppeltje kon zijn, als haar kogels inderdaad losse flodders bleken.

Vuur verlichtte de nacht voor hen, en Jess vloekte en trok Mariska de schaduw in van het gebouw waarlangs ze liepen. Iemand had het rieten dak van een decoratieve prieel in brand gestoken – een van Fortuna's mensen, die wat licht wilde om bij te zien? Ze gokte dat het Pascal niet was. Hij was degene die de stroom had uitgeschakeld, daar was ze zeker van. Geen sprake van dat hij het voordeel van de duisternis zou opgeven.

'Wie dat ook is,' fluisterde ze tegen Camila, 'het moet de vijand zijn. Het is Pascal niet.'

'Dan ruimen we ze op.'

Ze hadden echter nog maar één stap gezet toen er een oorverdovende dreun klonk, een explosie boven op het eiland.

'Godverdomme!' Jess smeet zichzelf instinctief plat, voor ze haastig terug kroop naar de anderen.

'Heeft Pascal dat gedaan?' zei Mariska vol ontzag, terwijl ze toekeek hoe vlammen de nacht in schoten, de kleinere brand vlakbij in nietigheid stellend. 'Dat is toch Fortuna's villa?'

'Ja.' Camila grijnsde woest. 'Oh, dat gaat hij níét leuk vinden.'

Dat was zeker het werk van Pascal. Hij leefde nog en was daarbuiten uit op chaos, en die explosie zou iedereen als een magneet aantrekken. Wat betekende, als Jess ook maar iets van Pascals tactiek begreep, dat hij achter hen zou zitten, klaar om hen in een hinderlaag te lokken terwijl ze blindelings de chaos in renden.

Ze wilde hem maar wat graag helpen, maar ze moest hem ook vinden en vertellen dat ze hulp had opgeroepen. Het kon nu toch niet heel ver weg meer zijn... de CIA zou marineschepen vast zó gepositioneerd hebben dat ze snel konden ingrijpen zodra ze de locatie van het eiland kenden.

Althans, dat hoopte ze.

'Kom. Ik moet Pascal vinden.' Ze begon weer vooruit te bewegen, Camila en Mariska volgden haar, maar het oorverdovende ratelen van automatisch geweervuur voor hen, met mondingsflitsen die verderop de duisternis doorsneden, deed hen alledrie weer tegen de grond duiken. Een seconde later besefte Jess echter dat ze niet direct in gevaar waren; het vuur was op een heel andere richting gericht. 'Fortuna heeft het zware geschut tevoorschijn gehaald!' Dat was geen semi-automaat, geen AR-15 of UZI. Dat was een volautomatisch machinegeweer van militaire makelij.

'Hij *is* een wapenhandelaar!' schreeuwde Camila over het oorverdovende lawaai, voordat het abrupt verstomde.

Punt voor haar. En als hij op Pascal schoot, dan zat haar partner diep in de shit. Jess haalde diep adem.

'Blijf bij Mariska,' zei ze tegen Camila. 'Ik ga proberen degene met dat wapen van achteren uit te schakelen.'

'Je bent knettergek!' zei Camila, maar ze pakte Mariska bij haar arm en begon zich terug te trekken.

'Ga schuilen. Ik vind jullie!' Jess wierp Mariska een korte blik toe, hopelijk een geruststellende, voor ze begon te rennen.

HOOFDSTUK DRIEËNTWINTIG

HET ALLERBESTE WAT HIJ voor Jess kon doen, was Fortuna bezig houden, dus zodra Pascal in een wolk van glas de grond raakte, sprong hij weer overeind en zette het op een lopen. Fortuna loste nog een schot door het raam, brulde van woede, en Pascal hoorde het knarsen van glas onder zijn schoenen toen de wapenhandelaar hem achterna kwam.

'Wat is er, Maroney?' riep Pascal over zijn schouder terwijl hij de eerste hoek omschoot waar hij vandaan was gekomen.

'*Wat* noemde je me?' Fortuna klonk oprecht verbaasd, en hij was gestopt met lopen. Pascal hoorde zijn stomme Loubisharks niet meer piepen.

'Sebastian Maroney? Je dacht toch niet echt dat de CIA je helemaal uit het oog was verloren? Adjunct-directeur Spires wil héél graag even een woordje met je.' Pascal gokte maar wat, maar Spires was ongeveer van dezelfde leeftijd als Fortuna. De kans dat ze elkaar kenden, was vrij groot.

'Die tyfusstomme trut! Hoe zij ooit adjunct-directeur is geworden, gaat mijn verstand te boven.' Een zacht piepje. Fortuna bewoog weer. Pascal wachtte, pal om de hoek, klaar om Fortuna te grijpen zodra hij hem nam. Hij zou zijn geld op zichzelf zetten in een worsteling met de ander. Fortuna was lui geworden en Pascal betwijfelde sterk of hij nog enig trainingsschema volhield.

Maar hij kwam niet de hoek om: het klikte van een sluitende deur en Pascal vloekte binnensmonds. Fortuna was weer gaan nadenken en ging niet een hinderlaag inlopen. Hij zou vast zijn superieure kennis van de gebouwen en het terrein op het eiland gebruiken om achter Pascal langs te sluipen en hém te overvallen...

Hij draaide zich om en rende.

Jess was slim genoeg om een plek te vinden om zich te verstoppen, bedacht hij, maar hij moest Fortuna uit balans houden, voorkomen dat hij zich herpakte. Hij had een werkend wapen nodig, maar het enige waarvan hij zeker wist dat het echte kogels had, was dat van Fortuna zelf.

En er zouden er vast meer zijn in Fortuna's privévilla, die boven op de heuvel, waar niemand anders naar binnen mocht. Pascal moest daar zo snel mogelijk komen en zichzelf een gelijkmaker bezorgen.

Maar eerst had hij een afleiding nodig, en hij moest het Fortuna en zijn bewakers flink lastiger maken om zich vrijuit te verplaatsen, dus rende hij naar een cruciaal stuk infrastructuur dat hij op de allereerste dag had opgemerkt. Het kostte hem een paar tellen om een steen van de grond te grissen en het slot van de stroomkast te breken, nog een paar om schakelaars om te zetten en zekeringen en draden los te rukken, zoveel mogelijk schade aan te richten met blote handen en een steen. Er vlogen vonken en in één klap doofde elk licht op het eiland. Er klonken kreten, en Pascal grijnsde.

Dat houdt ze wel even van de straat.

Het donker was zijn vriend. Hij rende stil de heuvel op, luisterend naar de schreeuwen boven hem, stapte van het pad af de diepere schaduwen onder wat palmen in toen twee bewakers onhandig naar beneden strompelden, roepend naar hun makkers en vragend wat er mis was.

Fortuna heeft niet eens portofoons voor ze gekocht. Lui, overmoedig... Pascal kon amper geloven dat een voormalig CIA-agent zo diep had kunnen zinken. Hij bleef rennen, nam in één beweging het hek van anderhalve meter rond de privévilla, en nam niet eens de moeite om naar een deur te zoeken; hij trapte een raam in en ging zo naar binnen. Als een bewaker hem hoorde en poolshoogte kwam nemen, stond hem een onaangename verrassing te wachten.

De villa was luxueus, maar telde slechts vier kamers. Pascal had maar seconden nodig om hem te doorzoeken en een afgesloten deur te vinden, en nog een paar seconden om de poot van een stoel te rukken en die als koevoet te gebruiken.

Licht. Hij had verdomme licht nodig. Gevangen in zijn eigen slimheid. In een lade van het keukentje vond hij kaarsen en een aansteker – een orkaan-noodpakket. Voldoende voor wat hij nu nodig had. Hij stak nog niets aan, keek eerst snel buiten, schudde zijn hoofd om het geklungel van de bewakers die hun posten bij de eerste tekenen van gedonder hadden verlaten. Geen wonder dat Fortuna ze geen echte kogels had toevertrouwd.

Het korte vlammetje van de aansteker deed Pascals mond openvallen bij wat hij in die kast zag. 'Nou, nou,' mompelde hij, voor hij een kaars aanstak, die voorzichtig in de deuropening zette – op ruime afstand van wat er in de kast lag – en begon te graaien.

Een futuristisch ogend machinegeweer lonkte, wat hij vrij zeker wist dat een Sig Sauer XM250 was, het wapen dat het Amerikaanse leger onlangs had besteld maar waarvan de levering pas over minstens een jaar zou beginnen, maar hij greep in plaats daarvan naar een vertrouwder FN SCAR, al dacht hij dat het de nieuwere SCAR-H was in plaats van de SCAR-L die hij bij de Rangers had gebruikt. De vier bijpassende 20-schots magazijnen waren leeg, en hij vloekte zachtjes en griste een doos 7,62 mm-patronen van een lage plank, en vulde zo snel als hij kon één mag. De andere zou hij al rennend proberen te vullen. Enkele granaten voor in zijn zakken maakten de buit compleet die hij nodig had – nu nog zorgen dat niemand anders zich hier kon bewapenen. Met een grijns pakte hij een rode bus.

'Dat komt mooi uit!' Terwijl hij rende, activeerde hij de brandbomgranaat, draaide zich om en smeet die terug de kast in, net voordat hij weer door het raam naar buiten dook waar hij door naar binnen was gegaan, en hield zijn oren dicht terwijl hij laag tegen de grond hurkte.

De explosie sloeg hem onderuit, maar slechts even, en toen was hij alweer op de been, terwijl hij al lopend patronen in een tweede magazijn drukte, over het hek sprong en aan de andere kant in het struikgewas dook.

Van beneden klonk een gil die klonk als pure, oerkrachtige woede. Fortuna, schatte Pascal, die compleet door het lint ging na Pascals sabotage. Hopelijk was dat zijn enige reservearsenaal.

Een seconde later spatte die hoop uiteen toen kogels de bomen begonnen te doorzeven. Pascal wierp zich weer plat en vloekte bont en blauw. Dat was nog een machinegeweer, en hij twijfelde er niet aan dat Fortuna het hanteerde, krankzinnig van woede en vastbesloten hem te vernietigen.

Ik moet van deze heuvel af. Hij wéét dat ik hier moet zijn. Hij slingerde zijn geweer op zijn rug en kroop zo snel als hij kon op zijn buik naar beneden door het struikgewas. Het gegil van een vrouw ergens voor hem deed hem sissen en nog sneller gaan.

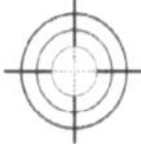

'Oh, shit.' Jess stopte even in haar klauterpartij door de bomen, draaide zich om om achterom te kijken. Ze was vrij zeker dat dat Mariska was. Een een moment later doemde Dzhokharov op, afgetekend tegen de gloed van het branddende prieel; hij sleurde Mariska aan haar haar mee.

'Kom hierheen, vuile trut!' Dat was Fortuna die schreeuwde, al kon ze hem niet zien. 'Geef je over, of Ruslan snijdt haar open!'

Ze is zijn vrouw. Zou hij...? Ja, dat zou hij. Mariska snikte en huilde, en ook al had Jess waarschijnlijk een schot op Dzhokharov, ze kon Fortuna niet zien, en ze wist niet eens of de kogels in haar pistool echt waren.

'Je hebt tot ik tot tien tel. Eén. Twee.'

'Ik kom!' riep ze, hopend dat hij zou stoppen of in elk geval langzamer zou tellen. Tijd rekken. *Waar ben je, Pascal?*

'Waag het niet verdomme,' klonk Pascals stem, schrikbarend dichtbij, en ze draaide zich om.

'Pascal?' siste ze, om niemand anders op hun plek te attenderen.

'DRIE!' brulde Fortuna. 'VIER!'

Een struik ritselde voor haar, en Pascal kwam overeind. 'Ga daar niet heen, Jess!'

'Ik moet, hij maakt haar af!'

'Dan maakt hij jullie allebei af!'

'ZEVEN!'

'Het spijt me...' Ze liet haar pistool vallen, draaide zich om en rende. In het vertrouwen dat Pascal het zou oppakken en schieten zodra hij de kans kreeg.

Als die kogels echt zijn...

Ze duwde die gedachte weg en rende harder.

'TIEN!'

'Ik ben hier!' Ze gleed tot stilstand op een paar passen van Dzhokharov, haar handen omhoog om te tonen dat ze ongewapend was. 'Laat haar gaan. Je wilt haar geen pijn doen. Ze is je *vrouw*.'

'Nutteloze teef kan me niet eens een zoon baren.' Dzhokharov smeet Mariska op de grond. 'Misschien neem ik jou mee terug naar Tsjetsjenië, Amerikaanse spion. Ketenen aan het bed en je bevruchten tot ik een zoon in je buik heb. Eruit snijden en weer van voren af aan. Jou nuttig maken.'

Jess probeerde niet achteruit te deinzen van pure weerzin. 'Daar ben je niet man genoeg voor,' zei ze schamper. 'Wij meiden praten, weet je. Ik wéét wat jij hebt.' Ze krulde expres haar pink.

Dzhokharovs gezicht vertrok van woede, en hij stapte naar voren, zijn hand naar haar uitgestrekt. Terwijl ze al achteruit stapte om te ontwijken, ving Jess beweging achter hem op. De zilveren flits van vlamlicht toen Mariska Camila's bebloede broodmes optilde en van de grond overeind kwam, en het met alle kracht in haar kleine lijf in de rug van haar man stak.

'Rennen!' gilde Jess, zonder te wachten tot Dzhokharov viel of tot Fortuna doorhad wat er net gebeurd was. Ze greep Mariska's hand, trok die weg van het lemmet, en ze renden voor hun leven.

Achter hen ratelde mitrailleurvuur, niet het afschuwelijke gehamer van het machinegeweer, maar drie-schots stoten, precies – dekkingsvuur. *Pascal*, besefte Jess. Hij had op de een of andere manier een aanvalsgeweer bemachtigd en dekte hun aftocht, al onthulde hij daarmee zijn eigen positie. Het machinegeweer brulde als antwoord.

'Waar is Camila?' siste Jess terwijl zij en Mariska vluchtten.

'Ruslan sloeg haar hoofd en ze viel,' hijgde Mariska terug. 'Ze heeft nog een bewaker gedood die ons vond, maar hij kwam van achteren en sloeg haar.'

'Ze kan nog leven. We moeten haar vinden...'

Een plotseling gebrul van geluid deed hen allebei omhoog kijken, seconden voordat krachtige zoeklichten over hen heen veegden.

'Helikopters,' fluisterde Mariska.

'Hulp,' zei Jess kort. 'Laten we Camila vinden en jou verstoppen. Ik moet Pascal vinden.'

'Ga jij. Ik kan dit.' Mariska kwam rechtop staan. 'Ik heb Ruslan gedood. Ik dood ook iedereen die me tegen probeert te houden.'

Jess haatte het om haar achter te laten, maar het machinegeweervuur was niet gestopt. Fortuna had gewoon van doelwit gewisseld en schoot op de helikopters, die zich gedwongen terugtrokken. Jess betwijfelde echter of het lang zou duren voor het eiland zou wemelen van de bondgenoten.

'Wees alleen voorzichtig met wie je doodt,' zei ze tegen Mariska, voordat ze haar hand losliet en zich weer omdraaide om terug te rennen het gevecht in.

Fortuna was zijn verstand kwijt, en Pascal moest hem nú stoppen, voordat hij een van die helikopters uit de lucht schoot. Hij rende de heuvel af, onverschillig voor het bloed dat uit een jaap op zijn ribben stroomde, waar een kogel een diepe groef langs zijn zij had gefreesd. Hij had ongelooflijk veel geluk gehad dat die niet dwars door hem heen was gegaan, maar hij vond het een kleine prijs voor de kostbare seconden die hij Jess en Mariska had gekocht om te vluchten. Hij had er in elk geval een paar kogels in Dzhokharov gepompt; de Tsjetsjeen was op zijn knieën gevallen, maar leefde nog en probeerde achter zijn rug naar het mes te grijpen om het eruit te trekken. Na Pascals schoten klapte de generaal voorover en bewoog niet meer.

'Goed afscheid, klootzak,' mompelde Pascal terwijl hij langs Dzhokharovs lichaam sprintte, een granaat uit zijn zak trok en hem activeerde, met zijn duim op de drukplaat totdat hij binnen gooi-afstand van Fortuna's positie was, onmogelijk te missen terwijl de wapenhandelaar maar op de helikopters bleef vuren. 'Hé, eikel,' riep hij. 'De CIA doet je de groeten!'

Fortuna draaide zich naar hem om, zijn mond al open, maar de granaat was al uit Pascals hand, de lont al halverwege zijn drie seconden. Fortuna had niet eens tijd voor een schreeuw voordat de granaat in de lucht ontplofte, op nog geen meter van zijn gezicht.

Pascal had zich alweer plat laten vallen, wetend wat eraan kwam. De schokgolf plette hem alsnog even, zijn oren suisden terwijl de wereld kortstondig heel wit en heel luid werd.

'Pascal. Pascal!'

Iemand riep zijn naam. Verdoofd knipperde hij omhoog naar Jess, die zijn arm greep en hem op zijn rug rolde. Ze trok de SCAR uit zijn handen en keek rond, gehurkt over zijn uitgestrekte lichaam. Ze zag er bekwaam en dodelijk uit, en hij liet zich een moment gewoon liggen, haar bewonderend.

'Je kunt die beter aan mij geven,' probeerde hij te zeggen, maar de woorden kwamen vreemd lallend en onduidelijk uit zijn mond, en hij fronste.

Pascals stem klonk niet goed, en Jess stopte even met het scannen op dreigingen om naar hem te kijken.

'Je bent gewond,' zei ze, en het was geen vraag. Er zat bloed én vuil op zijn gezicht.

''s Maar een schampschot,' lalde hij, terwijl hij aan zijn zij voelde, en tot haar afgrijzen zag ze bloed op zijn shirt. Zijn ogen gleden dicht.

'Pascal, waag het niet! Blijf bij me! Doe je ogen open!'

Ze hoorde nu geschreeuw. Stemmen die haar echte naam riepen, en die van Pascal.

'Hulp is hier. Ik heb ze opgeroepen, alles komt goed. Pascal? Doe je ogen open!' Ze liet één hand van het geweer om naar zijn pols te voelen, zijn hals glibberig van bloed terwijl ze er paniekerig naar tastte. 'Waag het niet nu bij me dood te gaan. Niet na dit alles!'

Ze was hem nog steeds aan het uitschelden toen sterke handen het geweer uit haar willoos geworden handen namen en haar van zijn lichaam optilden.

'We hebben hem, mevrouw Hagerty. Laat ons hem meenemen.'

'Pascal,' snikte ze, eindelijk brekend, terwijl de tranen over haar wangen liepen.

'We hebben hem.'

Het was een Amerikaanse stem, en ze knipperde de tranen fel weg en keek omhoog naar de absoluut reusachtige soldaat voor haar. Hij droeg geen Amerikaans uniform; ze probeerde haar ogen te laten focussen op de vlag die op de borst van zijn junglepak was gestikt.

'Wie ben jij?' mompelde ze, wiebelend als een blad in de wind.

'Jack McAuley. Voormalig Army Ranger, nu bij de Guàlizeaanse Geheime Politie. We zijn twee dagen geleden door adjunct-directeur Spires in paraatheid gebracht als dichtstbijzijnde snelle reactiemacht voor deze locatie. Er komen meer versterkingen aan, maar wij waren het eerst hier.'

'Oh. Guàlizeaans. Ik heb iemand van jullie ontmoet. Camila? Ik weet haar achternaam niet.'

Ze klonk traag en suf, en Jess besefte vaag dat ze in shock kon raken. McAuley keek in haar ogen, greep haar onderarm en gaf haar een zachte schudbeurt.

'Rustig, mevrouw Hagerty. Ik heb u nodig om me te laten zien waar het apparaat is. Ik moet het veiligstellen, begrijpt u? Ik werk voor de Guàlizeanen, maar dat apparaat moet in Amerikaanse handen komen.'

Ze knikte, begrijpend wat hij bedoelde. Keek naar Pascal, nu onder handen genomen door twee gevechtsmedici.

'Het spijt me, maar u moet hem laten. Laat hen voor hem zorgen.' McAuley trok zachtjes aan haar arm. 'Het apparaat?'

'In het hoofdgebouw. De oude kluis van het hotel.' Ze haalde diep adem en dwong zichzelf van Pascal weg te kijken. Zij kon niet meer voor hem doen dan zij. 'Hierlangs.'

De kluis was op slot, en Jess vermoedde dat de sleutels waarschijnlijk in Fortuna's zak zaten en zeer waarschijnlijk in stukjes waren gevlogen samen met hem. Ze zei dat tegen McAuley, en de grote militair keek alleen ernstig en posteerde zich voor de kluisdeur.

'Dan wacht ik hier tot adjunct-directeur Spires me toestemming geeft om te gaan. En ik denk dat u ook beter hier blijft. Montoya is er niet best aan toe om ons te vertellen wat we moeten weten, dus waarom begint u mij niet even bij te praten terwijl we wachten.'

Jess' benen hielden haar niet echt meer. Ze zakte onhandig op de grond en eindigde zittend met haar rug tegen de muur.

'Gaat het een beetje, mevrouw Hagerty? Moet ik de medics ook voor u roepen?' vroeg McAuley.

'Nee, ik ben niet gewond. Gewoon... moe. Heel moe.'

'Blijf wakker en praat met me,' beval hij. 'Hoeveel andere vijandige elementen zijn er nog op het eiland?'

Ze lachte half. 'Nog in leven? Geen idee. Camila heeft er ik-weet-niet-hoeveel omgelegd met haar broodmes, en Pascal heeft er vast ook een paar gedood, en ik heb Josef met een mes door zijn oog gestoken...'

'Ik denk dat u maar beter bij het begin kunt beginnen,' zei McAuley na een moment van licht verblufte stilte.

Jess praatte voor haar gevoel uren. Boven kwamen en gingen helikopters, meerdere; op een gegeven moment vertelde McAuley haar dat Pascal naar Guàlize City was gevlogen voor medische behandeling.

'Het komt goed met hem. De wond aan zijn zij is erger dan hij waarschijnlijk dacht; hij heeft flink wat bloed verloren, maar mijn vrouw knapt hem wel op.'

'Je vrouw?' Jess knipperde moeizaam naar de grote agent.

'Ze zit bij het traumateam van het Santa Maria-ziekenhuis.' McAuley grijnsde, duidelijk trots op zijn echtgenote. 'Maak je om Montoya geen zorgen.' Hij pauzeerde even, duidelijk luisterend naar informatie via zijn tactische radio. 'Mijn mensen hebben Camila ook gevonden. Ze leeft; waarschijnlijk een hersenschudding. Ze gaat mee met de volgende heli.'

'En Mariska?' mompelde Jess.

'En wie is dat?'

'Een jonge Tsjetsjeense. Ze was hier met een van de kopers, generaal Dzhokhorov, maar ze is gewoon een kind.'

'Alle ongewonde niet-vijandige personen worden vastgehouden voor een debriefing,' zei McAuley, niet onvriendelijk. 'Waarschijnlijk gaat ze met jouw mensen mee, aangezien ze geen local is. Het is nog uit te zoeken wie hier precies jurisdictie heeft, maar om een incident met onze Venezolaanse buren te vermijden, is het zeer waarschijnlijk dat Guàlize de schuld bij de VS legt en doet alsof wij hier nooit zijn geweest.'

'Plausibel ontkenbaar?'

'Zoiets.' McAuley kantelde zijn hoofd. Mompelde iets in zijn radio. 'Klinkt alsof je baas er is?'

'Mijn baas?' Jess' voorhoofd fronste. Ze had de energie niet om overeind te komen toen adjunct-directeur Spires naar binnen stoof, omringd door zwartgeklede, zwaarbewapende agenten, en boven haar bleef staan. 'Oh. Hoi.' Ze wiebelde met haar vingers, ongeveer het enige waartoe ze nog de energie kon opbrengen.

Spires' harde gezicht verzachtte een fractie bij het zien van haar. 'Mevrouw Hagerty. Het lijkt erop dat u een drukke avond heeft gehad.'

'Mmm-hmm. Het zit daarin. Of zat.' Jess wuifde vaag naar de kluisdeur.

Spires knikte naar een van de mannen bij haar, die naar voren stapte om zacht met McAuley te overleggen. Spires hurkte zelf zodat ze Jess op ooghoogte aankeek.

'Goed gedaan, mevrouw Hagerty,' zei ze zacht. 'Heel goed gedaan. Ik had mijn twijfels of u het zou redden, maar de datahack die u uitvoerde was pure goud. We hebben van alles opgespoord dat al in, of bestemd voor, de verkeerde handen was. U hebt ontelbare levens gered.'

'Oh,' zei Jess, een tikje verbijsterd. 'En jullie hebben de andere twee apparaten? We zagen de inval in het Hayworth-complex op het nieuws...'

'Yep, je zus heeft zichzelf in die inval gemanoeuvreerd. Dat apparaat is veiliggesteld en de gehele leiding van de kerk zal zeer, zeer lang de gevangenis in gaan. Het Koreaanse apparaat is nog niet in onze handen, maar we weten waar het is en de marine zou het binnen een paar uur veilig moeten hebben.'

'Mooi.' Jess had al besloten dat ze niemand ging vertellen dat het het zien van Liane op televisie was geweest dat de crisis had getriggerd. Het zou bij haar zus terecht kunnen komen, en Jess wilde die wetenschap niet op Lianes geweten. 'Hé. Ik heb een gunst nodig.'

Spires grijnsde. 'Ik denk dat je er wel een paar hebt verdiend. Wat is het?'

'Er is een meisje. Mariska. Ze is Tsjetsjeens. Ik weet dat je haar zult moeten debriefen, maar raak haar niet kwijt, oké? Ik heb plannen met haar.'

De randen van Jess' zichtveld begonnen donker te worden. Ze voelde hoe ze opzij begon te zakken, niet langer in staat zichzelf rechtop tegen de muur te houden nu de laatste krachten uit haar wegvloeiden. 'En zeg tegen Pascal,' mompelde ze, maar de woorden kwamen er niet uit, en het laatste wat ze zag, was hoe Spires' geamuseerde uitdrukking veranderde in zorg terwijl alles zwart werd.

Hoofdstuk Vierentwintig

Vier weken later

Pascal drukte op de knop van de intercom en wachtte, wierp een blik over zijn schouder naar de huurauto achter hem en controleerde of die ver genoeg van de weg stond zodat hij niet door een passerende bestuurder van de sokken gereden zou worden. Hij was eerst naar Hestia's kantoor geweest, waar Liane hem met spijt had verteld dat Jessikah een vrije dag had... en daar met een grijns aan had toegevoegd dat ze er vrij zeker van was dat Jess thuis was.

Na een paar minuten schoof het hek geruisloos open, lang genoeg om Pascal te doen twijfelen of Liane het misschien mis had. Hij sprong weer achter het stuur, reed de auto voorzichtig naar binnen, zette hem op de oprit en keek bewonderend naar het huis. Jess deed het duidelijk heel goed voor zichzelf.

De imposante deur van hout met matglas gleed geluidloos open, en daar stond ze – haar haar weer geverfd in die prachtige aquablauwe meermin-tint, een losse witte zomerjurk die niet verborg dat ze was afgevallen en nét iets te mager oogde, op blote voeten.

'Pascal,' zei ze ongelovig, bijna hangend aan de deur. 'Wat...'

'Ik heb een bezoeker voor je meegebracht,' zei hij, en hij gebaarde. Mariska schoot uit de passagiersstoel en wierp zich in Jess' armen.

'Oh, mijn God!' Jess sloeg haar armen om Mariska heen, drukte haar stevig tegen zich aan terwijl het Tsjetsjeense meisje in haar schouder begon te snikken. *'Pascal.'* Jess' eigen blauwe ogen glansden met tranen. 'Kom binnen. Jullie allebei... kom binnen.'

Jess zette hen allebei aan de keukentafel en schonk glazen ijskoud water in. Ze legde haar hand op Mariska's schouder, alsof ze nauwelijks kon geloven dat het meisje echt hier was. Pascal grijnsde om het aanhankelijke gebaar.

'Ziet er goed uit, hè?' zei hij liefdevol.

Mariska zag er inderdaad goed uit. Een maand fatsoenlijk eten en wat therapie – na een paar dagen intensief debriefen – had wonderen gedaan. Haar haar glansde, haar ogen stonden helder, en ze droeg comfortabele shorts, T-shirt en sneakers; veel passender voor een meisje van haar leeftijd dan de schaarse jurkjes die Dzhokhorov haar had laten dragen.

'Ze ziet er schitterend uit. Jij ook.' Jess maakte een halfslachtig gebaartje, reikte half naar hem, maar liet haar hand toen zakken. 'Ben je weer helemaal opgeknapt?'

'Alles prima.' De verbanden waren pas drie dagen geleden eraf gegaan, maar dat ging hij haar niet vertellen. 'Sorry dat ik je zo heb laten schrikken.'

'Ja, bijna doodbloeden zou ik inderdaad een schrikje noemen!' Jess keek hem streng aan.

Mariska kromp ineen en haar hand zocht die van Pascal op. Jess zag het en wierp hem een geschrokken, grootogige blik toe.

'Ik heb gevraagd of ik als Mariska's wettelijk voogd kon worden aangesteld,' zei Pascal snel, om af te leiden waar Jess misschien aan dacht. 'Er moet natuurlijk veel papierwerk voor haar in orde worden gemaakt, maar... als ik haar officieel adopteer, wordt het traject naar Amerikaans staatsburgerschap een stuk soepeler.'

'Hij zegt dat ik hem papa mag noemen,' zei Mariska opgetogen.

'Oh mijn God.' Jess sloeg een hand voor haar mond, haar ogen opnieuw vol tranen.

'Ik wil naar Amerikaanse school. Leren... dingen. Alles wat ik niet weet.' Mariska haalde haar schouders op. 'Het duurt misschien even, maar ik ga het doen. Papa heeft beloofd te helpen.'

'Dat heb ik.' Hij schonk haar een warme glimlach en kneep in haar hand. 'En... we hadden het ook over andere dingen. Ik ga niet meer undercover, om voor de hand liggende redenen – ik heb nu een dochter die op me rekent. En een kantoorbaan in Langley is niet bepaald mijn tempo, en ik wil ook niet aan een ambassade in het buitenland worden gekoppeld.'

'En dus?' vroeg Jess, terwijl ze haar armen over elkaar sloeg. Ze keek alsof ze nauwelijks durfde te hopen.

'Nou, de overheid is vanzelfsprekend behoorlijk dankbaar voor wat we hebben gedaan. Ik kan zo ongeveer zelf de dienst en standplaats kiezen waar ik naartoe word overgeplaatst. De FBI heeft hier in LA een groot kantoor... of je noemde dat er misschien een plek voor me vrijkwam bij Hestia.'

'Dat deed ik, hè?' Een kleine glimlach speelde om haar lippen, en ze keek naar Mariska. 'Weet je, er zit hier niet ver vandaan een echt goede school. Verschillende kinderen van Hestia-medewerkers zitten daar, en nu ik erover nadenk: de rector is me nog wat schuldig... Ik heb een paar jaar geleden een klein cyberpestprobleem voor ze opgelost. Als jullie tweeën in het schooldistrict zouden wonen, weet ik zeker dat ik Mariska wel geplaatst krijg.'

Er schitterden sterren in Mariska's ogen en ze keek van Pascal naar Jess en weer terug, smekend.

'Wedden dat de huurmarkt hier vreselijk is?' zei Pascal, nu zeker van Jess' antwoord, maar hij kon het niet laten Mariska nog even te plagen.

'Afgrijselijk. Dit is wel een groot huis. Ik denk dat ik een paar huisgenoten wel zou verdragen.' Jess schoot in de lach toen Mariska het uitschreeuwde van plezier en opsprong om haar te omhelzen.

'Oh Jess. Oh. Ik hou zoveel van je. En van jou, papa – ik hou van jullie allebei!'

'Als je hém papa gaat noemen,' zei Jess, 'zou je misschien kunnen overwegen mij mama te noemen. Als je dat tenminste niet te raar vindt.'

'Mama.' Mariska proefde het woord, voordat haar glimlach weer opbloeide en haar lieve gezichtje deed oplichten. 'Nee. Nee, is niet raar, is *perfect*.'

'Dat vind ik ook.' Jess kuste Mariska op haar voorhoofd.

'Mogen we een kat?' Mariska keek smekend naar haar op, en Jess lachte opnieuw.

'Ik zie al dat we onze handen vol gaan hebben aan een veeleisende tiener. Maar ja, natuurlijk mag dat. Als jij vindt dat we dat nodig hebben om een écht gezin te zijn.'

Mariska sprong schattig op en neer van opwinding.

'Waarom ga je niet even ontdekken? Raak alleen geen van de computers aan als je bij mijn werkkamer komt,' riep Jess haar na toen Mariska zich omdraaide en bijna wegrende, zo blij en opgewonden als een veel jonger kind op kerstochtend.

'We hebben haar net een nieuw thuis en een familie gegeven en haar een kat beloofd,' merkte Pascal op toen Jess hoofdschuddend geamuseerd keek. 'Het gaat goed met haar, maar het is wel veel om nu allemaal te verwerken. Waarschijnlijk krijgt ze straks een inzinking en huilt ze zichzelf in slaap.'

'Goed om te weten.' Jess knikte, zichtbaar de informatie mentaal opbergend, en als Pascal haar een beetje kende, bedacht ze waarschijnlijk al strategieën om Mariska zich zo comfortabel mogelijk te laten settelen.

Ze keken elkaar een lange, stille tel aan, en toen glimlachte Jess, zacht en teder. 'Dus,' zei ze, terwijl ze naar voren stapte en op Pascals schoot gleed, haar armen om zijn nek. 'Grote sprong, van undercover nepverkering naar echt samenwerken en samen een getraumatiseerde Tsjetsjeense tiener opvoeden.'

'Dat is het,' stemde hij toe. 'En ik zou je niets kwalijk nemen als het je te veel werd.'

'Dat is het niet.' Ze boog voorover. Kuste hem, langzaam en lang. 'Het is helemaal niet te veel,' fluisterde ze tegen zijn lippen.

Hij streek met zijn handen over haar rug, genietend van het gevoel van haar in zijn armen. 'Ik heb een vraag,' murmelde hij. 'Off the record.'

'Mmm?'

'Mariska klemde een laptop vast toen ze werd opgepikt. Fortuna had de servers persoonlijk gefragd en ik heb opgeblazen wat er aan computers in zijn villa stond, dus dat was het enige wat we fysiek over hadden. En daarop stonden wat crypto-transactiedetails waar CIA niet helemaal chocola van kon maken... dingen die op de een of andere manier niet waren meegekomen via jouw worm-hack naar wat wij van buitenaf zagen. Al het geld dat de Tsjetsjeense rebellen hadden, bijvoorbeeld. Dat is overgezet naar andere cryptoaccounts, toen naar echte bankrekeningen, toen weer terug naar andere cryptowallets, en toen weer eruit... en daar raakten onze forensische accountants het spoor bijster.'

'Fortuna zal wel iets geautomatiseerds hebben opgezet om dat te doen,' zei Jess onbewogen.

'Interessant, dat. Alle cryptowallets van Fortuna die we konden identificeren – die waar Hayworth en Yoon bijvoorbeeld hun betalingen naartoe hadden overgemaakt – deden dat niet. Die coins stonden er nog steeds.'

'Wat vreemd.' Jess hield haar hoofd een tikje schuin, haar ogen onschuldig wijd.

'Off the record, Jess.'

Haar glimlach werd breder. 'Nou, als we *echt* off the record praten. Mariska verdient wat mooie dingen in haar leven. Twintig miljoen dollar moet alles kunnen dekken wat ze ooit nodig zou kunnen hebben. Ooit.'

Het was precies wat hij al had vermoed. Jess had het geld niet nodig, maar het laatste wat ze tegen Spires had gezegd voordat ze buiten westen raakte, was dat ze plannen had voor Mariska. Hij wist niet hoe ze het had geflikt, wanneer ze daar zelfs maar tijd voor had gehad, maar hij was niet van plan de CIA iets te vertellen over haar onrechtmatig verkregen buit. Ze hadden toch al alles opgeëist wat er in Fortuna's cryptowallets zat; die twintig miljoen van de Tsjetsjeense rebellen was daarbij een druppel op de gloeiende plaat.

'Je hebt gelijk,' zei hij, terwijl hij Jess naar zich toe trok voor nog een kus. 'Je hebt volkomen, precies gelijk.'

'Mama!' schreeuwde Mariska ergens boven. 'Mama, mag ik deze kamer? Die met uitzicht op de oceaan – met die roze sprei?'

'Natuurlijk mag dat, liefje!' riep Jess terug.

'En waar slaap ik?' vroeg Pascal.

'Oh.' Ze wreef met haar neus tegen de zijne, haar vingers gleden omlaag om het bovenste knoopje van zijn overhemd los te maken. 'Ik dacht dat je het misschien leuk zou vinden om de mastersuite te delen.'

'Ik hou van de manier waarop jij denkt.' Hij zocht haar mond voor nog een diepe, verzengende kus.

EINDE

De Reddingsrangers komen terug – en ja, ik beloof het, op een dag krijgt Mariska haar eigen verhaal. OP EEN DAG. Ze is nog maar een kind. En nu heeft ze een paar superbeschermende ouders met uiterst gespecialiseerde vaardigheden die over haar waken.

Het volgende boek in *De Reddingsrangers*-serie wordt *Onder de hoede van de ranger* – waarin een nieuwe rekruut bij Hestia Global Security wordt toegewezen aan een uiterst onwaarschijnlijke beschermelinge, de ex-vrouw van ene Saul Hayworth, inmiddels een country-sensatie. Weet de voormalige mevrouw Hayworth iets over waar haar ex mee bezig was? Het is aan Erik Linziger om daarachter te komen... met alle middelen die nodig zijn.

De Verloren Australiërs

Het Meisje in de beek
  Het Meisje op het jacht
  Het Meisje in het herenhuis

De Reddingsrangers — Eliteromantic-suspense vol actie en Special Forces-helden

Gered door de ranger
  De thuiskomst van de ranger
  De missie van de ranger
  Het bloed van de ranger
  Ranger Vuur (exclusief voor nieuwsbriefabonnees)

De Amazones van Ridgewater – In het hart van Australië: moedige vrouwen en onvergetelijke paarden

Vertrouw op je pad
    Barrières doorbreken
    Balans vinden
    Geschreven in de sterren
    Kerstmis op Ridgewater

Tropische ontsnapping – 7 vrolijke, flirterige tropische romans!

Een bieuw begin op het Rif
    De onverwachte miljardair
    Foute bruiloft, echte liefde
    Op laag luur
    Hartstocht in de ring
    Liefde in beeld
    Liefde in de praktijk

Op zichzelf staande romans

Liefde in de scrum – Een liefdesroman over een rugbyspeler en een rockzangeres
    Als wensen paarden waren - Een Ierse romance

Ontdek alle publicaties van Shenanigans Press op onze websitehttps://www.shenaniganspres s.com/nl!

Of volg ons op sociale media; we zijn te vinden op Facebook en Instagram.

En vergeet je niet in te schrijven voor onze nieuwsbrief om op de hoogte te blijven van nieuwe uitgaven, acties, winacties en meer!